dtv

Alljährlich im Frühling brechen die bretonischen Fischer auf, um in den nordischen Gewässern Dorsch zu fangen. Im Spätsommer kehren sie zu den wartenden Angehörigen zurück. Auch die beiden Jungen, Yann Gaos und Sylvestre Moan, folgen der harten und gefährlichen Tradition. Doch dann trennen sich ihre Wege. Yann, der nur das Meer heiraten wollte, nimmt schließlich die verarmte Gaud zur Frau. Zwei Tage später bricht er zur letzten Nordfahrt auf. Die erste Taschenbuchausgabe des 1886 erschienenen Romans lädt zur Entdeckung eines großen französischen Erzählers ein, der in eindrucksvollen Bildern das Schicksal dieser einfachen Menschen eingefangen hat.

Pierre Loti (eig. Julien Viaud) wurde am 14. 1. 1850 in Rochefort geboren und stammt aus einer hugenottischen Familie. 1867–1873 Ausbildung zum Marineoffizier. Reisen nach Nord- und Südamerika sowie Tahiti. Zwischen 1883 und 1910 Expeditionen nach Tongking (Teilnahme am Boxerkrieg), Indien, China und Japan. 1892 wurde er jüngstes Mitglied der Académie Française. Er veröffentlichte seit 1879 Romane, Erzählungen, einige Dramen und Reiseberichte. Von 1910 bis zu seinem Tod 1923 lebte er als Kapitän im Ruhestand. Loti gilt als Hauptvertreter des Exotismus in Frankreich.

Pierre Loti

Islandfischer

Roman

Aus dem Französischen
von Dirk Hemjeoltmanns
und Otfried Schulze

Mit einem Nachwort
von Susanne und Michael Farin

Deutscher Taschenbuch Verlag

Titel der Originalausgabe:
›Pêcheur d'Islande‹, Paris 1886

Juli 1998
Deutscher Taschenbuch Verlag GmbH & Co. KG,
München

Umschlagkonzept: Balk & Brumshagen
Umschlagbild: ›A Fisherman with his Dinghy at Lulworth Cove‹
von William Henry Millais (1828–1899)
Gesamtherstellung: C. H. Beck'sche Buchdruckerei,
Nördlingen
Gedruckt auf säurefreiem, chlorfrei gebleichtem Papier
Printed in Germany · ISBN 3-423-12537-3

ERSTER TEIL

I

Fünf mit gewaltig breiten Schultern saßen, die Ellbogen aufgestützt, trinkend in einem dunklen Logis, das nach Salzlake und Meer roch. Der für ihre Statur zu niedrige Raum spitzte sich an einem Ende zu wie eine ausgeweidete Möwe und schwankte leicht und schläfrig unter eintönigem Ächzen.

Draußen mußten das Meer und die Nacht sein, aber man spürte es kaum: die einzige Öffnung in der Decke war mit einem Holzdeckel verschlossen, und nur eine alte Hängelampe verbreitete flackerndes Licht.

In einem Ofen brannte ein Feuer; ihre durchnäßte Kleidung trocknete und mischte ihren Dunst in den Rauch der Tonpfeifen.

Der schwere Tisch füllte den ganzen Innenraum aus; er hatte genau den gleichen Grundriß und ließ nur so viel Platz, daß man sich um ihn herumschlängeln und sich auf die schmalen Seekisten, die mit den Eichenwänden fest verbunden waren, setzen konnte. Fast stießen sie mit den Köpfen an die massiven Deckenbalken, und hinter ihrem Rücken öffneten sich Kojen, die aus der Wandung ausgekehlt schienen wie Grabnischen. Das ganze Holzwerk war grob und verwittert, durchtränkt von Salz und Feuchtigkeit, abgenutzt und poliert von ihren Händen.

Sie hatten Wein und Cidre aus Schalen getrunken, und ihre offenen und kühnen Gesichter strahlten vor Lebensfreude. Nun saßen sie um den Tisch und redeten auf bretonisch über Frauen und Heiraten.

An der Holzverkleidung im Hintergrund war eine Madonna aus Fayence auf einem kleinen Brett befestigt, ein Ehrenplatz. Sie war ein bißchen alt, die Schutzpatronin dieser Seeleute, und recht naiv bemalt. Aber die Figuren aus Fayence überdauern oft ein Menschenleben. Das blaue und rote Gewand machte sie zu einem frischen Kleinod zwischen all den dunklen Grautönen dieser ärmlichen Holzbehausung. Sie hatte mehr als nur ein glühendes Gebet in Stunden höchster Not anhören müssen; ihr zu Füßen waren zwei künstliche Blumensträuße und ein Rosenkranz angenagelt.

Die fünf Männer waren gleich gekleidet, ein dicker blauer Wollpullover, der eng am Körper saß und unter dem Hosengurt verschwand; auf dem Kopf eine Art Haube aus geteertem Leinen, der Südwester, genannt nach dem Südwestwind, der in unseren Breiten den Regen bringt.

Sie waren unterschiedlichen Alters. Der *Kapitän* mochte vierzig sein; drei weitere zwischen fünfundzwanzig und dreißig. Der Jüngste, den sie Sylvestre oder Lurlu nannten, war erst siebzehn. Er war schon nach Statur und Kraft ein Mann; ein feiner, gekräuselter schwarzer Bart bedeckte seine Wangen; nur seine graublauen, unendlich sanften und unschuldigen Kinderaugen hatte er noch bewahrt.

Dicht aneinandergepreßt schienen sie sich in ihrer dunklen Unterkunft wohl und geborgen zu fühlen.

Draußen mußten das Meer und die Nacht sein, die unendliche Trostlosigkeit tiefen, schwarzen Wassers. Die kupferne Wanduhr zeigte die elfte Stunde, zweifellos elf Uhr abends, und auf die Holzdecke trommelte der Regen.

Ausgelassen unterhielten sie sich über das Heiraten, es fiel jedoch nicht ein anstößiges Wort. Vielmehr ging es um Pläne für diejenigen unter ihnen, die noch Junggesellen waren, oder um komische Ereignisse bei Hochzeitsfesten zu Hause, auf dem Land. Manchmal ließ einer lachend eine recht gewagte Bemerkung über die Wonnen der Liebe fallen. Doch die Liebe, wie sie diese harten Männer verstanden, war etwas Natürliches und blieb in ihrer Ungezwungenheit beinahe keusch.

Indes war Sylvestre beunruhigt, weil Jean, die Bretonen sagen Yann, noch nicht bei ihnen saß.

Wo war dieser Yann, noch immer oben bei der Arbeit? Warum kam er nicht herunter, um mit ihnen ein wenig zu feiern?

»Es ist bald Mitternacht«, sagte der Kapitän.

Er stand auf, hob mit seinem Kopf den Holzdeckel und rief nach oben. Dabei fiel von außerhalb ein seltsames Licht herein:

»Yann! Yann! Eh, Mann!«

Der *Mann* antwortete mir rauher Stimme.

Der fahle Schein, der durch die halb geöffnete Luke drang, erinnerte an Tageslicht. – »Bald Mitternacht...« Und doch war es fast wie Sonnenschein, wie eine Morgendämmerung, von geheimnisvollen Spiegeln aus der Ferne herübergestrahlt.

Die Luke schloß sich, die Nacht kam zurück, die kleine Hängelampe schien wieder gelb, und man hörte, wie der Mann mit derben Holzschuhen eine Leiter herabstieg.

Gebückt wie ein großer Bär trat er ein, denn er war fast ein Riese. Er zog eine Grimasse und hielt sich die Nase zu wegen des scharfen Geruchs nach Salzlake.

Im Vergleich zu den normalen Proportionen der Leute war er über die Maßen kräftig gebaut, besonders die breiten Schultern waren wie Balken; von vorne betrachtet zeichneten sich die Muskeln der Oberarme wie Kugeln unter dem blauen Pullover ab. Er hatte braune, sehr bewegliche Augen, ihr Ausdruck war wild und stolz.

Sylvestre legte die Arme um Yann, zog ihn an sich mit der Zärtlichkeit eines Kindes. Er war mit Yanns Schwester verlobt und behandelte ihn wie einen großen Bruder. Yann ließ sich streicheln wie ein gezähmter Löwe und lächelte ihn gutmütig an.

Seine schönen weißen Zähne, die ungewöhnlich viel Platz hatten, standen ein wenig auseinander und schienen ein bißchen zu klein geraten zu sein. Der blonde, kurze, nie geschnittene Schnurrbart kräuselte sich symmetrisch in zwei festen Röllchen über den Lippen, die fein gezeichnet waren; an den Enden in den tiefen Mundwinkeln war er zerzaust. Ansonsten war er glatt rasiert, und seine geröteten Wangen hatten die samtige Frische unberührter Früchte.

Als Yann sich gesetzt hatte, wurden abermals die Gläser gefüllt, und man rief den Schiffsjungen, der die Pfeifen stopfen und anzünden sollte.

Eine gute Gelegenheit für ihn, selbst ein paar Züge zu nehmen. Er war ein stämmiger Bursche, mit rundem Gesicht, und ein wenig der Cousin von jedem dieser Seemänner, die mehr oder weniger alle untereinander verwandt waren. Abgesehen von seiner recht harten Arbeit wurde er von allen verwöhnt. Yann ließ ihn aus seinem Glas trinken, dann schickten sie ihn schlafen.

Danach nahmen sie wieder das große Thema Heirat auf:

»Und du, Yann«, fragte Sylvestre, »wann feierst du deine Hochzeit?«

»Schämst du dich nicht«, sagte der Kapitän, »ein so großer Kerl wie du und mit siebenundzwanzig noch immer nicht verheiratet! Was sollen bloß die Mädchen von dir halten?«

Yann hatte nur ein verächtliches Schulterzucken für die Frauen: »Meine Hochzeiten dauern nur eine Nacht oder auch nur eine Stunde, es kommt drauf an.«

Yann hatte gerade seine fünfjährige Militärzeit hinter sich, und dort als Kanonier bei der Marine hatte er französisch gelernt und die losen Redensarten. Und schon erzählte er von seiner letzten Hochzeit, die anscheinend vierzehn Tage gedauert hatte.

Es war in Nantes mit einer Sängerin. Vom Meer zurück, hatte er eines Abends ein Vergnügungslokal aufgesucht. Am Eingang verkaufte eine Frau für einen Louisdor üppige Blumensträuße. Ohne groß zu wissen, was er damit anfangen sollte, hatte er einen gekauft und ihn sogleich der, die dort auf der Bühne sang, mitten ins Gesicht geschleudert - halb jähe Liebeserklärung, halb Spott über die geschminkte Puppe, die ihm viel zu rosig war. Die Frau war zu Boden gestürzt; danach hatte sie ihn fast drei Wochen lang angehimmelt.

»Als ich abfuhr«, erzählte er, »hat sie mir noch diese goldene Uhr geschenkt.«

Und zur Begutachtung warf er sie auf den Tisch wie ein wertloses Spielzeug.

Sein Bericht war voll derber Ausdrücke und ihm eigener Anschaulichkeit. Doch diese triviale Geschichte aus dem zivilisierten Leben paßte gar nicht in die Welt dieser urwüchsigen Menschen, zum großen Schweigen der See dort draußen, zum mitternächtlichen Licht, das kurz von oben eingefallen war und eine Ahnung vom sterbenden Polarsommer gegeben hatte.

Von Yanns Gehabe war Sylvestre peinlich berührt und befremdet. Er war ein unschuldiges Kind und erfüllt von der Ehrfurcht vor dem Sakrament der Ehe, wie es ihm seine Großmutter, die Witwe eines Fischers aus dem Dorf Ploubazlanec, beigebracht hatte. Als kleiner Junge war er jeden Tag mit ihr zum Grab seiner Mutter gegangen und hatte kniend einen Rosenkranz gebetet. Vom Friedhof oben auf einem Felsen sah man in der Ferne das graue Wasser des Ärmelkanals, wo sein Vater nach einem Schiffbruch verschollen war. - Arm wie sie beide waren, hatte er schon sehr früh zum Fischen hinaus müssen, und seine Kindheit hatte sich auf hoher See abgespielt. Noch jeden Abend sprach er sein Gebet, und in seinen Augen lag der Ausdruck frommer Reinheit. Auch er war schön und neben Yann der stattlichste an Bord. Seine weiche Stimme und sein kindlicher Tonfall standen etwas im Widerspruch zu seiner Statur und seinem dunklen Bart; da er sehr rasch gewachsen war, machte ihn seine plötzliche Körpergröße und Kraft eher verlegen. Er hoffte, recht bald Yanns Schwester heiraten zu können, aber auf Annäherungsversuche anderer Mädchen war er nie eingegangen.

An Bord gab es insgesamt nur drei Schlafkojen, eine für zwei, die sie im Lauf der Nacht abwechselnd teilten.

Als das Fest zu Ehren ihrer Schutzpatronin an Maria Himmelfahrt zu Ende ging, war es bereits nach Mitternacht. Drei von ihnen rollten sich in die kleinen dunklen, grabähnlichen Kojen, während die drei anderen an Deck stiegen, um die schwere Fangarbeit wieder aufzunehmen; Yann, Sylvestre und ihr Landsmann Guillaume.

Draußen war es Tag, ewiger Tag.

Aber es herrschte ein fahles Licht, das keinem anderen glich. Es lag auf den Dingen wie der Widerschein einer toten Sonne. Unmittelbar um sie herum dehnte sich eine ungeheure Weite, die ohne jede Farbe war, und jenseits der Planken ihres Schiffes wirkte alles durchsichtig, ungreifbar, trügerisch.

Das Auge erfaßte kaum, was das Meer sein mußte: nahebei sah es aus wie ein zitternder Spiegel, der kein einziges Bild zurückzuwerfen hatte; und weiter draußen schien es zu einer dunstigen Ebene zu werden – und dahinter nichts mehr, kein Horizont, keine Umrisse.

Die feuchte Frische der Luft war intensiver und durchdringender als wirkliche Kälte und schmeckte beim Einatmen stark nach Salz. Alles war still, es regnete nicht mehr. Hoch oben schienen Wolken ohne Form und Farbe das verborgene, unerklärliche Licht zu enthalten; so hell es auch war, man spürte gleichwohl, daß es noch Nacht war; und die fahlen Töne rundum hatten nicht die geringste Schattierung.

Die drei Männer dort lebten seit ihrer Kindheit auf diesen kalten Meeren, zwischen phantastischen Erscheinungen, die unbestimmt und verwirrend sind wie Visionen. Diese changierende Unendlichkeit um ihr schmales hölzernes Gehäuse spielen zu sehen, war ihnen vertraut, und ihre Augen hatten sich ebenso daran gewöhnt wie die der großen Seevögel.

Das Schiff schaukelte sanft auf und nieder mit dem immer gleichen Klageton, monoton wie ein bretonisches Lied, das von einem Schlafenden im Traum wieder und wieder gesungen wird. Yann und Sylvestre hatten rasch Köder und Leinen bereit, während der dritte ein Salzfaß öffnete, sein großes Messer wetzte und sich abwartend hinter ihnen niederließ.

Nicht sehr lange, denn kaum hatten sie ihre Angelleinen in das ruhige, kalte Wasser geworfen, da holten sie sie schon wieder ein, und schwere stahlgrau glänzende Fische hatten angebissen.

Ein flinker Dorsch nach dem anderen hing am Haken, rasch und unaufhörlich ging dieses schweigsame Fischen vonstatten. Der dritte schlitzte sie mit seinem kräftigen Messer auf, schlug sie flach, salzte, zählte sie, und der eingepökelte Fang, der ihnen nach der Rückkehr das große Geld bringen würde, stapelte sich hinter ihnen, frisch und triefend.

Eintönig verflossen die Stunden, und draußen über der leeren Weite änderte sich allmählich das Licht, es wurde wirklicher. Aus einer fahlen Dämmerung, einem nordischen Sommerabend wurde nun, ohne nächtliche Unterbrechung, eine Art Morgenröte, die von allen Spiegeln des Meeres in diffusen rosa Streifen reflektiert wurde...

»Du solltest wirklich heiraten, Yann«, sagte Sylvestre plötzlich mit großem Ernst und schaute dabei ins Wasser. (Er kannte sehr wohl eine in der Bretagne, die sich in die braunen Augen seines großen Bruders verliebt hatte, aber er wagte nicht, dieses bedeutsame Thema zu berühren.)

»Ich! ... Sicher, eines schönen Tages werde ich heiraten« - Yann lächelte herablassend und rollte mit den Augen - »aber kein Mädchen vom Land; nein, es wird die See sein, und ich werde euch dann alle, hier so wie ihr seid, zu einem Ball einladen...«

Sie angelten weiter, denn zum Plaudern hatten sie keine Zeit: sie lagen mitten in einem riesigen Fischschwarm, einer wandernden Bank, die seit zwei Tagen ununterbrochen vorbeizog.

Die Nacht zuvor waren sie aufgeblieben und hatten in gut dreißig Stunden über tausend schwere Dorsche gefangen; nun waren ihre kräftigen Arme müde, und sie schliefen ein. Allein ihr Körper blieb wach und setzte die Handgriffe weiterhin fort, während ihre Gedanken für kurze Augenblicke von festem Schlaf betäubt wurden. Doch die Seeluft war jungfräulich wie am ersten Tag und so belebend, daß sie bei aller Müdigkeit tief durchatmeten und frische Wangen bekamen.

Das Morgenlicht, das wahre Licht, war endlich da; wie am Schöpfungstag hatte es sich von der Finsternis geschieden, die sich am Horizont zusammengeballt hatte und dort als schwere Masse lag; nun, da alles hell war, merkte man, daß man aus der Nacht gekommen, daß dieses Licht zuvor unbestimmt und fremd wie aus Träumen gewesen war.

Der dicht bewölkte Himmel hatte hier und da Risse, wie Spalten in der Kuppel eines Doms, und ließ breite silbrigrosa Streifen hindurch.

Niedrige Wolken hatten sich zu einem Schattenband verdichtet, das ganz und gar von Wasser umgeben war und die Ferne ungewiß und düster werden ließ. Sie schienen einen geschlossenen Raum, eine Grenze zu bilden. Sie waren wie Vorhänge vor der Unendlichkeit, wie gespannte Segel, die übermächtige Geheimnisse verbargen, die die menschliche Vorstellung beunruhigen könnten. An diesem Morgen hatte die sich verändernde Welt um das kleine Gebilde zusammengefügter Planken, das Yann und Sylvestre trug, den Ausdruck großartiger Andacht angenommen; sie hatte sich in ein Heiligtum verwandelt, und die Strahlengarben, die durch die Risse in diesem Tempelgewölbe herabfielen, verlängerten sich in den Spiegelungen des reglosen Wassers wie auf einem Marmorboden. Und nach und nach erhellte sich in weiter Ferne ein neues Trugbild: ein sehr hoher, rosafarbener Scherenschnitt, ein Vorgebirge des noch dunklen Island...

Yanns Hochzeit mit dem Meer!... Während er fischte, dachte Sylvestre immer wieder daran, traute sich aber nicht, davon zu reden. Es machte ihn traurig, seinen großen Bruder so abfällig über das Sakrament der Ehe sprechen zu hören. Außerdem machte es ihm angst, da er abergläubisch war.

Seit langem schon träumte er von Yanns Hochzeit! Er erhoffte sie sich mit Gaud Mével, einem blonden Mädchen aus Paimpol, und daß er die Freude haben könnte, dieses Fest noch vor seiner Militärzeit erleben zu dürfen, noch vor diesem fünf Jahre währenden Exil von ungewissem Ausgang, dessen Unausweichlichkeit ihm schon jetzt die Brust zusammenschnürte...

Vier Uhr morgens. Die drei anderen, die unten geschlafen hatten, kamen zur Ablösung nach oben. Noch ganz verschlafen, sogen sie die kühle frische Luft ein, zogen beim Hinaufsteigen ihre langen Stiefel ganz an und schlossen wieder die Augen, geblendet von all den Reflexen des fahlen Lichtes.

Yann und Sylvestre nahmen eilig ihr erstes Frühstück aus Zwieback zu sich, den sie mit Hammerschlägen zerteilen mußten, bevor sie ihn lautstark und über seine Härte lachend zerkauten. Die Vorstellung, gleich schlafen und in einer warmen Koje liegen zu können, hatte sie mit einem Mal wieder munter gemacht. Sie faßten sich um die Taille und tänzelten zur Melodie eines alten Liedes auf die Decksluke zu.

Ehe sie darin verschwanden, spielten sie noch kurz mit dem Bordhund Turc, einem jungen Neufundländer mit tapsigen und kindlichen Riesenpfoten. Sie ärgerten ihn ein wenig mit der Hand, bis er wie ein Wolf zubiß und ihnen dabei weh tat. Mit zornig aufblitzenden Augen stieß Yann den Hund so heftig beiseite, daß er hinfiel und aufjaulte.

Er war gutmütig, dieser Yann, doch ein wenig ungezügelt, und war nur seine körperliche Natur im Spiel, so konnte eine freundlich gemeinte Zärtlichkeit recht brutal ausfallen.

II

Das Schiff hieß *Marie*, der Kapitän Guermeur. Es fuhr jedes Jahr zu einer langen gefahrvollen Fangreise in diese kalten Regionen, wo die Sommer keine Nächte kennen.

Es war recht alt, genau wie die Schutzpatronin aus Fayence. Die dicken Planken über den eichenen Seitenspanten waren zerkratzt und rissig, von Feuchtigkeit und Salzlake durchzogen; aber dennoch stabil und robust rochen sie belebend nach Teer. Lag es vor Anker, wirkte es schwerfällig mit seinem gedrungenen Rumpf, doch kaum frischten die starken Westwinde auf, fand es seine kraftvolle Leichtigkeit wieder, wie eine Möwe, die eine Brise erfaßt. Es hatte eine ganz eigene Art, sich auf den Wellenkamm zu erheben und davonzuschießen, gewandter als neue, nach modernen Erkenntnissen gebaute Schiffe.

Die sechs Männer und der Schiffsjunge, sie waren *Isländer*, eine mutige Rasse von Seeleuten, die vor allem in der Gegend von Paimpol und Tréguier zu Hause ist und die das Fischereihandwerk vom Vater an den Sohn weitergibt.

Sie hatten fast nie den Sommer in Frankreich erlebt.

Gegen Ende des Winters erhielten sie mit den anderen Fischern im Hafen von Paimpol den Segen für die Fangreise. Für diesen Festtag wurde ein Altar, es war stets derselbe, auf dem Kai aufgebaut; er stellte eine Felsengrotte dar, in deren Mitte, umrahmt von Ankern, Rudern und Netzen, sanft und unnahbar die Jungfrau, die Schutzherrin der Seeleute, thronte; eigens für sie aus der Kirche hergebracht, schaute sie seit Generationen mit den immer gleichen leblosen Augen auf die Glücklichen, für die die Saison erfolgreich sein würde, und auf die, die nicht zurückkehren sollten.

Das Heilige Sakrament, gefolgt von einer Prozession der Frauen und Mütter, der Verlobten und Schwestern, machte langsam seine Runde durch den Hafen. Und alle wimpelgeschmückten Islandboote grüßten mit ihrer

Flagge, wenn der Zug vorüberkam. Vor jedem blieb der Pfarrer stehen und erteilte seinen Segen.

Anschließend fuhren sie wie eine geschlossene Flotte hinaus, ließen ein Land zurück fast ohne Ehemänner, Liebhaber und Söhne. Während sie ausliefen, sangen die Mannschaften mit lauten klangvollen Stimmen die Choräle zu Ehren der Maria, dem Stern-der-Meere.

Jahr für Jahr gab es die gleiche Zeremonie, gab es die gleichen Worte des Abschieds.

Danach begann das Leben auf hoher See, die Einsamkeit mit drei oder vier rauhen Kumpanen auf schwankenden Planken in den kalten Gewässern des Nordmeeres.

Bis jetzt waren sie immer heimgekehrt; die Jungfrau Stern-der-Meere hatte dieses Boot, das ihren Namen trug, beschützt.

Ende August war die Zeit der Rückkehr. Doch die *Marie* machte es wie viele der *Isländer*, die Paimpol nur kurz anliefen, um sofort weiterzufahren in den Golf von Gascogne, wo sich der Fang gut verkaufen ließ, und danach zu den Sandinseln der Salzsümpfe, wo man das Salz für die nächste Fangreise lud.

In diesen von der Sonne noch heißen Häfen des Südens zerstreuten sich für einige Tage die handfesten Mannschaften, gierig auf Vergnügen und trunken von diesem letzten Rest Sommer, von dieser milden Luft, von der Erde und von den Frauen.

Mit den ersten Herbstnebeln kehrt man dann nach Hause zurück, nach Paimpol oder in die weit verstreuten Strohhütten im Goëlo, kümmert sich für eine Weile um Familie und Liebe, um Heirat und Geburt. Fast immer trifft man dort auf Neugeborene, die im vergangenen Winter gezeugt wurden und nun auf ihre Paten warteten, um das Sakrament der Taufe zu empfangen:

bei dieser Fischerrasse, die das Meer vor Island verschlingt, bedarf es vieler Kinder.

III

An einem schönen Abend dieses Jahres, einem Sonntag im Juni, waren in Paimpol zwei Frauen damit beschäftigt, einen Brief zu schreiben. Sie saßen vor einem breiten offenen Fenster, auf dessen Brüstung aus altem massiven Granit Blumentöpfe sich reihten.

Über den Tisch gebeugt, schienen beide jung zu sein; die eine trug eine ungewöhnlich hohe Haube nach althergebrachter Mode, die andere eine sehr kleine, nach der neuen Art, wie es bei den Frauen in Paimpol jetzt üblich war: zwei Verliebte, könnte man meinen, die gemeinsam eine zärtliche Botschaft an einen stattlichen *Isländer* aufsetzten.

Die diktierte - die große Haube - hob den Kopf, suchte nach Worten. Sieh an, sie war alt, sehr alt, trotz ihrer jugendlichen Haltung, wenn man sie von hinten unter ihrem kleinen braunen Schultertuch sitzen sah. Sie war wirklich alt, eine Großmutter von mindestens siebzig. Aber noch immer hübsch mit ihren frischrosafarbenen Apfelbäckchen, die manche bis ins hohe Alter bewahren. Ihre Haube, sehr flach auf Stirn und Scheitel anliegend, bestand aus zwei oder drei weiten Musselintüten, die eine aus der anderen hervorzugehen schienen und nach hinten in den Nacken fielen. Ihr ehrwürdiges Antlitz war ansprechend eingerahmt von all diesem Weiß und den Falten, die ihr etwas von einer Nonne gaben. Ihre sanften Augen waren voller Wohlwollen. Sie hatte keinen einzigen Zahn mehr, und wenn sie lachte, sah man nur das runde Zahnfleisch, das ein wenig von einem Kleinkind hatte. Trotz ihres Kinns, das zu einer

‚Pantinenspitze‘ (wie sie es für gewöhnlich selbst nannte) geworden war, schien ihr Profil nicht allzu sehr von den Jahren zerstört worden zu sein; man erkannte noch, daß es einmal regelmäßig und makellos gewesen war wie das einer Kirchenheiligen.

Sie sah zum Fenster hinaus, suchte danach, was sie noch berichten könnte, um ihrem Enkel eine Freude zu machen. Wahrhaftig, es gab wohl im Land um Paimpol nicht eine zweite Alte, die so lustige Dinge über den einen oder den anderen oder über gar nichts zu erzählen verstand wie sie. Dieser Brief enthielt bereits drei oder vier unbezahlbare Anekdoten, aber ohne jede Bosheit, denn ihre Seele hatte keine dunklen Seiten.

Als die andere merkte, daß die Ideen nicht mehr sprudelten, machte sie sich daran, sorgfältig die Adresse zu schreiben:

An Monsieur Moan, Sylvestre,
an Bord der Marie, *Kapitän Guermeur,*
auf dem Meer vor Island, über Reykjavik.

Danach blickte auch sie auf und fragte:

»Fertig, Großmutter Moan?«

Sie war noch jung, bewundernswert jung, das Gesicht einer Zwanzigjährigen. Sehr blond, eher ungewöhnlich in dieser Ecke der Bretagne, wo die Menschen dunkelhaarig sind; sehr blond mit Augen grau wie Linnen und fast schwarzen Wimpern. Durch ihre Brauen, blond wie ihr Haar, zog sich eine dunklere, rötliche Linie wie mit dem Pinsel gezogen, die ihr einen Ausdruck von Kraft und Willensstärke verlieh. Das ein wenig kurze Profil war gleichwohl sehr edel, die Nase setzte die Stirn vollkommen geradlinig fort wie bei griechischen Gesichtern. Ein tiefes Grübchen unterhalb der Lippen verstärkte anmutig deren Rundung; und wenn ein Gedanke sie allzu sehr beschäftigte, biß sie sich hin und wieder mit ihren weißen Zähnen auf die Unterlippe, was auf der zarten Haut kleine dunkelrote Spuren hinterließ. Ihre schlanke Gestalt hatte etwas Stolzes, aber auch Ernstes, das Erbe ihrer Vorfahren, die mutige Islandfischer waren. Ihr Blick war zugleich eigensinnig und sanft.

Ihre wie eine Muschel geformte Haube reichte tief in die Stirn, lag fest an wie ein Haarband und hob sich dann zu beiden Seiten, ließ den Blick frei auf dicke Zöpfe, die oberhalb der Ohren schneckenförmig aufgerollt waren - eine althergebrachte Haartracht, die den Frauen von Paimpol einen Hauch von ehedem verlieh.

Man spürte, daß sie anders aufgewachsen war als diese arme Alte, die sie mit Großmutter anredete, die aber tatsächlich nur eine von viel Unglück heimgesuchte entfernte Großtante war.

Sie war die Tochter von Monsieur Mével, einem ehemaligen Isländer mit einem Schuß Piratenblut, der durch verwegene Unternehmungen auf See zu Reichtum gekommen war.

Das wunderschöne Zimmer, in dem gerade der Brief beendet worden war, gehörte ihr: ein ganz neues Bett im modernen Stil mit Musselinvorhängen und einer Spitzenkante; an den dicken Wänden verbarg eine helle Tapete die Unregelmäßigkeiten des Granits. Weißer Kalk bedeckte die mächtigen Balken der Zimmerdecke, die das Alter des Gebäudes unterstrichen; es war in der Tat das Haus eines wohlhabenden Bürgers, die Fenster gingen zum alten grauen Platz von Paimpol, wo der Markt und die *Pardons* stattfanden.

»Fertig, Großmutter Yvonne? Sie haben ihm nichts weiter zu sagen?«

»Nein, mein Kind, füg nur noch einen Gruß von mir an den Sohn Gaos hinzu.«

Der Sohn Gaos!... also Yann... Sie errötete, das hübsche stolze Mädchen, als sie diesen Namen schrieb.

Kaum hatte sie in klarer Schrift unten auf dem Brief dies hinzugefügt, stand sie auf und wandte den Kopf beiseite, als gelte ihr Blick irgend etwas Interessantem draußen auf dem Marktplatz.

Sie war recht groß, hatte die Figur eleganter Damen, bei denen das Mieder keine Falten schlug. Trotz der Haube wirkte sie wie eine Demoiselle. Obwohl ihre Hände nicht von der übertrieben blassen Winzigkeit waren, die das Schönheitsideal forderte, so waren sie doch schmal und weiß, als hätten sie nie richtig zugepackt.

Früher war sie die kleine Gaud gewesen, die mit nackten Füßen im Wasser herumlief, mutterlos aufgewachsen, fast verwahrlost, wenn der Vater während der Fangsaison vor Island lag. Hübsch, rosig, ungekämmt, eigenwillig, dickköpfig, ein kraftvolles Gewächs der scharfen Luft der Küste. Zu dieser Zeit war sie von der armen Großmutter Moan aufgenommen worden, die ihr wiederum Sylvestre in die Obhut gab, wenn sie sich tagsüber bei Leuten in Paimpol verdingte.

Und sie hatte die Zärtlichkeit einer kleinen Mutter für das andere winzige Wesen, das ihr anvertraut worden war, obwohl sie kaum mehr als achtzehn Monate älter war; das so dunkelhaarig war wie sie blond, so folgsam und lieb wie sie lebhaft und launisch.

Sie erinnerte sich wieder an diesen Beginn ihres Lebens, als Mädchen, dem weder der Reichtum noch die Stadt den Kopf verdreht hatten. Es kam ihr erneut in den Sinn wie ein ferner Traum von wilder Freiheit, wie das Wiederauftauchen einer verschwommenen, geheimnisvollen Zeit, als die Sandstrände viel breiter und die Klippen viel höher waren...

Als sie fünf oder sechs Jahre alt, also noch klein genug war, kam ihr Vater zu Geld, der begonnen hatte, Schiffsladungen aufzukaufen und weiterzuverkaufen. Er nahm sie bald mit nach Saint-Brieuc und später nach Paris... Aus der kleinen Gaud wurde eine *Mademoiselle Marguerite,* hochgewachsen, mit einem ernsten Blick. Immer ein wenig sich selbst überlassen, wenn auch in einer anderen Art von Einsamkeit als am bretonischen Strand, hatte sie ihren kindlichen Eigensinn bewahrt. Was sie vom Leben wußte, war ihr mehr oder minder zufällig zugetragen worden, ohne daß es ihr klar geworden war; aber eine überaus starke, ihr angeborene Würde hatte ihr als Schutz gedient. Hin und wieder nahm sie sich die Freiheit, den Leuten Dinge offen ins Gesicht zu sagen, die in Erstaunen versetzten, und ihr gerader schöner Blick senkte sich nicht immer unter dem der jungen Männer; doch blieb er so tugendhaft und gleichmütig, daß er nicht mißverstanden werden konnte, und sie merkten sehr rasch, daß sie es mit einem anständigen, unverdorbenen Mädchen zu tun hatten.

In den großen Städten hatte sich mehr ihre Kleidung als sie selbst sich verändert. Obwohl sie ihre Haube, von der sich die Bretoninnen nur schwer trennen, weiterhin trug, hatte sie bald gelernt, sich anders zu kleiden. Und der ehedem nicht eingeengte Körper des kleinen Fischermädchens nahm allmählich seine im Meereswind sich entwickelnden schönen Konturen an, die nun im modischen Korsett noch schlanker erschienen.

Jedes Jahr kam sie mit ihrem Vater - allerdings nur wie Badegäste des Sommers - in die Bretagne zurück, fand die Erinnerungen früherer Tage und ihren Namen Gaud wieder, der auf bretonisch soviel heißt wie Marguerite. Sie war fast ein wenig neugierig, diese Isländer zu sehen, von denen man so viel sprach, die jedoch niemals da waren und von denen Jahr für Jahr einer mehr beim gemeinsamen Auslaufen fehlte. Überall hörte sie von diesem Island, das ihr wie ein ferner Abgrund vorkam - und wo sich nun der befand, den sie liebte...

Und eines schönen Tages war sie wieder für immer im Land dieser Fischer durch eine Laune ihres Vaters, der dort den Rest seines Lebens verbringen wollte und nun als wohlhabender Bürger am Marktplatz von Paimpol wohnte.

Die gute alte Großmutter, arm und ordentlich zugleich, bedankte sich und ging, kaum war der Brief nochmals gelesen und der Umschlag verschlossen. Sie lebte ziemlich weit entfernt an der Grenze zum Ploubazlanec, in einem Weiler an der Küste, noch in derselben Strohhütte, in der sie selbst geboren war, wie auch ihre Söhne und Enkel.

Wenn sie durch die Stadt ging, grüßte sie viele Leute, die ihr einen guten Abend wünschten. Sie gehörte zu den Alteingesessenen des Landes, Überbleibsel einer unerschrockenen und geachteten Familie.

Durch ein Wunder an Sorgfalt und Pflege gelang es ihr, halbwegs gut angezogen zu wirken in ihren ärmlichen, geflickten Kleidern, die kaum noch hielten. Stets hatte sie das kleine braune Schultertuch der Paimpolaiserinnen umgelegt, auf das seit bald sechzig Jahren die Musselintüten ihrer großen Hauben fielen. Ihr eigenes Hochzeitskleid, ehemals blau, hatte sie anläßlich der Hochzeit ihres Sohnes Pierre nachgefärbt und seither für die Sonntage aufgehoben.

Nach wie vor ging sie sehr gerade, gar nicht wie die anderen Alten; und trotz des ein wenig zu stark vorspringenden Kinns konnte man nicht umhin, sie mit ihren so guten Augen und ihrem so feinen Profil hübsch zu finden.

Sie war sehr geachtet, was sich nicht zuletzt im Abendgruß der Leute bemerkbar machte.

Unterwegs kam sie bei ihrem *Galan* vorbei, ein Alter, seines Zeichens Tischler, der bei jedem Gedanken an früher seufzte: ein inzwischen Achtzigjähriger, der stets vor seiner Tür saß, während die Jungen, seine Söhne, an der Hobelbank standen. Nie sei er darüber hinweggekommen, so sagte man, daß sie ihn weder als ersten noch als zweiten Ehemann haben wollte; doch mit dem Alter hatte sich das in eine Art komischen, halb bissigen Groll verwandelt, und wie immer rief er ihr zu:

»Nun, Schöne, wann ist es soweit, daß wir *Maß nehmen* können?«

Sie lehnte dankend ab, sie sei noch nicht bereit, sich solch ein Kleid machen zu lassen. Tatsächlich redete der Alte mit seinem etwas derben Scherz über ein gewisses Kleid aus Kiefernbrettern, worin alles Irdische endet...

»Also, wann Sie wollen, zieren Sie sich nicht, Schöne, Sie wissen ja...«

Diesen Spaß hatte er sich ihr gegenüber schon des öfteren erlaubt. Aber heute konnte sie kaum darüber lachen: zu müde fühlte sie sich, zu erschöpft von ihrem harten Arbeitsleben – und sie dachte an ihren geliebten Enkel, ihren letzten, der nach seiner Rückkehr von Island zum Militär gehen würde. Fünf Jahre lang!... Vielleicht nach China, in den Krieg!... Würde sie noch da sein, wenn er zurückkäme? Angst überfiel sie bei diesen Gedanken... Nein, ganz entschieden war sie nicht mehr so gut aufgelegt wie es den Anschein hatte, und das Gesicht der armen Alten verzog sich, als wolle sie weinen.

Aber es war möglich, es war durchaus möglich, daß man ihr bald auch den letzten Enkel fortnehmen würde... Mein Gott, ganz alleine sterben, ohne ihn je wiedergesehen zu haben... Man hatte Eingaben gemacht (bei Herren aus der Stadt, die sie kannte), um ihn vor dem Einrücken zu bewahren, als Stütze einer bedürftigen Großmutter, die bald nicht mehr arbeiten könne. Ohne Erfolg - wegen eines anderen, Jean Moan, dem Deserteur, einem älteren Bruder von Sylvestre, über den man in der Familie nicht mehr redete, der aber gleichwohl irgendwo in Amerika lebte und der dadurch seinem jüngeren Bruder die Freistellung vom Militärdienst verwehrte. Außerdem hatte man auf ihre kleine Rente als Seemannswitwe verwiesen; sie war nicht arm genug.

Als sie zu Hause war, sprach sie lange ihre Gebete für alle Verstorbenen, Söhne und Enkel: danach betete sie mit allem Gottvertrauen für ihren kleinen Sylvestre, und während sie versuchte, Schlaf zu finden, dachte sie an das Kleid aus Kiefernholz und ihr Herz krampfte sich zusammen, da sie sich schon so alt fühlte, jetzt, wo diese Trennung bevorstand.

Die andere, die Junge, war nahe am Fenster sitzengeblieben und betrachtete den gelben Widerschein der untergehenden Sonne auf den Mauern aus Granit und die schwarzen Schwalben, die am Himmel ihre Kreise zogen. Paimpol war immer wie ausgestorben, selbst am Sonntag, an diesen langen Maiabenden; junge Mädchen, die niemanden hatten, der ihnen den Hof machte, gingen zu zweit oder zu dritt spazieren und träumten von ihren Liebsten vor Island...

»... Einen Gruß an den Sohn Gaos...« Diesen Satz und diesen Namen zu schreiben, hatte sie außerordentlich aufgewühlt, er ging ihr nicht mehr aus dem Sinn.

Sie verbrachte häufig die Abende an diesem Fenster, wie eine Demoiselle aus der Stadt. Ihr Vater schätzte es nicht sehr, wenn sie mit anderen Mädchen ihres Alters spazieren ging, die einst ihresgleichen waren. Kam er dann aus dem Café und vertrat sich pfeiferauchend mit ehemaligen Seeleuten noch etwas die Füße, stimmte es ihn zufrieden, wenn er dort oben an dem mit Granit eingefaßten Fenstern zwischen den Blumentöpfen seine Tochter in diesem reichen Bürgerhaus sah.

Der Sohn Gaos!... Unwillkürlich blickte sie Richtung Meer, das man nicht sah, aber das man ganz nah spürte am Ende dieser schmalen Gassen, durch die die Fischer hinaufsteigen. Und ihre Gedanken verloren sich in der Unendlichkeit dieser immer wieder erregenden Sache, die fasziniert und verschlingt; ihre Gedanken verloren sich dorthin, in die Ferne zu den nördlichen Gewässern, wo die *Marie, Kapitän Guermeur* fuhr.

Was für ein seltsamer junger Mann, der Sohn Gaos!... Er mied sie und war jetzt überhaupt nicht zu fassen, obwohl er sich ihr so kühn und doch so sanft genähert hatte.

In ihrer langen Träumerei überließ sie sich wieder den Erinnerungen ihrer Rückkehr in die Bretagne im vergangenen Jahr.

An einem Dezembermorgen hatte der Nachtzug aus Paris sie und ihren Vater in Guingamp zurückgelassen, an einem nebelig bleichen, sehr kalten frühen Morgen, den noch die Dunkelheit berührte. Da überkam sie eine unbekannte Empfindung: dieses alte Städtchen, durch das sie nur im Sommer gekommen war, sie erkannte es nicht wieder; sie empfand, hier auf einmal in etwas einzutauchen, was man auf dem Land die Zeit nennt – die ferne Zeit der Vergangenheit. Diese Stille, nach Paris! Diese gelassene Lebensart der Leute aus einer anderen Welt, die im Nebel ihren Beschäftigungen nachgingen.

Die alten Häuser aus dunklem Granit, schwarz vor Nässe und von einem Rest Nacht. All die bretonischen Dinge - die sie entzückten, jetzt, wo sie Yann liebte - waren ihr an jenem Morgen unendlich trostlos vorgekommen. Schon sehr früh hatten sich die ersten Türen geöffnet, im Vorbeifahren sah sie zwischen altmodischen Einrichtungen große Kamine, an denen geruhsam Großmütter mit Haube saßen, die soeben aufgestanden waren. Kaum war es etwas heller geworden, war sie in die Kirche eingetreten, um ihr Gebet zu sprechen. Wie mächtig und düster kam es ihr vor, dieses herrliche Kirchenschiff - so verschieden von den Pariser Kirchen, mit seinen grob behauenen Säulen, deren Basis im Lauf der Jahrhunderte abgewetzt war, mit diesem Geruch nach Gruft, Verfall und Salpeter! In einer tiefen Nische hinter der Säulenkolonnade brannte eine Kerze, und eine Frau kniete davor, die zweifellos ein Gelübde ablegte. Der Schein dieser kleinen Flamme verlor sich in der unbestimmten Weite der Gewölbe... Plötzlich hatte sie dort ein längst vergessenes Gefühl wiedergefunden: eine Art Traurigkeit und Furcht, das sie einst als ganz kleines Kind empfand, als man sie an einem winterlichen Morgen zur Frühmesse in die Kirche von Paimpol mitnahm.

Paris, sie vermißte es durchaus nicht, obwohl es dort viele schöne und amüsante Dinge gab. Vor allem fühlte sie sich dort eingeengt, hatte sie doch das Blut von Seefahrern in sich. Auch fühlte sie sich fremd, wie am falschen Ort: Pariserinnen, das waren Frauen, deren schmale Taille hinten in eine künstliche Wölbung überging, Frauen, die einen unnachahmlichen Gang hatten und sich in einem Fischbeinfutteral wiegten. Und sie war klug genug gewesen, ihnen niemals nachzueifern. Mit ihrer Haube, die jedes Jahr neu bei der Putzmacherin in Paimpol bestellt wurde, fühlte sie sich nicht wohl in den Straßen von Paris; es war ihr nicht bewußt, daß man sich so oft nach ihr umdrehte, weil sie sehr liebreizend anzusehen war.

Unter den Pariserinnen waren einige, deren vornehme Art ihr durchaus gefiel, aber sie wußte, daß man nicht näher an sie herankam. Und zu den anderen, von einfacher Herkunft, die gerne eine nähere Bekanntschaft eingegangen wären, wahrte sie stolz einen gewissen Abstand, achtete sie ihrer nicht würdig. Folglich lebte sie ohne jede Freundin, fast ohne jede Gesellschaft außer der ihres Vaters, der oft stark beschäftigt oder abwesend war. Sie vermißte dieses heimatlose, einsame Leben nicht.

Trotzdem war sie am Tag der Ankunft unangenehm überrascht von der Rauheit der Bretagne, die sie mitten im Winter wiedersah. Und der Gedanke daran, daß man noch vier oder fünf Stunden Kutschfahrt vor sich hatte, daß man noch tiefer in dieses düstere Land eintauchen mußte, um Paimpol zu erreichen, hatte sie wie ein Alptraum bedrückt.

Den ganzen Nachmittag über waren sie bei trübem Wetter unterwegs, sie und ihr Vater, in einer kleinen altersschwachen Postkutsche, in der es von allen Seiten zog. In der Abenddämmerung fuhren sie durch trostlose Dörfer unter gespenstischen Bäumen, an denen der Nebel in feinen Tropfen hing. Bald schon mußten sie die Laternen anzünden; es war nichts mehr zu sehen – nur zwei Streifen eines grünen bengalischen Feuers, die auf beiden Seiten vor den Pferden sich zu bewegen schienen, und die nichts anderes waren als der Widerschein der beiden Laternen auf den schier endlosen Hecken am Wegesrand. – Wo kam nur dieses viele Grün her, mitten im Dezember?... Erstaunt beugte sie sich vor, dann begann sie sich wieder zu erinnern: der Stechginster, der ewige Stechginster an allen Wegen und Felsen, der sich in der Gegend um Paimpol niemals gelb färbte. Im selben Augenblick wehte eine feuchtere Brise, die sie gleichfalls wiederzuerkennen glaubte, und die nach Meer roch...

Am Ende der Fahrt war sie hellwach und belustigt bei dem Gedanken, der ihr gekommen war:

»Nun, da wir Winter haben, werde ich sie ja diesmal sehen, die stattlichen Islandfischer.«

Im Dezember mußten sie alle wieder da sein, die Brüder, die Verlobten, die Liebhaber, die Cousins, von denen ihre Freundinnen, die großen und die kleinen, ihr im Sommer während der abendlichen Spaziergänge soviel erzählt hatten. Diese Vorstellung hatte sie die ganze Zeit beschäftigt, während ihr beim Stillsitzen in der Kalesche die Füße zu Eis erstarrten...

Und sie hatte sie gesehen... und nun war ihr Herz von dem einen erobert worden...

IV

Das erste Mal hatte sie ihn, diesen Yann, am Morgen nach ihrer Ankunft gesehen, bei dem *Pardon der Isländer* am 8. Dezember, dem Tag Unserer Lieben Frau von der Frohen Botschaft, der Schutzpatronin der Fischer. Es war kurz nach der Prozession, in den dunklen Gassen hingen noch die weißen Laken, an die man Efeu und Stechpalme befestigt hatte, die Blätter und Blüten des Winters.

Großer Lärm in Paimpol; Glockengeläut und Priestergesang. Derbe, eintönige Lieder in den Schenken, alte Melodien, die den Matrosen Trost gaben, alte Klagegesänge, aus dem Meer gekommen oder von wer weiß woher, aus dem tiefen Dunkel der Zeit. Gruppen von

Seeleuten hakten sich unter, schwankten durch die Straßen, halb aus Gewohnheit, halb in einsetzendem Rausch, und nach der langen Enthaltsamkeit auf hoher See warfen sie begierige Blicke auf die Frauen. Gruppen von jungen Mädchen mit weißen, nonnenhaften Hauben, die schöne bebende Brust fest geschnürt, die schönen Augen voll von der Begehrlichkeit eines langen Sommers. Alte Häuser aus Granit umschlossen dieses Menschengewimmel; alte Dächer erzählten von ihrem jahrhundertelangen Kampf gegen den Westwind, gegen Gischt und Regen, gegen alles, was das Meer heranträgt; sie erzählten auch von leidenschaftlichen Geschichten unter ihrem Schutz, von kühnen Liebesabenteuern.

Und über dem Ganzen lag eine fromme Stimmung, ein Gefühl für die Vergangenheit, eine Ehrfurcht vor dem alten Kult, vor Schutz verheißenden Symbolen, vor der unbefleckten Jungfrau Maria. Neben den Schenken die Kirche, die mit grünem Laubwerk übersäte Eingangstreppe, das weit geöffnete Portal, das dunkle Innere mit dem Geruch nach Weihrauch, mit Kerzen und Votivgaben der Seemänner überall an den geweihten Wänden. Neben den verliebten Mädchen die Verlobten verschollener Matrosen, die Witwen der Ertrunkenen, die die Totenkapellen verließen mit langem Trauerschal und kleinen schmucklosen Hauben; den Blick gesenkt, gingen sie schweigsam durch das lärmende Leben wie eine düstere Warnung. Und ganz in der Nähe, die ewige See, die große Ernährerin und große Verschlingerin kraftvoller Geschlechter, auch sie war in Bewegung, war geräuschvoll, nahm auf ihre Weise teil an dem Fest...

All diese Eindrücke zusammen verwirrten Gaud. Aufgeregt und lachlustig spürte sie tief in ihrem Inneren Angst bei dem Gedanken, daß dieses Land von nun an für immer das ihre sein würde. Mit ihren Freundinnen, die ihr jeden jungen Mann aus Paimpol oder Ploubazlanec, der rechts oder links vorbeikam, mit Namen nannten, spazierte sie über den großen Platz, auf dem es Spielbuden und Gaukler gab. Vor den Bänkelsängern war eine Gruppe dieser Isländer stehengeblieben, die ihr den Rücken zuwandte. Und durchaus beeindruckt von einem mit der Figur eines Riesen und mit fast zu breiten Schultern hatte sie leichthin und sogar mit einem Anflug von Spott gesagt:

»Nun, der ist ja reichlich groß!«

Was sie eigentlich ausdrücken wollte, war:

»Was für eine Enge in dem Hause derjenigen, die einen Mann von dieser Statur heiraten wird!«

Als hätte er es vernommen, drehte er sich um, und ein rascher Blick von Kopf bis Fuß schien zu sagen:

»Wer mag sie nur sein, die so elegant eine Haube aus Paimpol trägt und die ich nie zuvor gesehen habe?«

Danach senkte er schnell den Blick, aus Höflichkeit. Er schien wieder gefesselt zu sein von den Bänkelsängern und ließ nur noch seine schwarzen Haare sehen, die im Nacken ziemlich lang und voller Locken waren.

Unbefangen hatte sie nach den Namen von vielen anderen gefragt, aber bei diesem wagte sie es nicht. Dieses schöne Profil, das sie nur flüchtig sehen konnte, der imposante, ein wenig wilde Blick, die braunen, leicht falben Pupillen, die sich rasch auf dem bläulichen Opal der Augen hin- und herbewegten, all das hatte sie beeindruckt und zugleich geängstigt.

Es war dieser »Sohn Gaos«, über den man bei den Moans wie von einem Freund Sylvestres sprach; noch am Abend dieser Prozession waren Sylvestre und er Arm in Arm ihrem Vater und ihr über den Weg gelaufen und waren stehengeblieben, um ihnen einen guten Tag zu wünschen...

... Der kleine Sylvestre, er war für sie sofort zu einer Art Bruder geworden. Da sie verwandt waren, hatten sie sich geduzt - allerdings hatte sie anfangs gezögert bei diesem Burschen von siebzehn Jahren, der bereits einen schwarzen Bart trug. Aber da sich seine sanften Kinderaugen kaum geändert hatten, war er ihr bald wieder so vertraut, als hätte sie ihn niemals aus dem Blick verloren. Wenn er nach Paimpol kam, behielt sie ihn zum Abendessen da; es war ganz unverfänglich, und er aß mit großem Appetit, da es bei ihm etwas knapp zuging...

... Offen gestanden war dieser Yann bei der ersten Begegnung ihr nicht besonders galant vorgekommen, dort an der Biegung einer schmalen grauen Gasse, auf der überall verstreut grüne Zweige lagen. Er hatte sich damit begnügt, vor ihr in einer zurückhaltenden, aber recht vornehmen Art den Hut zu ziehen; nachdem er sie rasch von oben bis unten gemustert hatte, wandte er wieder den Blick zur Seite, als ob er ungehalten über diese Begegnung sei und es eilig habe, weiterzugehen. Ein ziemlich heftiger Westwind, der sich während der Prozession erhob, hatte Buchsbaumzweige zu Boden gerissen und einen grauschwarzen Behang an den Himmel geschleudert... In Erinnerungen versunken, bemerkte Gaud gleichwohl alles: der trostlose Einbruch der Dämmerung am Ende des *Pardons*, die mit Blumen besteckten weißen Laken, die an den Häuserwänden im Wind flatterten, die ausgelassenen Gruppen von *Isländern*, wind- und sturmerprobte Männer, die singend auf die Schenke zusteuerten, um sich vor dem drohenden Regen in Sicherheit zu bringen, vor allem jedoch diesen großen Burschen, der dort vor ihr stand und den Kopf mit gelangweilter, ärgerlicher Miene von ihr abwandte... Welch tiefgreifende Veränderung war seither in ihr vorgegangen!...

Und welch ein Unterschied zwischen dem Lärm des zur Neige gehenden Festes und der gegenwärtigen Stille! Wie ruhig und verlassen dasselbe Paimpol an diesem Abend war, in dieser langen milden Maidämmerung, die sie an ihrem Fenster festhielt, einsam, träumend und verliebt!...

V

Ein zweites Mal hatten sie sich bei einer Hochzeit gesehen. Der Sohn Gaos war zu ihrem Begleiter ausersehen worden. Zuerst glaubte sie, sich darüber ärgern zu müssen: an der Seite dieses Burschen durch die Straßen zu gehen, den jeder wegen seiner ungewöhnlichen Größe anstarren würde und der zudem unterwegs nichts zu ihr zu sagen wüßte!... Und dann machte er ihr Angst, ganz entschieden Angst mit seinem verwegenen stolzen Aussehen.

Zur festgesetzten Stunde waren alle für den Hochzeitszug versammelt, nur dieser Yann war noch nicht erschienen. Die Zeit verging, er kam nicht, und schon sprach man davon, nicht mehr länger warten zu wollen. Da wurde ihr bewußt, daß sie sich nur für ihn schön gemacht hatte, mit irgendeinem anderen wären das Fest und der Ball für sie ohne jedes Vergnügen gewesen...

Schließlich kam er doch noch rechtzeitig, auch er in einem hübschen Anzug, er entschuldigte sich unbefangen bei den Eltern der Braut: große Fischschwärme, mit denen man nicht gerechnet habe, seien von England her gemeldet worden und sollten gegen Abend auf der Höhe von Aurigny vorbeiziehen; da sei alles, was es in Ploubazlanec an Booten gab, sofort klargemacht worden. In den Dörfern war große Aufregung, Frauen holten ihre Männer aus den Schenken, trieben sie zur Eile an, halfen selbst beim Segelsetzen, eine regelrechte Aufbruchstimmung herrschte im Land...

Zwischen all den Leuten, die ihn umgaben, erzählte er dies erstaunlich gewandt, mit den ihm eigenen Gesten, mit rollenden Augen und einem schönen Lächeln, das seine blitzenden Zähne zeigte. Um die überstürzte Hast der Vorbereitungen besser auszudrücken, stieß er hin und wieder ein langgezogenes, sehr komisches Hu! aus mitten in seinen Sätzen, ein Matrosenruf, der Eile andeutet und wie das Pfeifen des Windes klingt. Er selbst mußte sehr rasch einen Ersatzmann für sich ausfindig machen, den der Schiffseigner akzeptierte, bei dem er für die Wintersaison angeheuert hatte. Daher seine Verspätung, und um die Hochzeit nicht zu versäumen, hatte er auf jeden Anteil am Fang verzichtet.

Die Fischer zeigten vollstes Verständnis, und niemand machte ihm irgendeinen Vorwurf. Sie wußten nur allzu gut, wie sehr in ihrem Leben mehr oder weniger alles von den Unwägbarkeiten des Meeres abhing, dem Wetterwechsel oder von den geheimnisvollen Wanderungen der Fische. Die anderen Isländer, die anwesend waren, bedauerten nur, daß sie nicht rechtzeitig genug unterrichtet worden waren, um genau wie die Leute von Ploubazlanec an dem Reichtum, der draußen auf dem Meer vorüberzog, teilhaben zu können.

Jetzt war es natürlich zu spät, also bot man den Mädchen den Arm. Geigen erklangen, und gutgelaunt setzte man sich in Bewegung.

Anfangs hatte er zu ihr nur höfliche Floskeln ohne jede Bedeutung gesagt, wie man es auf einer Hochzeitsfeier einem Mädchen gegenüber tut, das man kaum kennt. Sie waren das einzige Paar, das sich fremd war, alle anderen in dem Zug waren Cousin und Cousine oder miteinander verlobt. Auch Liebespaare gab es, denn in diesem Landstrich ging man nach der Rückkehr von Island recht weit in der Liebe. (Aus Anstand heiratete man allerdings später.)

Doch als am Abend getanzt wurde, kam die Plauderei zwischen ihnen beiden wieder zurück auf den großen Fischschwarm. Plötzlich sagte er völlig unerwartet und blickte ihr dabei in die Augen:

»Sie sind die einzige in Paimpol, ja auf der ganzen Welt, die mich von diesem Fang abhalten konnte, mit Sicherheit hätte ich mich von keiner anderen abbringen lassen, Mademoiselle Gaud...«

Zunächst sprachlos darüber, wie dieser Fischer mit ihr, die sie fast wie eine Königin auf diesen Ball gekommen war, zu reden wagte, antwortete sie nach einer Weile wie verzaubert:

»Ich danke Ihnen, Monsieur Yann, auch ich bin lieber mit Ihnen hier als mit irgendeinem anderen.«

Das war alles gewesen. Aber von diesem Augenblick an bis zum Ende des Balls redeten sie in anderer Weise miteinander, leiser und zärtlicher...

Bis zum Morgengrauen tanzten die fast immer gleichen Paare zur Violine. Als er wieder zu ihr kam, nachdem er aus Höflichkeit mit einigen anderen getanzt hatte, tauschten sie das Lächeln von Freunden, die sich wiederfinden, und sie setzten ihre vertrauliche Unterhaltung fort. Ganz offen sprach Yann über sein Leben als Fischer, die Mühen, den Verdienst, die früheren Schwierigkeiten bei seinen Eltern, als vierzehn kleine Gaos großgezogen werden mußten, von denen er der älteste war. Im Moment waren sie wohl aus dem schlimmsten heraus, vor allem wegen eines Wracks, das der Vater im Ärmelkanal aufgebracht hatte und dessen Verkauf nach Abzug des staatlichen Anteils zehntausend Francs ergeben hatte. Damit konnte man das erste Stockwerk auf ihrem Haus ausbauen, es lag an der Landspitze des Ploubazlanec, im kleinen Ort Pors-Even, hoch über dem Kanal, mit einem herrlichen Ausblick.

»Es ist hart«, sagte er, »dieses Islandgeschäft: bereits im Februar in eine Gegend zu fahren, wo es so kalt und dunkel ist und die See so stürmisch...«

... Gaud, der das ganze Ballgespräch vorkam, als wäre es gestern gewesen, rief sich wieder einmal alles ins Gedächtnis, während sie zusah, wie die Mainacht über Paimpol hereinbrach. Wenn er nicht an eine Heirat dachte, warum hatte er ihr sonst all die Einzelheiten seines Lebens erzählt, die sie fast wie eine Verlobte sich angehört hatte? Denn er machte durchaus nicht den Eindruck eines harmlos verliebten Burschen, der aller Welt seine Angelegenheiten anvertraute...

»Die Arbeit ist aber trotzdem ganz schön«, hatte er gesagt, »und ich würde sie niemals wechseln wollen. Seit Jahren bringt sie achthundert Francs ein, auch schon mal zwölfhundert, die ich bei meiner Rückkehr erhalte und die ich unserer Mutter gebe.«

»Was geben Sie Ihrer Mutter, Monsieur?«

»Nun ja, eben alles. Bei uns Isländern ist das üblich, Mademoiselle Gaud.« (Er sagte es so, als sei das ganz normal und selbstverständlich.) »Deshalb habe ich, Sie mögen es nicht glauben, eigentlich nie Geld. Am Sonntag, wenn ich nach Paimpol gehe, gibt mir unsere Mutter etwas. So ist es bei allem anderen auch. So hat mir unser Vater dieses Jahr den neuen Anzug, den ich trage, machen lassen, ohne den ich niemals auf eine Hochzeitsfeier gegangen wäre. Ja, ganz bestimmt, in meinem Anzug vom vorigen Jahr hätte ich Ihnen nicht den Arm reichen mögen...«

Für sie, die an die Pariser Mode gewöhnt war, war er vielleicht nicht so elegant, der neue Anzug von Yann, die sehr kurze Jacke, die er offen über einer etwas altmodischen Weste trug. Doch der Körper, der sich darunter abzeichnete, war vollkommen untadelig, und wenn er tanzte, hatte er eine starke Ausstrahlung.

Lächelnd blickte er ihr in die Augen, wenn er etwas gesagt hatte, um zu sehen, was sie davon hielt. Und wie offen und ehrlich war sein Blick, während er dies alles erzählte, um ihr mitzuteilen, daß er nicht reich sei!

Sie erwiderte sein Lächeln, sah ihn dabei direkt an. Sie gab nur wenig zur Antwort, hörte jedoch gebannt zu, immer erstaunter und immer mehr zu ihm hingezogen. Was für eine Mischung aus wilder Rauheit und anschmiegsamer Kindlichkeit er war! Die ernste Stimme, die im Gespräch mit anderen knapp und entschieden klang, wurde, je länger er sich mit ihr unterhielt, immer weicher und zärtlicher; nur für sie allein ließ er sie in äußerster Sanftheit erklingen, wie gedämpfte Musik von Streichinstrumenten.

Wie erstaunlich und überraschend, daß dieser große Bursche mit dem ungezwungenen Benehmen, mit seinem furchterregenden Äußeren, zu Hause wie ein Kind behandelt wurde und das ganz normal fand; daß er, der in der Welt herumgekommen war, alle Abenteuer und Gefahren erlebt hatte, dennoch diese respektvolle, absolute Unterordnung beibehielt.

Sie verglich ihn mit den anderen, mit drei, vier Pariser Laffen, Verkäufern, Tintenklecksern oder sonst wem, die sie mit ihrer Verehrung verfolgt hatten, ihres Geldes wegen. Und er schien ihr der beste von allen und zugleich auch der schönste.

Um ihm näher zu kommen, hatte auch sie von sich erzählt, daß sie es nicht immer so leicht wie jetzt gehabt hätten, daß ihr Vater zunächst als Islandfischer angefangen und sich deshalb sehr viel Wertschätzung für diese

Männer bewahrt hätte, daß sie sich noch daran erinnern kann, wie sie barfuß am Strand herumgelaufen sei, als sie ganz klein war, nach dem Tod ihrer armen Mutter...

... Oh! diese Ballnacht, diese köstliche, diese einmalige und entscheidende Nacht ihres Lebens - sie lag schon weit zurück, damals war Dezember, und nun hatten sie schon Mai. All die stattlichen Tänzer waren jetzt zum Fischen dort oben, weit verstreut auf dem Meer vor Island - ständig schien eine fahle Sonne in ihre endlose Einsamkeit, während sich über der bretonischen Erde langsam die Dunkelheit ausbreitete.

Gaud blieb an ihrem Fenster sitzen. Der Marktplatz von Paimpol, der rundum von alten Häusern umgeben war, wurde im Lauf des späten Abends immer trostloser, nirgendwo war ein Geräusch zu hören. Über den Häusern schien der weite, noch leuchtende Himmel sich aufzutun, sich emporzuheben, sich mehr und mehr zu lösen von den irdischen Dingen, die sich in der Dämmerstunde zu einem einzigen schwarzen Scherenschnitt von Giebeln und alten Dächern zu verdichten schienen. Ab und zu schloß sich eine Tür oder ein Fenster, einige alte Seemänner verließen schwankend eine Schenke, entfernten sich durch dunkle schmale Gassen, oder ein paar junge Mädchen, die sich verspätet hatten, kehrten mit einem Frühlingsstrauß von einem Spaziergang zurück. Eine, die Gaud kannte, sagte ihr guten Abend, streckte einige Zweige Weißdorn zu ihr hoch, als solle sie daran riechen, denn im schwachen Licht der Dämmerung konnte man die kleinen weißen Blütenbüschel nur erahnen. Und dann war da noch ein anderer zarter Duft, der aus den Gärten und Höfen aufstieg vom blühenden Geißblatt an den Granitmauern - sowie vom Hafen her ein vager Geruch nach Seetang. Die letzten Fledermäuse glitten lautlos durch die Luft wie Traumgetier.

Gaud hatte viele Abende an diesem Fenster verbracht, hatte auf den melancholischen Platz hinuntergeschaut und an die Isländer gedacht, die nun fort waren, und immer wieder an jenen Ball...

... Am Ende dieser Hochzeitsfeier war es sehr heiß geworden, und vielen Walzertänzern drehte sich der Kopf. Sie erinnerte sich daran, daß er mit anderen Mädchen und Frauen tanzte, deren Liebhaber er mehr oder weniger gewesen sein mußte. Sie erinnerte sich, wie herablassend er auf ihre Lockungen reagierte... Wie anders war er doch zu ihnen gewesen!

Er war ein bezaubernder Tänzer, kerzengerade wie eine hohe Eiche, der sich leicht und mit Grazie drehte, den Kopf zurückgeworfen. Seine lockigen braunen Haare fielen ihm ein wenig in die Stirn und wehten im Luftzug des Tanzes. Gaud, die ziemlich groß war, spürte das leichte Rascheln auf ihrer Haube, wenn er sich zu ihr niederbeugte, um sie beim schnellen Walzer fester zu umfassen.

Von Zeit zu Zeit machte er sie durch ein Zeichen auf Marie und Sylvestre, die Verlobten, die zusammen tanzten, aufmerksam. Er lachte gutmütig, wenn er die beiden sah, so jung, so zurückhaltend, die sich voreinander verneigten und sich mit schüchterner Miene offenkundig sehr liebenswürdige Dinge sagten. Er hätte sicher auch nichts anderes zugelassen; gleichwohl, er, der Schürzenjäger und Draufgänger amüsierte sich darüber, wie kindlich sie waren; und er tauschte mit Gaud ein vertrauliches wissendes Lächeln, das sagen sollte: »Wie nett und drollig sie doch sind, *unsere* beiden kleinen Geschwister!...«

Man küßte sich reichlich gegen Ende der Nacht: Küsse unter Verwandten, Verlobten, Verliebten, doch alles bewahrte einen natürlichen und ehrenwerten Anschein, hier vor all den Leuten. Selbstverständlich hatte er sie nicht geküßt, das erlaubte man sich nicht mit der Tochter von Monsieur Mével. Vielleicht preßte er sie noch ein wenig enger an seine Brust gegen Ende der letzten Walzer, und vertrauensvoll hatte sie sich nicht dagegen gewehrt, im Gegenteil, sie schmiegte sich voller Hingabe an ihn. Bei diesem jähen, tiefen, köstlichen Taumel, der sie vollkommen zu ihm hinzog, waren sicher auch die Sinne einer Zwanzigjährigen beteiligt, aber begonnen hatte es in ihrem Herzen.

»Habt ihr diese dreiste Person gesehen, wie sie ihn anschaut?«, fragten sich zwei oder drei hübsche Mädchen, die schamhaft den Blick unter blonden oder schwarzen Wimpern senkten, aber bei den Tänzern mindestens einen Liebhaber hatten. Sie blickte ihn wirklich sehr oft an, war er doch der erste junge Mann in ihrem Leben, für den sie Interesse bekundete.

Als sie sich im kühlen Morgengrauen trennten, nachdem alle in wildem Durcheinander aufgebrochen waren, sagten sie sich Adieu in einer ganz besonderen Weise, wie zwei Verlobte, die sich am nächsten Tag wiedersehen werden. Und dann war sie mit ihrem Vater über denselben Platz nach Hause gegangen, überhaupt nicht müde, sondern hellwach und fröhlich; sie war entzückt, frische Luft zu atmen, sie mochte diesen eisigen Nebel draußen und diesen trüben Morgen; sie fand alles reizend und alles wunderschön.

... Die Mainacht war schon lange hereingebrochen, die Fenster hatten sich nach und nach geschlossen, mit einem leichten Knirschen der Riegel. Gaud saß noch immer am offenen Fenster. Die wenigen letzten Heimkehrer, die in der Dunkelheit ihre weiße Haube ausmachten, mochten denken: »Ein Mädchen, das ganz sicher von ihrem Verehrer träumt.« Und sie träumte tatsächlich von ihm, hätte dabei weinen können. Ihre kleinen weißen Zähne bissen auf die Lippe, verzogen das Grübchen, das sonst die klare Linie des Mundes hervorhob. Ihr Blick verharrte in der Dunkelheit, nahm nichts wahr von den wirklichen Dingen...

... Warum war er nach dem Ball nicht wieder gekommen? Was hatte ihn so verändert? Bei einer zufälligen Begegnung schien er sie meiden zu wollen, wandte den Blick, der noch immer so behende war, beiseite.

Oft hatte sie mit Sylvestre darüber gesprochen, auch er verstand das Ganze nicht:

»Vielleicht solltest du ihn einfach heiraten, Gaud«, meinte er, »falls dein Vater zustimmt, denn nirgendwo im Land findest du einen besseren. Vor allem möchte ich dir sagen, daß er sehr vernünftig ist, obwohl es nicht den Anschein hat, und nur ganz selten betrinkt er sich. Er hat zwar manchmal einen Dickkopf, aber eigentlich ist er ziemlich sanftmütig. Nein, du kannst nicht wissen, wie gut er ist. Und so ein Seemann! Jedesmal zu Saisonbeginn streiten sich die Schiffskapitäne um ihn...«

Die Zustimmung ihres Vaters zu erhalten, dessen war sie sich ganz sicher, denn noch nie hatte er ihr etwas abgeschlagen. Es wäre ihm auch egal, daß er nicht reich war. Denn ein Seemann wie er benötigte nur einen kleinen Vorschuß, um sechs Monate lang die Steuermannschule besuchen zu können, und er würde ein Kapitän werden, dem jeder Reeder gern ein Schiff anvertraut.

Auch wäre es ihm gleich, daß er so groß gewachsen war; zu kräftig zu sein, war eher ein Nachteil für eine Frau, doch bei einem Mann tat das keinerlei Abbruch an seiner Schönheit.

Übrigens hatte sie sich unauffällig bei den Mädchen der Gegend, die alle Liebesgeschichten kannten, umgehört: er war nirgendwo fest gebunden; ohne an der einen mehr festzuhalten als an der anderen, wandte er sich nach rechts und nach links, nach Lézardrieux wie nach Paimpol den Schönen zu, die ihn begehrten.

An einem Sonntagabend hatte sie ihn sehr spät heimkehren sehen, eng aneinander geschmiegt mit einer gewissen Jeannie Caroff, die ganz bestimmt sehr hübsch war, aber von zweifelhaftem Ruf. Das hatte ihr grausam weh getan.

Man hatte sie auch über seinen Jähzorn unterrichtet; so war er eines Abends recht angetrunken gewesen in einem Café in Paimpol, wo die Isländer ihre Feste feierten, und hatte einen schweren Marmortisch durch eine Tür geschleudert, die man ihm nicht mehr öffnen wollte...

Doch sie verzieh ihm alles, alles: man weiß ja, wie Seeleute manchmal sein können, wenn es sie packt... Aber wenn er aufrichtig war, warum hatte er sich um sie, die Nichtsahnende, bemüht, und sie dann wieder verlassen, warum hatte er sie eine ganze Nacht lang mit diesem schönen offenen Lächeln angesehen, und warum hatte er mit sanfter Stimme so vertraulich mit ihr geredet wie zu einer Braut? Im Augenblick war es ihr unmöglich, sich einem anderen zuzuwenden. Früher, als sie noch ganz klein war, hatte man, um sie zu schelten, zu ihr gesagt, sie wäre ein böses Kind, mit einem Dickkopf wie keine zweite; das war ihr geblieben. Obwohl sie inzwischen eine schöne junge Frau war, die ein wenig ernst und hochmütig schien, die von niemandem geformt worden war, blieb sie doch in ihrem Inneren dieselbe.

Nach diesem Ball hatte sie den ganzen Winter in der Erwartung verbracht, ihn wiederzusehen, und er war nicht einmal gekommen, um sich vor der Ausfahrt nach Island zu verabschieden. Nun war er nicht mehr da, für sie existierte nichts mehr, die zähe Zeit schien endlos bis zu seiner Rückkehr im Herbst, wo sie vorhatte, sich endgültig Klarheit zu verschaffen...

... Elf Uhr schlug es vom Rathaus – mit diesem eigenartig dunklen Klang, den die Glocken in den ruhigen Frühlingsnächten annehmen.

Elf Uhr, das war für Paimpol sehr spät; Gaud schloß ihr Fenster und zündete zum Schlafengehen eine Lampe an...

Vielleicht war es bei diesem Yann nur eine gewisse Scheu, oder hatte er, weil auch er sehr stolz war, Angst davor, zurückgewiesen zu werden, weil sie zu reich für ihn war?... Sie hatte ihn das einfach fragen wollen, aber Sylvestre hatte ihr davon abgeraten, er meinte, daß es einer jungen Frau nicht anstehe, so beherzt aufzutreten. In Paimpol mißbillige man bereits ihre Art und ihre Kleidung...

Sie entledigte sich ihrer Kleider mit der zerstreuten Langsamkeit eines verträumten Kindes: zuerst die Musselinhaube, danach das elegante Kleid, das sie achtlos auf einen Stuhl warf.

Schließlich ihr modisches langes Korsett, das ihr den viel beredeten Pariser Chic verlieh. Davon befreit, wirkte ihre Figur noch vollkommener; nicht mehr zusammengepreßt und von unten her schlanker gemacht, traten jetzt ihre natürlichen Formen zutage, die voll und sanft gerundet waren wie die einer Marmorstatue. Ihre Bewegungen nahmen dadurch eine andere Gestalt an, und jede ihrer Posen war verlockend anzusehen.

Die kleine Lampe, die zu dieser späten Stunde allein noch brannte, beleuchtete ein wenig geheimnisvoll ihre Schultern und Brüste, deren Makellosigkeit noch kein Auge gesehen hatte und die, zweifellos für alle verloren, unentdeckt dahinwelken würde, da Yann sie wohl nicht für sich besitzen wollte...

Sie wußte um ihr hübsches Gesicht, war sich aber der Schönheit ihres Körpers nicht bewußt. In jener Gegend der Bretagne haben übrigens die Töchter der Islandfischer fast ausnahmslos diese Schönheit. Man bemerkt sie kaum noch, und auch die weniger Zurückhaltenden schämen sich, ihre Reize zur Schau zu stellen. Nur die Koketten aus der Stadt legen viel Wert darauf, die Formen zu betonen und sich anzumalen...

Sie löste allmählich ihre Haarschnecken auf, die oberhalb der Ohren aufgerollt waren, und die beiden Zöpfe fielen auf ihren Rücken wie zwei schwere Schlangen. Sie wickelte sie zu einer Haarkrone auf ihrem Kopf zusammen, was bequemer beim Schlafen war, und sie glich nun mit ihrem klaren Profil einer römischen Jungfrau.

Während sie die Arme nach oben hielt, sich dabei dauernd auf die Lippe biß, wickelte sie unentwegt die blonden Haarflechten um die Finger wie ein Kind, das gedankenverloren an einem Spielzeug zerrt; schließlich ließ sie sie wieder fallen, flocht sie zum eigenen Vergnügen ganz auf, und schon bedeckte ihr Haar sie bis zu den Hüften, gab ihr das Aussehen einer Druidin aus den Wäldern.

Und dann kam gleichwohl der Schlaf, trotz der Sehnsucht und dem Bedürfnis zu weinen; sie warf sich einfach aufs Bett, verhüllte das Gesicht in der seidigen Masse ihres Haars, das sich wie ein Schleier ausgebreitet hatte...

In ihrer Strohhütte in Ploubazlanec war inzwischen auch Großmutter Moan, die an der entgegengesetzten dunkleren Seite des Lebens stand, zu Bett gegangen und in den eisigen Schlaf der Alten gefallen; zuvor hatte sie noch an ihren Enkel gedacht, und an den Tod.

Und zu derselben Stunde an Bord der *Marie* im Nordmeer, das an diesem Abend sehr unruhig war, sangen die beiden Ersehnten, Yann und Sylvestre, ihre Lieder, während sie guter Dinge ihrem Fischfang nachgingen im Licht der endlosen Tage...

VI

Etwa einen Monat später - im Juni.

Rund um Island herrschte das seltene Wetter, das die Seeleute die *weiße Stille* nennen; denn es rührte sich nichts in der Luft, als wären alle Winde erschöpft, erstorben.

Der Himmel war von einem bleichen Schleier bedeckt, der nach unten hin dunkler wurde und am Horizont in ein Bleigrau wie mattes Zinn überging. Und darunter gab das reglose Wasser einen blassen Lichtschein wider, der die Augen ermüdete und einen frösteln ließ.

Diesmal war es nur ein Glanz, nichts als ein Glanz schillernder Kreise, die auf dem Wasser spielten; leichte Ringe, wie sie entstehen, wenn man auf einen Spiegel haucht. Die ganze leuchtende Weite schien bedeckt zu sein von einem Netz unbestimmter Muster, die sich verflochten und die Form verloren; sehr schnell verwischt, sehr vergänglich.

Ewiger Abend oder ewiger Morgen, unmöglich, es zu unterscheiden: eine Sonne, die die Stunde nicht mehr angab, war ständig da, sie stand beherrschend über der schimmernden Leblosigkeit und war doch nur ein weiterer Ring fast ohne Konturen, durch einen verschwommenen Hof ins Riesenhafte aufgebläht.

Seite an Seite fischend sangen Yann und Sylvestre *Jean-François de Nantes*, ein Lied, das niemals endet, ergötzten sich an seiner Monotonie, beobachteten sich aus den Augenwinkeln und lachten kindlich albern, wenn sie die ewig gleichen Strophen sangen, die sie jedesmal mit neuem Schwung vorzutragen suchten. Die salzige frische Luft hatte ihre Wangen gerötet, es war eine unendlich reine Luft, die sie in vollen Zügen atmeten, hier am Quell aller Kraft und aller Existenz.

Gleichwohl gab es rundherum eine Art Nichtleben, eine tote Welt oder eine noch nicht geschaffene Welt, denn das Licht hatte keine Wärme, die Dinge waren reglos, wie für immer erstarrt unter dem Blick des großen gespenstischen Auges, das die Sonne war.

Die *Marie* warf einen abendlich langen Schatten, er wirkte fast grün auf der blanken Wasseroberfläche, die alle Helligkeit des Himmels widerscheinen ließ. Und in diesem Schattenbereich, wo sich nichts spiegelte, konnte man ausmachen, was im durchsichtigen Meerwasser geschah: unendlich viele Fische, Myriaden und Myriaden, alle gleich, glitten langsam in derselben Richtung dahin, als hätten sie ein festes Ziel auf ihrer ewigen Reise. Es waren Dorsche, die jede Bewegung gemeinsam ausführten, der Länge nach parallel, und dabei entstand eine graue Schraffur, die durch ein schnelles Zittern sich ununterbrochen änderte und dieser Masse lautlosen Lebens den Anschein von etwas Fließendem gab. Mit einem jähen Schlag der Schwanzflosse drehten sich alle gleichzeitig um, ließen dabei den silbernen Bauch aufleuchten, und dann pflanzte sich derselbe Flossenschlag, dieselbe Drehung in langsamen Wellenlinien in der gesamten Fischbank fort, als blitzten Tausende von Messerklingen im Wasser auf.

Die ohnehin tief stehende Sonne sank noch ein wenig, nun war es wirklich Abend. Je weiter sie in die bleifarbenen Zonen am Rande des Meeres eindrang, um so gelber färbte sie sich, und ihre Kreisform zeichnete sich deutlicher, ja wirklicher ab. Man konnte jetzt genauso in sie hineinschauen wie in den Mond.

Sie gab wohl Licht, doch schien sie sich nicht allzu fern im Raum zu befinden, als brauchte man nur mit dem Schiff bis an den Horizont zu fahren, um diesen großen glanzlosen Ballon zu erreichen, der dort nur wenige Meter über dem Wasser in der Luft schwebte.

Der Fischfang ging rasch von statten; wenn man in das ruhige Wasser sah, erkannte man sehr wohl, was da geschah: die Dorsche bissen gierig an, schüttelten sich etwas, wenn sie sich gestochen fühlten, als wollten sie sich mit dem Maul noch stärker festhaken. Und Minute um Minute zogen die Fischer mit beiden Händen eilends die Leine ein und warfen das Tier dem zu, der es ausnehmen und plattklopfen mußte.

Die kleine Flotte aus Paimpol war über den ganzen ruhigen Spiegel verteilt, belebte diese Wüste. Hier und da sah man weit entfernt kleine Segel, die vergeblich gesetzt worden waren, denn es regte sich kein Lüftchen, ganz weiß hoben sie sich klar und deutlich von den Grautönen des Horizonts ab.

An diesem Tag wirkte das Handwerk des Islandfischers so ruhig, so leicht – ein Handwerk für junge Mädchen...

Jean-François de Nantes:
Jean-François,
Jean-François!

Laut sangen sie, die beiden großen Kinder.

Und Yann kümmerte sich wenig darum, daß er so schön war und so edel erschien. Übrigens verhielt er sich nur mit Sylvestre wie ein Kind, nur mit ihm sang und spielte er. Eher verschlossen gegenüber den anderen, stolz und unnahbar, und dennoch sehr entgegenkommend, wenn man ihn brauchte, war er stets offen und hilfsbereit, falls man ihn nicht verärgerte.

Sie sangen dieses Lied; die beiden anderen, ein paar Schritte abseits, sangen etwas anderes, einen anderen Singsang, aber auch voller Schläfrigkeit, Frechheit und vager Melancholie.

Sie langweilten sich keineswegs, und die Zeit verstrich.

Unten in der Kajüte brannte ständig tief im Eisenofen ein Feuer, und die Luke zum Treppenaufgang war verschlossen, um denen, die unbedingt eine Schlafpause einlegen mußten, den Eindruck von dunkler Nacht zu gewähren. Sie hatten nur sehr wenig Luft zum Schlafen, und weniger kräftige, in der Stadt aufgewachsene Männer hätten mehr gebraucht. Doch wenn sich die Brust tagsüber tief in der unendlichen Frische vollgesogen hat, wird auch sie müde und hebt sich kaum noch, und so konnten sie sich in ein noch so kleines Eck verkriechen ganz wie Tiere.

Man legte sich im Anschluß an die Wache nach eigenem Gutdünken hin, denn die Uhrzeit spielte bei dieser ewigen Helligkeit keine Rolle. Und es war immer ein guter Schlaf, erholsam, ohne Störung, ohne Traum.

Manchmal erregte der Gedanke an Frauen die Schläfer: wenn sie sich sagten, daß der Fischfang in sechs Wochen vorüber sei und sie bald neue besäßen oder auch die, die sie bereits liebten, öffneten sie wieder weit ihre Augen.

Aber das kam selten vor; zumeist dachten sich auch nur auf sehr brave Weise daran: man erinnerte sich an die Ehefrau, Verlobte, Schwester, an Verwandte... Mit der Gewöhnung an die Enthaltsamkeit schlafen auch die Sinne ein – und das für eine recht lange Zeit...

Jean-François de Nantes:
Jean-François,
Jean-François!

Jetzt bemerkten sie fern am grauen Horizont etwas kaum Wahrnehmbares. Eine Rauchfahne stieg winzig klein aus dem Wasser empor, sie war von einem anderen, einem dunkleren Grau als der Himmel. Mit ihrem geübten Blick hatten sie sie rasch ausgemacht:

»Da hinten, ein Dampfer!«

»Ich glaube«, sagte der Kapitän und schaute genau hin, »ich glaube, das ist ein Schiff der Kriegsmarine, ein Kreuzer, der seine Route abfährt...«

Die schwache Rauchsäule trug Nachrichten aus Frankreich zu den Seeleuten, und unter anderem einen bestimmten Brief einer Großmutter, der von einem schönen jungen Mädchen geschrieben worden war.

Langsam näherte er sich; schon bald konnte man seinen schwarzen Rumpf erkennen – in der Tat, es war der Kreuzer, der die Route durch die westlichen Fjorde abfuhr.

Gleichzeitig erhob sich eine leichte und erfrischende Brise, die an manchen Stellen die stille Wasserfläche kräuselte; über den schimmernden Spiegel zog sie blaugrüne Muster, die sich immer weiter ausdehnten wie Fächer oder sich verästelten wie Sternkorallen. Das ging alles sehr schnell mit einem Rauschen vor sich, es war wie ein Weckruf, welcher das Ende der betäubenden Ruhe ankündigte. Von seinem Schleier befreit, wurde der Himmel wieder klar, und der Dunst, der sich nun am Horizont zusammenballte, türmte sich zu Schichten grauer Watte, bildete eine Art nachgiebiger Mauern rund um das Meer. Die beiden endlosen Spiegel, zwischen denen sich die Fischer befanden – der eine oben, der andere unten – nahmen wieder ihre tiefe Transparenz an, als hätte man den feuchten Belag, der sie trübte, abgewischt. Das Wetter änderte sich, und zwar in einem Tempo, das nichts Gutes verhieß.

Von verschiedenen Standorten, von verschiedenen Seiten der großen Meeresfläche kamen jetzt die Fischerboote: all die aus Frankreich, die in diesen Breitengraden unterwegs waren, aus der Bretagne und der Normandie, aus Boulogne und Dünkirchen. Wie Vögel, die sich auf einen Lockruf hin versammeln, vereinten sie sich im Kielwasser des Kreuzers; sie kamen sogar aus den unsichtbaren Ecken des Horizonts, und ihre kleinen grauweißen Segel tauchten überall auf. Allmählich bevölkerten sie die fahle Wüste.

Kein langsames Dahintreiben mehr, angesichts der frischen Brise hatten sie ihre Segel gesetzt und nahmen Fahrt auf, um schnell zu den anderen zu gelangen.

Selbst das weit entfernte Island war wieder zu sehen und schien sich ihnen nähern zu wollen. Nach und nach wurden die großen kahlen Felsengebirge sichtbar, die immer nur von der Seite und von unten und fast wider Willen beleuchtet wurden. Es setzte sich fort in einem anderen Island von ähnlicher Farbe, die sich langsam verstärkte; aber es war ein Trugbild, und die noch gewaltigeren Berge waren nichts weiter als kondensierter Dunst. Und die Sonne, die noch immer ganz tief stand, unfähig sich über die Dinge zu erheben, schien durch diese Phantominsel hindurch, so daß man meinen konnte, sie stünde davor, ein Anblick, der für das Auge unerklärlich blieb. Sie hatte keinen Hof mehr, und die runde Scheibe hatte wieder ihre scharfen Umrisse angenommen, und sie schien eher ein armseliger sterbender gelber Planet zu sein, der unschlüssig dort mitten in einem Chaos stehengeblieben war...

Der Kreuzer, der inzwischen gestoppt hatte, war nun umringt vom Siebengestirn der Islandfischer. Von allen Schiffen lösten sich Beiboote wie Nußschalen, die rauhbeinige Männer mit langen Bärten und in verwegenem Aufzug an Bord brachten.

Alle hatten sie um etwas zu bitten, fast wie Kinder, um Heilmittel für kleinere Verletzungen, um Material für Reparaturen, um Lebensmittel und um Briefe.

Andere kamen auf Befehl ihres Kapitäns, sich in Eisen legen zu lassen, um so ihre Strafe für irgendeine Meuterei zu verbüßen. Da sie alle beim Militär gedient hatten, fanden sie das ganz normal. Und als das schmale Achterdeck des Kreuzers von vier oder fünf dieser großen Burschen mit der Eisenkugel am Fußgelenk versperrt wurde, sagte der alte Proviantmeister, der sie angekettet hatte, zu ihnen: »Legt euch doch quer, Jungs, daß man vorbei kann«, was sie mit einem Lachen auch brav taten.

Es gab reichlich Briefe für die Isländer. Unter anderen auch zwei für die *Marie, Kapitän Guermeur,* der eine an *Monsieur Gaos, Yann* und der zweite an *Monsieur Moan, Sylvestre* (dieser kam über Dänemark nach Reykjavik, wo der Kreuzer Proviant genommen hatte).

Der Postmaat, der aus einem Sack aus Segeltuch die Briefe hervorholte und verteilte, hatte oft Schwierigkeiten mit den Adressen, die von ungeübter Hand geschrieben worden waren.

Und der Kommandant mahnte:

»Beeilt euch, beeilt euch, das Barometer fällt.«

Er war etwas beunruhigt über all die kleinen Nußschalen auf dem Meer und über so viele Fischer, die sich hier in dieser nicht gerade sicheren Gegend versammelt hatten.

Yann und Sylvestre hatten die Angewohnheit, ihre Briefe gemeinsam zu lesen.

Eine mitternächtliche Sonne spendete ihnen diesmal Licht, und noch immer stand sie am Horizont wie ein toter Stern.

Sie saßen abseits an Deck, hatten sich die Arme gegenseitig um die Schultern gelegt und lasen sehr langsam, um so besser die Dinge von zu Hause zu verstehen, über die man ihnen etwas mitteilte.

Aus Yanns Brief erfuhr Sylvestre Neuigkeiten über Marie Gaos, seiner kleinen Verlobten, und Yann las die lustigen Geschichten von Großmutter Yvonne, die nicht ihresgleichen hatte, die in der Ferne Weilenden zu unterhalten, und schließlich die letzte Zeile, die ihn selbst betraf: »Einen Gruß an den Sohn Gaos.«

Als sie mit dem Lesen der Briefe zu Ende waren, zeigte Sylvestre zögerlich seinem großen Freund den eigenen, denn er wollte, daß auch Yann die Hand bewunderte, die ihn geschrieben hatte:

»Schau, Yann, ist das nicht eine wunderschöne Schrift?«

Aber Yann, der sehr wohl wußte, um welches junge Mädchen es sich handelte, wandte den Kopf zur Seite und zuckte mit der Achsel, als ob man ihn mit dieser Gaud endlich zufrieden lassen sollte.

Sylvestre faltete schließlich sorgfältig das arme unbeachtete Blatt Papier zusammen, steckte es in den Umschlag zurück und schob ihn unter den Pullover an seine Brust. Traurig sagte er zu sich selbst:

»Sie werden wahrscheinlich nie heiraten... Aber was kann er bloß gegen sie haben?«

Es schlug Mitternacht auf dem Kreuzer, und sie saßen noch immer da, dachten an ihre Heimat, an die Fernen, an tausend Dinge wie in einem Traum...

In diesem Augenblick stieg die ewige Sonne, die ihren Rand ein wenig ins Meer getaucht hatte, langsam wieder empor.

Es war Morgen...

ZWEITER TEIL

I

Die Sonne Islands hatte Aussehen und Farbe verändert und ließ den neuen Tag mit einem düsteren Morgen beginnen. Von ihrem Schleier befreit, warf sie Strahlen wie Geschosse über den Himmel, kündigte schlechtes Wetter an.

Es war sehr schön gewesen während der letzten Tage, das würde nun vorbei sein. Der Wind blies über diese Zusammenkunft von Schiffen, als wolle er sie auseinandertreiben, das Meer von ihnen befreien; und allmählich zerstreuten sie sich, flohen wie eine Armee auf dem Rückzug, denn die in die Luft geschriebene Drohung war unmißverständlich.

Es blies immer heftiger, ließ Männer und Schiffe erschauern.

Die noch kleinen Wellen liefen nun in dichter Folge heran, vereinigten sich; anfangs waren sie von weißer Gischt gekrönt, die sich wie Schaum ausbreitete; doch dann stiegen mit einem Brodeln Schwaden auf, als ob alles zu kochen, zu sieden begänne. Und der scharfe Pfeifton rundum wurde von Minute zu Minute lauter.

Das Fischen war vergessen, man war nur noch um den Kurs bemüht. Die Fangleinen waren längst eingeholt. Alle beeilten sich, fortzukommen - die einen wollten in einem Fjord Schutz suchen, wollten rechtzeitig dort eintreffen; andere wiederum zogen es vor, die Südspitze zu umfahren, um dann die offene See zu gewinnen und mit Rückenwind davonzusegeln. Noch konnten sie sich gegenseitig sehen; hier und da tauchten in den Wellentälern Segel auf, armselige durchnäßte Dinger, erschöpft auf der Flucht, gleichwohl sich aufrecht haltend wie Männchen aus Holundermark, die, wenn man sie umpustet, sich immer wieder aufrichten.

Die große Wolkenbank, die sich am Horizont im Westen wie eine Insel zusammengebraut hatte, löste sich jetzt nach oben hin auf, und die Fetzen trieben rasch über den Himmel. Sie schien unerschöpflich zu sein, diese Wolkenbank, der Wind zerrte an ihr, zog sie in die Länge, entriß ihr unaufhörlich dunkle Vorhänge, die er aufspannte am hellgelben Himmel, der eine tiefe, eisige Blässe angenommen hatte.

Und er wurde heftiger, dieser gewaltige Wind, der alles in Aufruhr versetzte.

Der Kreuzer hatte die schützende Küste Islands angelaufen, die Fischer blieben allein zurück auf dem unruhigen Meer, das bedrohlich wirkte und nun von erschreckender Farbe war. Sie beeilten sich, ihre Vorkehrungen für schweres Wetter zu treffen. Die Abstände zwischen ihnen vergrößerten sich, sie verloren sich allmählich aus den Augen.

Die spiralförmig gekräuselten Wellen liefen weiterhin einander nach, vereinigten sich, umklammerten sich, wurden höher, und die Abgründe zwischen ihnen vertieften sich.

Nach wenigen Stunden war in diesem am Vorabend noch so ruhigen Seegebiet alles aufgewühlt und umgepflügt, und statt der vorherigen Stille herrschte ohrenbetäubendes Tosen. Szenenwechsel durch diesen sinnlosen, unnützen Aufruhr, der sich so rasch vollzogen hatte. Warum dies alles?... Welch Geheimnis blindwütiger Zerstörung!...

Die Wolken hatten sich von Westen her am Himmel

ausgebreitet, schoben sich jetzt übereinander, schnell vorüberjagend, alles verdunkelnd. Nur noch einzelne hellgelbe Risse blieben, durch die die Sonne ihre letzten Strahlengarben sandte. Und das inzwischen blaßgrüne Wasser war mehr und mehr von weißem Schaum durchbrochen.

Gegen Mittag war die *Marie* für schweres Wetter gerüstet, die Luken waren geschlossen und die Segel gerefft; geschmeidig und leicht hob und senkte sie sich; mitten im beginnenden Tumult schien es für sie nur ein Spiel, wie bei den großen Tümmlern, die an heftigen Stürmen ihre Freude haben. Nur mit dem Focksegel *floh sie das Wetter,* wie die Seeleute sagen.

Oben war es jetzt ein vollkommen dunkles, geschlossenes, erdrückendes Gewölbe mit einigen noch unförmigen schwärzeren Kohleschichten darüber. Es wirkte fast wie ein unbeweglicher Dom, und man mußte sehr genau hinschauen, um zu erkennen, daß sich im Gegenteil alles in wild wirbelnder Bewegung befand: riesige graue Fetzen zogen rasch vorbei, wurden ohne Unterbrechung durch immer neue aus der Tiefe des Horizonts ersetzt; Vorhänge der Finsternis, abgewickelt von einer Rolle ohne Ende...

Sie floh vor dem Wetter, die *Marie,* floh immer schneller, und das Wetter floh ebenfalls vor etwas Geheimnisvollem, Schrecklichem. Der Wind, das Meer, die *Marie,* die Wolken, alles ergriff in panischem Entsetzen und wahnsinniger Eile in dieselbe Richtung die Flucht. Am schnellsten Reißaus nahm der Wind, dann die riesigen Wogen, schwerer, langsamer liefen sie hinter ihm her, dann die *Marie,* mitgerissen von der Bewegung allüberall. Die Wellen verfolgten sie mit ihren bleigrauen Kämmen, die in unaufhörlichem Stürzen vorwärts rollten, und immer wieder eingeholt, immer wieder überholt, entkam sie ihnen gleichwohl durch eine geschickte Kielspur, die sie hinter sich ließ, und an der sich die Wut der Wellen brach.

Was man bei dieser *Flucht* vor allem spürte, war das Gefühl von Leichtigkeit; ohne Mühe, ohne Anstrengung, glaubte man zu springen. Stieg die *Marie* die Wellen hinauf, geschah dies ohne jede Erschütterung, als hebe der Wind sie empor; und die Talfahrt danach war ein Gleiten, das dieses Ziehen im Magen hervorrief, das man in der Riesenschaukel oder beim Fallen in Träumen hat. Sie schien rückwärts zu gleiten, der fliehende Wellenberg wich unter ihr fort, lief weiter, und sie fiel in eines dieser tiefen Wellentäler, die auch fortliefen; ohne zerquetscht zu werden, ging es für sie bedrohlich tief hinunter in dem aufspritzenden Wasser, das sie jedoch nicht durchnäßte, aber das wie alles andere floh, das floh und zerrann wie Rauch, wie ein Nichts...

Auf der Sohle dieser Täler war es noch dunkler, und nach jeder überwundenen Welle sah man die nächste, noch größere kommen, die sich in gläsernem Grün aufrichtete, die heranraste mit wütenden Wirbeln und Überhängen, die abzustürzen drohten, und zu rufen schien: »Warte nur, ich erwische dich, ich verschlinge dich...«

... Aber nein: sie hob einen nur an, wie man mit einem Achselzucken eine Feder hochnimmt; und beinahe sanft fühlte man sie unter sich weggleiten mit brausender Gischt, mit dem Getose eines Wasserfalls...

Und das ununterbrochen, es ging ständig höher. Und noch gewaltigere Wellen folgten wie lange Gebirgsketten, deren Täler immer mehr Angst machten. Und dieser Wahnsinn an Turbulenz nahm ständig zu unter einem sich weiter verdunkelnden Himmel, in einem immer lauteren Tosen.

Das war wirklich ein schweres Wetter. Man mußte auf der Hut sein. Aber solange man vor sich die freie See hatte, freien Raum, um davonzujagen! Und dann hatte sich die *Marie* gerade in diesem Jahr die westlichsten der isländischen Fanggebiete ausgesucht, also bedeutete die Flucht nach Osten bereits ein gutes Stück Rückfahrt.

Yann und Sylvestre standen am Ruder, hatten sich mit einem Gürtel festgebunden. Sie sangen noch immer ihr Lied von *Jean-François de Nantes;* trunken vom Auf und Ab und von der Geschwindigkeit sangen sie mit lauter Stimme, lachten darüber, daß sie sich gegen den entfesselten Lärm ringsum nicht mehr hören konnten, machten sich einen Spaß daraus, sich umzuwenden und gegen den Wind anzusingen, bis ihnen der Atem verging.

»Na, Kinder, wird es euch da oben nicht langsam mulmig?« fragte sie Guermeur, der sein bärtiges Gesicht aus der halboffenen Luke steckte wie ein Springteufel.

Oh, nein, es wurde ihnen da oben gewiß nicht mulmig.

Sie hatten keine Angst, denn sie kannten ihre Manövriermöglichkeiten, vertrauten auf die Tüchtigkeit ihres Schiffes und auf die Kraft ihrer Arme. Und außerdem auf den Schutz der Jungfrau aus Fayence, die bei vierzig Islandfahrten so oft schon diesen schrecklichen Tanz getanzt und stets ihr Lächeln zwischen den künstlichen Blumensträußen beibehalten hatte...

Jean-François de Nantes:
Jean-François,
Jean-François!

Die Sicht war rundum sehr schlecht, nach wenigen hundert Metern schien alles zu enden an fürchterlich hohen Wellen, an fahlen Kämmen, die sich emportürmten und den Blick versperrten. Ständig wähnte man sich auf einer engen, starren Bühne, obwohl ununterbrochen sich etwas veränderte; zudem war alles eingetaucht in eine Art Sprühwasser, das wie eine Wolke mit rasender Geschwindigkeit über das Meer fegte.

Doch hin und wieder hellte es sich nach Nordwesten hin auf, wo der Wind plötzlich umspringen konnte: ein Streiflicht tauchte am Horizont auf; ein schwacher Widerschein, der den Himmelsdom noch düsterer wirken ließ, verbreitete sich über den wogenden weißen Wellenkämmen. Doch diese Aufhellung stimmte eher traurig, diese flüchtige Fernsicht preßte das Herz noch mehr zusammen, da sie einem zu verstehen gab, das überall dasselbe Chaos, derselbe Aufruhr herrschte bis weit hinter den unendlichen Horizont: das Grauen hatte keine Grenzen, und man befand sich allein mitten darin.

Ein ungeheures Heulen entstieg den Elementen wie ein Vorspiel der Apokalypse, verbreitete die Schrecken des Weltuntergangs. Und man konnte Tausende von Stimmen unterscheiden, von oben herab kamen pfeifende oder tiefe, die gewaltig klangen, obwohl sie von weit her waren: das war der Wind, die große Seele der Unordnung, die unsichtbare, alles bedrohende Kraft. Er machte Angst, aber es gab noch andere lärmende Geräusche, die sehr viel näher, unmittelbarer, zerstörerischer waren und die vom aufgewühlten Wasser ausgingen, das zischte wie auf Kohlenglut...

Und noch immer wuchs alles an.

Und trotz ihrer raschen Flucht begann das Meer, sie zu bedecken, sie zu *fressen,* wie sie sagten: zuerst peitschte die Gischt gegen das Heck, dann stürzte das Wasser mit alles zerbrechender Gewalt heran. Die Wellen stiegen immer höher, wahnsinnig hoch, und dennoch wurden sie nach und nach zerteilt, man konnte große graugrüne Fetzen ausmachen, es war das zurückfallende Wasser, das der Wind überallhin schleuderte. Schwere Brecher fielen klatschend auf das Deck, und die *Marie* erzitterte wie unter Schmerzen. Wegen der weißen Schaumfetzen konnte man inzwischen fast nichts mehr erkennen; und wenn der Sturm noch mehr aufheulte, sah man sie in ungeheuren Mengen davon wirbeln, wie Straßenstaub im Sommer. Heftiger Regen kam auf und fiel schräg, fast waagerecht, und all dies zusammen pfiff und schlug zu wie eine Riemenpeitsche.

Festgebunden standen sie beide weiterhin am Ruder in ihren Südwestern, die hart und schillernd waren wie Haifischhaut; sie hatten sie dicht am Hals mit geteerten Bindfäden zugeschnürt, genau wie an Handgelenken und Knöcheln, damit kein Wasser eindringen konnte. Es lief über sie hinweg, und sie krümmten den Rücken, wenn es noch härter auf sie einbrach, stemmten sich fest, um nicht umgeworfen zu werden. Ihre Gesichtshaut brannte, und alle Augenblicke blieb ihnen der Atem weg. Nach jeder schweren Sturzwelle schauten sie sich an, lächelten über das Salz, das sich in ihren Bärten angesammelt hatte.

Doch auf Dauer machte er ungeheuer müde, dieser Aufruhr, der nicht an Kraft verlor, sondern noch immer auf demselben entsetzlichen Höhepunkt blieb. Wutanfälle von Menschen, von Tieren erschöpfen sich und lassen rasch nach; doch lange, sehr lange muß man die Wut lebloser Dinge ertragen, die grund- und ziellos hereinbricht, so geheimnisvoll wie Leben und Tod.

Jean-François de Nantes:
Jean-François,
Jean-François!

Über ihre inzwischen weiß gewordenen Lippen kam noch immer der Refrain des alten Liedes, doch beinahe tonlos und unbewußt. Das Übermaß an Bewegung und Lärm hatte sie trunken gemacht. Obwohl sie noch so jung waren, hatte sich ihr Lächeln über den Zähnen, die vor Kälte aufeinanderschlugen, zu einer Grimasse verändert, und ihre unter den zuckenden, brennenden Lidern halb geschlossenen Augen starrten ausdruckslos. Wie zwei marmorne Strebepfeiler ans Ruder geklammert, taten sie mit ihren verkrampften, blau angelaufenen Händen das, was sie tun mußten, ohne weiter nachzudenken, aus bloßer Gewohnheit ihrer Muskelkraft. Die Haare trieften, der Mund war verzerrt, sie wirkten unheimlich, und in ihnen erwachte wieder ein Rest ursprünglicher Wildheit.

Sie sahen sich nicht mehr, sie spürten nur noch, daß sie da waren, einer an der Seite des anderen. In besonders gefährlichen Augenblicken, wenn sich hinter ihnen eine neue schreckliche, überhängende Wasserwand auftürmte, die mit dumpfem Getöse auf ihr Schiff niederging, dann rührte sich jedesmal eine Hand, um unbewußt das Kreuz zu schlagen. Sie dachten an nichts mehr, nicht an Gaud, nicht an eine andere Frau, nicht ans Heiraten. Das dauerte nun schon so lange, daß sie keinen Gedanken mehr fassen konnten; ihr Trunkensein vor Lärm, vor Erschöpfung und Kälte vernebelte ihnen den Kopf. Sie waren nur noch zwei Pfeiler aus erstarrtem Fleisch, die das Ruder hielten, zwei starke Tiere, die instinktiv sich festklammerten, um nicht zu sterben.

II

In der Bretagne, an einem schon kühlen Tag, in der zweiten Septemberhälfte. Gaud ging ganz allein über die Heide von Ploubazlanec in Richtung Pors-Even.

Seit fast einem Monat waren die Schiffe der Isländer zurück, bis auf zwei, die bei diesem Sturm im Juni sanken. Die *Marie* hatte sich hervorragend gehalten, Yann und die anderen befanden sich wieder seelenruhig an Land.

Gaud fühlte sich verwirrt bei dem Gedanken, daß sie diesen Yann aufsuchte.

Einmal nur hatte sie ihn seit der Rückkehr von Island gesehen, als alle gemeinsam den armen Sylvestre zu seiner Abfahrt zum Militär begleiteten. (Man ging mit ihm bis zur Postkutsche, er weinte etwas, seine Großmutter weinte sehr viel, und dann fuhr er fort zu seinem Standort in Brest.) Yann, der ebenfalls gekommen war, um seinen kleinen Freund zu umarmen, hatte die Augen abgewendet, als sie ihn angesehen hatte, und da sehr viele Leute vor der Kutsche standen, denn andere, gleichfalls Eingezogene und deren Eltern hatten sich dort zum Abschied versammelt, ergab sich für sie keine Möglichkeit, miteinander zu sprechen.

Schließlich hatte sie eine schwerwiegende Entscheidung getroffen und suchte nun, ein wenig furchtsam, die Gaos auf.

Ihr Vater hatte früher einmal gemeinsame Geschäfte mit Yanns Vater gemacht (eine jener komplizierten Angelegenheiten, die unter Fischern und Bauern nie zu einem Ende gelangen), und er schuldete ihm noch seinen Anteil von etwa hundert Francs vom Verkauf eines Bootes.

»Laßt mich dieses Geld vorbeibringen«, hatte sie zu ihrem Vater gesagt. »Ich würde gerne Marie Gaos besuchen, außerdem bin ich noch nie in Ploubazlanec gewesen, und ich hätte Lust, den weiten Weg zu machen.«

Eigentlich hatte sie eine ängstliche Neugier auf Yanns Familie, zu der sie vielleicht eines Tages gehörte, auf das Haus, auf das Dorf.

In ihrem letzten Gespräch, kurz vor seiner Abfahrt, hatte ihr Sylvestre auf seine Weise das ungesellige Wesen seines Freundes beschrieben:

»Weißt du, Gaud, er ist eben so, er will niemals heiraten, das ist seine fixe Idee. Er liebt wohl nur die See, und einmal hat er zu uns aus Spaß gesagt, er hätte ihr die Ehe versprochen.«

Sie verzieh ihm seine Art, und in Erinnerung an sein schönes offenes Lächeln in jener Ballnacht schöpfte sie immer wieder Mut.

Wenn sie ihn in seinem Haus antraf, sie würde ganz sicher nichts zu ihm sagen, sie hatte nicht die Absicht, sich so weit vorzuwagen. Aber wenn er sie vor sich sah, spräche er vielleicht...

III

Leichtfüßig war sie schon über eine Stunde unterwegs, atmete die frische Luft des weiten Landes. An den Kreuzwegen standen große Kruzifixe.

Von Zeit zu Zeit kam sie durch eines jener kleinen Fischerdörfer, die das ganze Jahr über dem Wind ausgesetzt sind, und die die Farbe der Felsen haben. In einem Dorf, wo der Weg sich plötzlich verengte zwischen düsteren Mauern und hohen Strohdächern, die wie keltische Hütten spitz zuliefen, mußte sie beim Anblick eines Wirtshausschildes lächeln: »Zum chinesischen Cidre«, daneben hatte man zwei fernöstliche Figuren in rosagrünem Kleid und mit langen Zöpfen gemalt, die Cidre tranken. Sicher der Einfall irgendeines ehemaligen Matrosen, der von dort zurückgekommen war... Im Vorbeigehen sah sie sich alles genau an; Menschen, die sehr mit dem Ziel ihrer Reise beschäftigt sind, erfreuen sich unterwegs viel mehr an tausend Einzelheiten als andere.

Das kleine Dorf lag jetzt schon lange hinter ihr, und je weiter sie vorankam auf dieser entferntesten Landzunge der Bretagne, um so seltener wurden die Bäume, um so eintöniger wurde es.

Die Landschaft war wellig, felsig, und von jeder Erhebung aus sah man das Meer. Jetzt gab es überhaupt keine Bäume mehr, nichts als flache Heide mit grünem Stechginster, und hier und da reckten Kruzifixe ihre langen Arme aus Holz in den Himmel, was der ganzen Gegend das Aussehen einer riesigen Richtstätte verlieh.

An einem Kreuzweg, der von einer dieser gewaltigen Christusfiguren überwacht wurde, zögerte sie, welchen der beiden Pfade, die sich zwischen den Dornensträuchern verloren, sie nehmen sollte.

Ein kleines Mädchen, das gerade vorbeikam, half ihr aus der Verlegenheit:

»Guten Tag, Mademoiselle Gaud!«

Sie war eine kleine Gaos, eine kleine Schwester von Yann. Nachdem sie sie umarmt hatte, fragte sie nach, ob ihre Eltern zu Hause wären.

»Papa und Mama, ja. Nur mein Bruder Yann«, sagte die Kleine ohne jeden Hintergedanken, »der ist in Loguivy, aber er wird nicht lange fort sein.«

Er war also nicht da! Wieder einmal diese unglückliche Fügung, die ihn immer und überall von ihr fernhielt. Sie dachte kurz daran, ihren Besuch auf ein anderes Mal zu verschieben. Aber die Kleine, die sie unterwegs getroffen hatte, könnte etwas erzählen... Was dachte man darüber in Pors-Even? Sie entschloß sich weiterzugehen, mögiichst langsam, um ihm genug Zeit zu lassen für seine Rückkehr.

Je mehr sie sich dem Dorf von Yann auf dieser abgelegenen Landzunge näherte, um so karger und trostloser wurde die Landschaft. Die kräftige Meeresluft, die

die Männer so stark machte, hielt die Pflanzen um so niedriger, geduckter, verkümmerter an dem harten Boden fest. Auf dem Pfad lag Seegras, Laub von anderswo her, das die Nähe einer anderen Welt anzeigte. Es verbreitete in der Luft seinen salzigen Geruch.

Hin und wieder begegnete Gaud Leuten, Küstenbewohnern, die man schon von ferne kommen sah in diesem kahlen Land und die sich übergroß abzeichneten vor dem Hintergrund des hohen weiten Meeresspiegels. Lotsen oder Fischer, sie machten immer den Eindruck, als ob sie die Ferne belauerten und über die weite See wachten; wenn sie an ihr vorbeigingen, sagten sie ihr guten Tag. Gebräunte Gesichter, sehr männlich und entschlossen wirkend, unter Schiffermützen.

Die Zeit wollte nicht vergehen, und sie wußte schon nicht mehr, wie sie ihren Weg noch in die Länge ziehen sollte; die Leuten wunderten sich, sie so langsam gehen zu sehen.

Was wollte bloß dieser Yann in Loguivy? Vielleicht machte er irgendwelchen Mädchen den Hof?...

Ach, wenn sie gewußt hätte, wie wenig er sich um die Schönen kümmerte! Wenn von Zeit zu Zeit ihn das Verlangen nach einer packte, dann brauchte er nur vorbeizukommen. *Die Mädchen von Paimpol,* wie es in einem alten Lied der Islandfischer heißt, sind ein wenig liebestoll und können kaum einem so hübschen Burschen widerstehen. Nein, er war ganz einfach mit einer Bestellung für einen Korbmacher unterwegs, der als einziger in dieser Gegend die Hummerkörbe in der richtigen Art zu flechten wußte. Sein Kopf war in diesem Augenblick frei von Liebe.

Sie kam zu einer Kapelle, die man schon von weitem auf einer Anhöhe stehen sah. Es war eine sehr kleine und sehr alte graue Kapelle; mitten in dieser Kargheit einige wenige Bäume, auch sie grau und schon ohne Blätter, die ihr mit ihren Ästen ein Büschel Haare aufsetzten, Haare, die alle zur selben Seite geworfen waren, als wäre eine Hand hindurchgefahren.

Es war dieselbe Hand, die die Fischerboote untergehen ließ, die ewige Hand der Westwinde, die in Richtung der Wellen und der Dünung die verkrümmten Zweige am Meeresufer niederdrückt. Sie waren schief und zerzaust gewachsen, die alten Bäume, bogen ihren Rücken unter dem Jahrhunderte währenden Druck dieser Hand.

Gaud befand sich fast am Ziel, denn es war die Kapelle von Pors-Even. Sie hielt dort nochmals inne, um Zeit zu gewinnen.

Eine kleine brüchige Mauer umschloß einen Platz mit Kreuzen. Alles war von derselben Farbe, die Kapelle, die Bäume und die Gräber. Der ganze Ort schien gleichmäßig ausgedörrt und zerfressen vom Seewind; graues Moos mit schwefelgelben Flecken bedeckte die Steine, die knotigen Äste und die Heiligenfiguren aus Granit in den Mauernischen.

Auf einem Holzkreuz stand ein Name in großen Buchstaben: Gaos. - Gaos, Joël, Achtzig Jahre.

Ach ja, der Großvater! Sie wußte davon. Das Meer hatte ihn nicht gewollt, den alten Seemann. Viele andere Verwandte mußten hier ruhen, das war normal, und sie hätte darauf gefaßt sein müssen. Doch diesen Namen auf einem Grab zu lesen, berührte sie eigenartig.

Um mehr Zeit zu gewinnen, betrat sie zum Beten den uralten sehr kleinen Vorraum, der verwittert und mit weißem Kalk getüncht war. Sie blieb mit noch stärkerer Beklommenheit stehen.

Gaos! Wieder dieser Name, eingraviert auf einer der Gedenktafeln an der Wand, die die Erinnerung an jene bewahren, die auf hoher See umgekommen sind.

Sie las die Inschrift:

Zur Erinnerung an
GAOS, Jean-Louis
24 Jahre, Matrose an Bord der *Marguerite*,
verschollen vor Island, 3. August 1877.
Er möge in Frieden ruhen!

Island - immer wieder Island! - Überall am Eingang der Kapelle waren Holztafeln befestigt mit den Namen toter Seeleute. Es war die Nische der auf See Verschollenen aus Pors-Even, und sie bereute hierher gekommen zu sein, von dunkler Vorahnung erfaßt. In der Kirche von Paimpol hatte sie ähnliche Inschriften gesehen, aber hier, in diesem Dorf, wirkte es kleiner, trostloser, befremdlicher, das leere Grab der Islandfischer. Auf jeder Seite stand eine Bank aus Granit für die Witwen, für die Mütter: und dieser niedrige Raum, unregelmäßig wie eine Grotte, wurde beschützt von einer sehr alten, rosa übermalten Jungfrau Maria, mit den großen unerbittlichen Augen der Kybele gleichend, der mythischen Erdgöttin.

Gaos! Noch einmal!

Zur Erinnerung an
GAOS, François,
Ehemann der Anne-Marie LE GOASTER,
Kapitän an Bord der *Paimpolais*,
verschollen vor Island zwischen dem 1. und 3. April 1877
mit dreiundzwanzig Mann seiner Besatzung.
Sie mögen in Frieden ruhen!

Und etwas tiefer zwei gekreuzte Totengebeine unter einem schwarzen Schädel mit grünen Augen, naive und makabre Malerei, aus der die Barbarei eines anderen Zeitalters sprach.

Gaos! Überall dieser Name!

Ein weiterer Gaos, Vorname Yves, *von Bord gespült und verschollen auf der Höhe des Norden-Fjord in Island im Alter von zweiundzwanzig Jahren.* Die Tafel schien dort seit vielen Jahren zu hängen; er mußte wohl schon längst vergessen sein...

Während sie las, überkamen sie zärtliche Gefühle für diesen Yann, aber auch ein wenig Verzweiflung. Nie, nein, nie würde er ihr gehören! Wie ihn dem Meer streitig machen, wo doch schon so viele Gaos darin verschwunden waren, Vorfahren, Brüder, die mit ihm große Ähnlichkeit haben mußten?

Sie betrat die schon recht dunkle Kapelle, die nur wenig von ihren niedrigen Fenstern in den dicken Mauern erhellt wurde. Tränen stiegen in ihr auf, als sie niederkniete, um vor den großen Heiligenfiguren zu beten, die, von hohen Blumen umgeben, mit den Köpfen die Deckenwölbung berührten. Draußen fing der Wind an zu stöhnen, als wolle er das Klagelied der jungen Toten ins bretonische Land tragen.

Es wurde langsam Abend; sie mußte sich entscheiden, ob sie ihren Besuch machen und ihren Auftrag erledigen sollte.

Sie setzte ihren Weg wieder fort, und, nachdem sie sich im Dorf erkundigt hatte, fand sie schließlich das Haus der Gaos, das dicht an einem steilen Felsen erbaut war; über ein Dutzend Stufen aus Granit ging man hinauf. Als sie den Vorgarten durchquerte, in dem Chrysanthemen und Männertreu blühten, zitterte sie ein wenig bei dem Gedanken, Yann könne schon zurück sein.

Beim Eintreten sagte sie, sie bringe das anteilige Geld vom Bootsverkauf. Sehr höflich bat man sie, sich zu setzen, um auf die Heimkehr des Vaters zu warten, der ihr den Erhalt quittieren würde. Unter all den Anwesenden, suchten ihre Augen nur Yann, aber sie sah ihn nicht.

Man hatte viel zu tun in diesem Haus. An einem großen hellen Tisch wurden aus neuem Baumwollstoff die Südwester für die nächste Islandsaison zugeschnitten.

»Sehen Sie, Mademoiselle Gaud, man braucht für da oben zwei vollständige Ausstattungen zum Wechseln.«

Man erklärte ihr, wie man sie hinterher färbte und wachste, diese Kleidungsstücke schwerer körperlicher Arbeit. Und während man ihr alle Einzelheiten näher brachte, blickte sie sich aufmerksam in der Wohnstatt der Gaos um.

Sie war nach Art der bretonischen strohgedeckten Häuser eingerichtet; an der Rückwand befand sich ein riesiger Kamin mit Schranketagenbetten an jeder Seite. Aber es gab hier nicht das Düstere und Trostlose der Landarbeiterhütten, die immer halb eingegraben am Wegesrand lagen. Es war sehr hell und sauber, wie eigentlich überall bei den Seeleuten.

Mehrere kleine Gaos waren da, Jungen und Mädchen, alles Geschwister von Yann, ohne die beiden großen Brüder zu zählen, die zur See fuhren. Und außerdem noch eine ganz Kleine, blond, traurig und hübsch anzusehen, die den anderen nicht ähnelte.

»Wir haben sie letztes Jahr adoptiert«, sagte die Mutter. »Wir hatten zwar schon genug davon, aber was wollen Sie machen, Mademoiselle Gaud! Der Vater war auf der *Marie-Dieu-t'aime,* die beim letzten Mal vor Island verschollen ist, wie Sie wissen. Nun, unter den Nachbarn hat man die fünf Kinder, die zurückgeblieben sind, verteilt, und die hier ist uns zugefallen.«

Als sie merkte, daß man über sie sprach, senkte die

Kleine den Kopf und versteckte sich lächelnd hinter dem kleinen Laumec Gaos, ihrem Liebling.

Es herrschte eine angenehme Atmosphäre im ganzen Haus, und die rosa Wangen der Kinder strotzten vor Gesundheit.

Man empfing Gaud sehr zuvorkommend - wie ein schönes Fräulein aus der Stadt, deren Besuch eine Ehre für die Familie ist. Über eine helle, ganz neue Holztreppe führte man sie in das oben gelegene Zimmer, der Stolz des Hauses. Sie konnte sich noch gut erinnern an die Geschichte vom Bau dieses Stockwerks, es war das Ergebnis eines aufgegebenen Schiffes, das der Vater Gaos und ein Cousin, der Lotse war, im Ärmelkanal aufgebracht hatten. In der Ballnacht hatte Yann ihr davon erzählt.

Dieses Strandgutzimmer war hübsch und freundlich in seinem Glanz; zwei modische Betten mit rosa Vorhängen; ein großer Tisch in der Mitte. Vom Fenster aus sah man ganz Paimpol, die Reede mit den vor Anker liegenden *Isländern* und mit der Fahrrinne, in der sie ausliefen.

Sie wagte nicht, danach zu fragen, aber sie hätte gerne gewußt, wo Yann schlief. Als Kind mußte es offenbar unten gewesen sein, in einem dieser altmodischen Schrankbetten. Aber jetzt vielleicht hier oben, hinter diesen schönen rosa Bettvorhängen. Sie hätte gerne mehr Einzelheiten seines Lebens gewußt, vor allem wie er die langen Winterabende verbrachte...

Ein schwerer Schritt auf der Treppe ließ sie zusammenfahren.

Nein, es war nicht Yann, aber ein Mann, der ihm sehr ähnlich sah trotz der schon weißen Haare, der fast so groß war wie er und sich genauso gerade hielt: Vater Gaos war vom Fischen zurück.

Nachdem er sie begrüßt und sich nach den Gründen ihres Besuchs erkundigt hatte, unterschrieb er die Quittung, was ziemlich lange dauerte, weil, wie er sagte, seine Hand nicht sehr geübt war. Aber er nahm diese hundert Francs nicht wie ein endgültiges Entgelt, die Abfindung für den Bootsverkauf, sondern nur als eine Abschlagszahlung; er würde wohl noch darüber reden mit Monsieur Mével. Und Gaud, der Geld wenig bedeutete, setzte ein unmerkliches Lächeln auf: nun, diese Angelegenheit war noch nicht zu Ende, das hatte sie sich denken können; es würde noch weitere Geschäftsverhandlungen mit den Gaos geben.

Man entschuldigte sich fast für Yanns Abwesenheit, als empfände man es als höflicher, wenn die gesamte Familie da gewesen wäre, um sie zu empfangen. Der Vater hatte mit dem Gespür des erfahrenen Seemanns vielleicht erraten, daß sein Sohn der schönen Erbin nicht gleichgültig war, denn er kam immer wieder auf ihn zu sprechen:

»Es ist schon merkwürdig«, meinte er, »sonst ist er nie so lange weg. Er ist nach Loguivy gegangen, Mademoiselle Gaud, um Körbe für den Hummerfang zu besorgen. Wie Sie wohl wissen, ist das unser Hauptfang im Winter.«

Zerstreut verlängerte sie ihren Besuch, sie war sich gleichwohl bewußt, daß er eigentlich schon zu lange dauerte. Das Herz zog sich ihr zusammen bei dem Gedanken, daß sie ihn nicht sehen würde.

»Ein anständiger Mann wie er, was kann er bloß machen? Im Wirtshaus ist er gewiß nicht, das haben wir bei unserem Sohn nicht zu befürchten. – Ich habe nichts dagegen, hin und wieder sonntags, mit den Kameraden... Sie verstehen, Mademoiselle Gaud, die Seeleute... Ach, mein Gott, wenn man jung ist, warum soll man nicht dabei sein? Aber es kommt sehr selten vor bei ihm, er ist wirklich ein anständiger Mann, das kann man wohl sagen!«

Unterdessen war es dunkel geworden; man hatte die unfertigen Südwester beiseite gelegt, die Arbeit unterbrochen. Die kleinen Gaos und die adoptierte Kleine saßen dicht nebeneinander auf den Holzbänken, traurig über die düstere Abendstunde. Sie blickten Gaud an, als wollten sie sagen:

»Warum geht sie denn nicht?«

Im Kamin begann das Feuer rot zu leuchten, während die Dämmerung weiter voranschritt.

»Sie sollten noch mit uns die Suppe essen, Mademoiselle Gaud.«

Oh, nein, sie konnte nicht; das Blut war ihr plötzlich ins Gesicht gestiegen bei dem Gedanken, so lange hier geblieben zu sein. Sie stand auf und verabschiedete sich.

Auch Yanns Vater war aufgestanden, um sie ein Stück des Weges zu begleiten bis ans Ende einer einsamen Niederung, die von alten Bäumen in tiefes Dunkel gehüllt war.

Während sie nebeneinander hergingen, fühlte sie Respekt und Zärtlichkeit für ihn. Im Überschwang hatte sie Lust, mit ihm wie mit einem Vater zu reden, aber ihr blieben die Worte im Hals stecken, sie sagte nichts.

Sie gingen weiter im kühlen Abendwind, der nach Meer roch, über das flache Heideland, vorbei an schon verriegelten Strohhütten, düster unter buckligen Dächern, armselige Nester von Fischern; vorbei an Kreuzen, Stechginster und Steinen.

Wie weit es schon zurücklag, dieses Pors-Even, und wie lange hatte sie sich dort aufgehalten!

Manchmal begegneten ihnen Leute, die aus Paimpol oder Loguivy kamen; wenn Männergestalten sich näherten, dachte sie jedesmal an Yann. Aber es war ja leicht, ihn schon von ferne zu erkennen, und schnell war sie wieder enttäuscht.

Am Wegekreuz von Plouëzoc'h dankte sie dem alten Mann und bat ihn darum, zurückzukehren. Man sah bereits die Lichter von Paimpol, und sie hatte keinen Grund mehr, sich zu ängstigen.

Nun, für dieses Mal war es vorbei... Und wer weiß, wann sie Yann wiedersehen würde?

Vorwände gab es für sie ausreichend, um sich abermals nach Pors-Even zu begeben, aber sie hätte ein allzu schlechtes Gefühl dabei gehabt, ihren Besuch zu wiederholen. Man mußte noch mehr Mut und Stolz haben. Wenn nur ihr kleiner Vertrauter, Sylvestre, noch da gewesen wäre, sie hätte ihn vielleicht beauftragt, Yann aufzusuchen, damit er sich äußerte. Aber er war fort, und für wie viele Jahre?...

IV

„Heiraten?« meinte Yann am Abend zu seinen Eltern. »Heiraten? Mein Gott, wozu soll das gut sein?«

»Werde ich je so glücklich wie hier mit euch? Keine Sorgen, keinen Streit und jeden Abend, wenn ich vom Meer heimkehre, eine gute warme Suppe... Oh, ich verstehe, es geht um die, die heute hier war. Nun, ein so reiches Mädchen, das sich mit armen Leuten wie uns einläßt, das will mir nicht einleuchten. Und außerdem, weder die noch irgendeine andere, nein, ich hab es mir genau überlegt, ich heirate nicht, auf den Gedanken komme ich nicht.«

Schweigend blickten sie sich an, die beiden alten Gaos, zutiefst enttäuscht. Denn nachdem sie darüber geredet hatten, waren sie sich ganz sicher, daß dieses junge

Mädchen ihren hübschen Yann nicht zurückweisen würde. Aber sie versuchten nicht, auf dem Thema zu beharren, sie wußten, wie unnütz es wäre. Vor allem seine Mutter senkte den Kopf und sagte kein Wort mehr; sie respektierte die Wünsche des ältesten Sohns, der fast im Rang eines Familienoberhaupts stand; obwohl er sehr sanft und sehr zärtlich zu ihr war, in den kleinen Dingen des Alltags folgsamer als ein Kind, war er seit langem in den wichtigen Angelegenheiten sein eigener Herr, der sich jedem Druck mit unbändigem Freiheitsdrang gelassen entzog.

Er blieb nie sehr lange auf, da er wie die anderen Fischer die Gewohnheit hatte, vor Tagesanbruch aufzustehen. Nach dem Abendessen gegen acht Uhr warf er noch einen zufriedenen Blick auf die Körbe aus Loguivy, seine neuen Netze, und zog sich dann aus, offenbar in aller Seelenruhe; dann ging er nach oben und legte sich in das Bett mit den rosa Vorhängen, das er mit Laumec, seinem kleinen Bruder, teilte.

V

Seit vierzehn Tagen befand sich Sylvestre, der kleine Vertraute Gauds, in der Kaserne von Brest, sehr einsam, aber sehr vernünftig. Stolz trug er seinen offenen blauen Kragen und die Mütze mit dem roten Pompon; ein prächtiger Matrose, mit seinem wiegenden Schritt und seinem hohen Wuchs. Doch im Inneren sehnte er sich nach seiner guten alten Großmutter, er war noch immer das unschuldige Kind von einst.

Nur an einem Abend hatte er sich mit Landsleuten betrunken, weil das so Brauch ist: sie waren in die Kaserne zurückgekehrt, Arm in Arm die ganze Bande und aus voller Kehle singend.

An einem Sonntag war er auch ins Theater gegangen, auf den billigen Rängen. Man spielte eines dieser großen Dramen, bei dem die Matrosen den Schurken empört mit einem huh! empfingen, das sie gleichzeitig ausstießen und das in seinem tiefen Ton wie der Westwind klang. Man fand überhaupt, daß es recht warm sei, daß man zu wenig Platz und Luft habe; der Versuch, sich seines Mantels zu entledigen, brachte ihm einen Verweis durch den Offizier vom Dienst ein. Schließlich war er eingeschlafen.

Auf dem Rückweg in die Kaserne weit nach Mitternacht war er einigen Damen reifen Alters begegnet, die ohne Kopfbedeckung auf dem Trottoir auf und ab spazierten.

»Hallo, du Hübscher«, riefen sie laut mit heiserer Stimme.

Er hatte sofort verstanden, was sie wollten, denn er war nicht so naiv, wie man es von ihm glauben mochte. Aber der plötzliche Gedanke an seine alte Großmutter und an Marie Gaos ließ ihn mit großer Verachtung an ihnen vorbeigehen, und von der Höhe seiner Schönheit und seiner Jugend musterte er sie mit einem spöttischen Lächeln. Sie waren reichlich verblüfft, die Schönen, über die Zurückhaltung dieses Matrosen:

»Hast du den gesehen!... Paß auf, rette dich, mein Kleiner, rette dich schnell, sonst wirst du gefressen.«

Und die Flut vulgärer Schimpfworte, die sie ihm nachriefen, verlor sich in den ungefähren Geräuschen, die die Straßen in dieser Sonntagnacht erfüllten.

Er verhielt sich in Brest wie auf Island, wie auf hoher See, er blieb unberührt. Doch die anderen machten sich nicht lustig über ihn, denn er war sehr stark, was bei der Marine Respekt einflößt.

VI

Eines Tags rief man ihn in die Schreibstube seiner Kompanie, um ihm mitzuteilen, daß man ihn nach China schicken würde, zum Geschwader vor Formosa!...

Seit langem schon ahnte er, daß es so kommen würde, denn er hatte von denen, die Zeitungen lasen, gehört, daß da unten der Krieg kein Ende nahm. Aufgrund der hohen Dringlichkeit, so teilte man ihm mit, könne man ihm nicht die übliche Erlaubnis erteilen, sich von den Seinen zu verabschieden: innerhalb von fünf Tagen habe er abmarschbereit zu sein.

Er war schrecklich aufgeregt: das bewirkte der Reiz der großen Reise, des Unbekannten, des Kriegs; doch hatte er auch Angst davor, alles verlassen zu müssen und vielleicht nicht mehr zurückzukehren.

Tausend Dinge wirbelten ihm durch den Kopf. Große Unruhe verbreitete sich um ihn in den Unterkünften, wohin viele andere strömten, die ebenfalls zu dem Geschwader in China befohlen worden waren.

Er schrieb noch rasch an seine arme Großmutter, hastig, mit dem Bleistift, auf dem Boden sitzend, einsam in wirrer Träumerei mitten im Kommen und Gehen und im Geschrei all der jungen Männer, die wie er fort mußten.

VII

»Sie ist schon ein wenig älter, seine Geliebte!«, sagten zwei Tage später die anderen und lachten hinter ihm her; »das macht nichts, denn sie scheinen sich trotzdem recht gut zu verstehen.«

Sie amüsierten sich darüber, ihn das erste Mal mit einer Frau am Arm durch die Straßen von Recouvrance spazieren zu sehen, wie er sich ihr liebevoll zuwandte und offenbar sehr nette Dinge sagte.

Eine von hinten besehen kleine, sehr lebhafte Person – die allerdings für die aktuelle Mode zu kurze Röcke trug; dazu ein kleines braunes Schultertuch und eine hohe Haube nach Paimpolaiser Art.

Eingehängt in seinen Arm, wandte auch sie sich ihm mit liebevollem Blick zu.

»Sie ist schon ein wenig älter, seine Geliebte!«

Sie sagten es ohne große Bosheit, denn sie sahen wohl, daß sie eine gute alte Großmutter vom Lande war.

... Hastig war sie herbeigeeilt, von schrecklicher Angst getrieben seit der Nachricht vom Fortgang ihres Enkels, denn dieser Krieg in China hatte bereits vielen Seeleuten aus Paimpol und Umgebung das Leben gekostet.

Sie hatte all ihre geringen Ersparnisse genommen, ihr Sonntagskleid und eine zweite Haube in eine Schachtel gepackt und war losgefahren, um ihn wenigstens noch einmal zu umarmen.

Ohne Zögern hatte sie in der Kaserne nach ihm gefragt, und anfänglich hatte der Adjutant seiner Kompanie sie nicht durchlassen wollen.

»Wenn Sie sich beschweren möchten, meine Dame, wenden Sie sich bitte an den Hauptmann, er kommt gerade vorbei.«

Freiweg war sie auf ihn zugegangen. Er ließ sich erweichen.

»Sagen Sie Moan, er soll sich umziehen.«

Und Moan war in Riesensätzen die Treppe hochgestürmt, um seine Uniform anzulegen – während die gute Alte zu seiner Freude hinter dem Rücken des Adjutanten eine unbezahlbare Grimasse zog und einen Knicks dazu machte.

Und als er dann auftauchte, der Enkel in seiner Ausgehkleidung, war sie entzückt, daß er so schön anzusehen war: sein schwarzer Bart, den ein Friseur in der Stadt geschnitten hatte, lief nach der diesjährigen Mode der Seeleute spitz zu, die Schnüre seines offenen Hemdes waren fein gekräuselt, und von seiner Mütze flatterten lange Bänder, an deren Ende goldene Anker blitzten.

Für einen Augenblick glaubte sie ihren Sohn Pierre vor sich zu sehen, der zwanzig Jahre zuvor ebenfalls bei der Marine gewesen war, und die Erinnerung an diese Zeit, die schon so weit hinter ihr lag, an all die Toten, warf kurz einen dunkeln Schatten auf die Gegenwart.

Rasch war sie verflogen, die Traurigkeit. Untergehakt gingen sie hinaus, froh über ihr Zusammensein; und deshalb hatte man gemeint, sie wäre »schon ein wenig älter«, seine Geliebte.

Sie hatte ihn zum Essen in einen angenehmen Gasthof eingeladen, der von Leuten aus Paimpol betrieben wurde und den man ihr als nicht zu teuer empfohlen hatte. Anschließend waren sie wieder Arm in Arm durch Brest spazierengegangen und hatten sich die Auslagen der Geschäfte angesehen. Aber nichts war so amüsant wie die Worte, die sie fand, um ihren Enkel zum Lachen zu bringen - im Paimpolaiser Bretonisch, das die Passanten nicht verstehen konnten.

VIII

Sie verbrachte drei Tage mit ihm zusammen, drei Festtage, auf denen ein danach lastete, das heißt drei Tage Gnadenfrist.

Doch dann galt es abzureisen, zurückzukehren nach Ploubazlanec. Erst jetzt waren ihre geringen Ersparnisse verbraucht. Und am übernächsten Tag stand für Sylvestre das Auslaufen bevor, und die Matrosen erhielten unerbittlich Ausgehverbot am Abend vor der großen Reise (ein Brauch, der auf den ersten Blick barbarisch anmutet, der jedoch eine notwendige Vorsichtsmaßnahme ist gegen spätes Durch-die-Kneipen-Ziehen, nach dem manch einer nach Hause fortlaufen könnte.)

Oh, dieser letzte Tag!... Vergeblich hatte sie in ihrem Kopf nach lustigen Geschichten gesucht, die sie ihrem Enkel vielleicht noch erzählen konnte, aber sie hatte nichts gefunden. Dafür bedrängten sie Tränen, Schluchzer, die ihr die Kehle schnürten. Eingehängt in seinen Arm legte sie ihm tausend Dinge nahe, die auch ihn fast zum Weinen brachten. Schließlich betraten sie eine Kirche, um gemeinsam ein Gebet zu sprechen.

Mit dem Abendzug wollte sie zurückfahren. Um Geld zu sparen, gingen sie zu Fuß zum Bahnhof; auf der einen Seite trug er ihre Reiseschachtel, auf der anderen stützte sie sich mit ihrem ganzen Gewicht auf seinen starken Arm. Sie war müde, sehr müde, die Arme; sie konnte nicht mehr, nachdem sie sich mehr als drei Tage lang zuviel zugemutet hatte. Ihr Rücken war ganz krumm unter dem braunen Schultertuch, hatte nicht mehr die Kraft sich aufzurichten, ihre Gestalt hatte nichts Jugendliches mehr, und sie verspürte die erdrückende Last ihrer sechsundsiebzig Jahre. Der Gedanke, daß es nun vorbei war, daß sie ihn in wenigen Minuten verlassen mußte, zerriß ihr aufs Schrecklichste das Herz. Ausgerechnet nach China, in das Gemetzel da unten! Noch hatte sie ihn bei sich: noch hielt sie ihn mit ihren schwachen Händen fest... und dennoch würde er fortfahren; all ihr Wollen, all ihre Tränen, all ihre Verzweiflung würden ihn nicht zurückhalten können!

Behindert durch Fahrkarte, Handschuhe und Proviantkorb, aufgeregt, zitternd gab sie ihm noch die allerletzten Ratschläge, auf die er immer mit einem sehr leisen, gehorsamen kurzen »Ja« antwortete. Liebevoll neigte er ihr den Kopf zu, sah sie mit seinen guten sanften Kinderaugen an.

»Nun, alte Frau, Sie müssen sich jetzt entschließen, wenn Sie mitfahren wollen!«

Die Lokomotive pfiff. Aus Angst, den Zug zu verpassen, nahm sie ihm die Schachtel aus der Hand, ließ sie dann auf die Erde fallen und hängte sich in einer letzten Umarmung an seinen Hals.

Viele sahen ihnen zu auf dem Bahnsteig, aber sie spürte nicht die geringste Lust, irgend jemandem zuzulächeln. Vom Zugpersonal vorwärts gedrängt, warf sie sich erschöpft und verloren in das erstbeste Abteil, dessen Tür direkt hinter ihr zugeworfen wurde, während er mit seinem leichtfüßigen Matrosenschritt einen Bogen beschrieb wie ein davonfliegender Vogel und außerhalb des Bahnhofs rechtzeitig die Schranke erreichte, um sie vorbeifahren zu sehen.

Ein gewaltiges Pfeifen, das lärmende Stoßen der Räder – die Großmutter fuhr vorüber. An die Schranke gelehnt, schwenkte er in jugendlichem Überschwang seine Mütze mit den flatternden Bändern, und aus dem Fenster des Abteils dritter Klasse winkte sie mit dem Taschentuch, damit er sie besser erkennen konnte. Solange sie die Kraft hatte, solange sie diesen blauschwarzen Umriß noch erkannte, der ihr Enkel war, hielt sie ihn mit den Augen fest, warf ihm aus tiefer Seele das »Aufwiedersehen« zu, das stets ungewiß ist, wenn man es den Seeleuten nachruft.

Sieh ihn dir gut an, arme alte Frau, den kleinen Sylvestre; verfolge bis zur letzten Minute seine kleiner werdende Gestalt, die dort hinten verschwindet für immer...

Und als sie ihn nicht mehr sah, fiel sie auf die Sitzbank zurück, unbekümmert um ihre schöne Haube, die sie zerknitterte, und weinte schluchzend in Todesangst...

Er wandte sich langsam mit gesenkten Kopf ab, große Tränen liefen ihm über die Wangen. Die Herbstnacht war angebrochen, überall brannten die Gaslaternen, das Fest der Matrosen hatte angefangen. Ohne auf irgend etwas zu achten, lief er durch Brest, dann über die Brücke nach Recouvrance, um in seine Kaserne zurückzukehren.

»Hallo, du Hübscher«, riefen schon die heiseren Stimmen der Damen, die wieder auf dem Trottoir spazierengingen.

Er legte sich in seine Hängematte und weinte einsam, schlief nur wenig bis zum nächsten Morgen.

IX

Er war nun auf hoher See, wurde sehr schnell über unbekannte Meere getragen, die viel blauer waren als die Gewässer vor Island.

Das Schiff, das ihn das entfernteste Asien trug, hatte Befehl, schnelle Fahrt zu machen, nur wenige Zwischenhäfen anzulaufen.

Aufgrund der steten Geschwindigkeit, die fast gleichmäßig beibehalten wurde, ohne Rücksicht auf Wind und Wellen, war ihm klar, wie weit fort sie schon waren. Als Marsgast lebte er wie ein Vogel auf einem Mast, mied die auf Deck zusammengepferchten Soldaten, das Gewühl unter ihm.

Zweimal hatten sie vor der tunesischen Küste geankert und Zuaven und Maultiere an Bord genommen; von weitem konnte er weiße Städte im Wüstensand oder in den Bergen erkennen. Er war sogar aus seinem Mastkorb hinuntergeklettert, um sich neugierig die dunkelbraunen Menschen in weißen Gewändern anzusehen, die mit kleinen Booten beigelegt hatten und Früchte feilboten: die anderen hatten ihm gesagt, daß es Beduinen waren.

Die Hitze und die Sonne, die noch immer herunterbrannte, obwohl es schon Herbst war, gaben ihm das Gefühl ungeheurer Fremde.

Eines Tags machten sie in einer Stadt namens Port-Said fest. Alle Flaggen Europas flatterten am Ende langer Stangen, gaben ihr den Anschein eines Babel in Festtagsstimmung, und gleißender Wüstensand umgab sie wie ein Meer. Sie hatten direkt an den Kais Anker geworfen, fast zwischen langgezogenen Straßen mit Holzhäusern. Seit ihrer Abfahrt hatte er die Welt draußen nicht mehr so deutlich und nah gesehen, und diese Überfülle an Booten gefiel ihm.

In einem ununterbrochenen Getöse von Pfeifen und Dampfsirenen glitten all diese Schiffe in eine Art langen Kanal hinein, der schmal wie ein Graben war und sich wie eine silberne Linie durch die Unendlichkeit des Sandes zog. Von seinem Mastkorb aus sah er sie hintereinander herfahren wie bei einer Prozession, bis sie sich in der Weite verloren.

Auf den Kais tauchte jede Art von Kleidung auf; Männer in Tücher unterschiedlichster Farbe gehüllt liefen geschäftig umher, schrien im Hochbetrieb des Transithafens. Am Abend wurde das diabolische Pfeifen der Maschinen vom konfusen Spektakel mehrerer Orchester unterlegt, deren lärmende Spielweise den herzzerreißenden Kummer der aus ihrer Heimat Verbannten betäubte.

Am nächsten Morgen bei Sonnenaufgang befanden auch sie sich in dem schmalen Wasserband, hinter sich ein langer Schweif von Schiffen aus allen Ländern. Zwei Tage hatte er gedauert, dieser Gänsemarsch durch die Wüste; dann öffnete sich vor ihnen ein neues Meer, und bald waren sie wieder auf hoher See.

Noch immer liefen sie volle Kraft voraus; dieses viel wärmere Meer hatte auf der Oberfläche rote Streifen, und manchmal hatte der aufgewühlte Schaum des Kielwassers die Farbe von Blut. Fast die ganze Zeit verbrachte er in seinem Mastkorb, sang für sich alleine ganz leise *Jean-François de Nantes*, um sich an seinen Bruder Yann, an Island, an die schöne vergangene Zeit zu erinnern.

Manchmal glaubte er in fernen Luftspiegelungen Berge unterschiedlichster Formationen zu sehen. Die das Schiff führten, erkannten wohl trotz der Distanz und der Dunstschleier die vorspringenden Kaps der Kontinente, die wie ewige Wegzeichen an den großen Wasserstraßen der Welt stehen. Doch wenn man nur Marsgast ist, wird man wie ein Gegenstand mittransportiert ohne Kenntnis von der Entfernung und den Ausmaßen der unendlichen Weite.

Er hatte nur ein vages Gefühl von der erschreckend großen Entfernung, die immer größer wurde; doch dieses Gefühl wurde sehr klar, wenn er von oben herab das Kielwasser, das rauschend und reißend schnell rückwärts floh, betrachtete, wenn er ausrechnete, wie lange diese Geschwindigkeit schon anhielt, bei Tag und bei Nacht.

Unten auf Deck lagerte ein Haufen Männer schwer atmend im Schatten von Zeltplanen. Das Wasser, die Luft, das Licht hatten einen eintönigen, erdrückenden Glanz angenommen; und der ewige festliche Gleichklang dieser Dinge war wie Hohn auf die Lebewesen, die vergänglich waren:

... Einmal, als er in seinem Mastkorb saß, hatte er große Freude an Schwärmen kleiner Vögel von ihm unbekannter Art, die sich wie ein Wirbelsturm aus schwarzem Staub auf das Schiff stürzten. Sie waren am Ende ihrer Kräfte und ließen sich in die Hand nehmen und streicheln. Jeder der Marsgäste hatte welche auf der Schulter sitzen.

Aber schon bald starben die ersten, die besonders erschöpft waren.

... Zu Tausenden starben sie, diese Winzlinge, auf den Rahen, auf den Ladepforten unter der furchtbaren Sonne des Roten Meeres.

Sie waren über die großen Wüsten von einem starkem Sturm herangetrieben worden. Aus Angst, in dieses unendliche Blau ringsum zu fallen, hatten sie sich mit letzter Kraft auf das vorbeifahrende Schiff niedergelassen. In irgendwelchen fernen Regionen Libyens hatte sich ihre Art in übermäßiger Liebe üppig vermehrt, ohne Maß vermehrt, bis es zuviel davon gab, und bis die blinde, seelenlose Mutter, die Natur, diesen Überfluß an kleinen Vögeln durch einen Windstoß mit derselben Unbeirrbarkeit fortjagte, mit der sie eine Generation von Menschen vertilgt.

Und sie starben alle auf den heißen Eisenbeschlägen des Schiffes: das Deck war übersät mit kleinen Körpern, die noch am Vortag voller Leben, Gesang und Liebe waren... Kleine schwarze Fetzen aus durchnäßten Federn, Sylvestre und die anderen Marsgäste sammelten sie auf, breiteten voller Mitleid die feinen bläulichen Flügel auf ihrer Hand aus und fegten sie dann mit dem Besen in das große Nichts des Meeres...

Danach fielen Heuschrecken, Töchter derer aus Moses Zeiten, über das Schiff her.

Tagelang fuhren sie noch durch ein unveränderliches Blau, in dem man nichts Lebendes mehr sah - außer fliegenden Fischen dann und wann...

X

... Strömender Regen unter einem tiefen, fast schwarzen Himmel - das war Indien. Sylvestre hatte gerade seinen Fuß auf diese Erde gesetzt, der Zufall hatte ihn für die Bemannung eines Beiboots ausgesucht.

Noch durch dichtes Blattwerk bekam er die warmen Wassergüsse ab, rundum waren ihm die Dinge fremd. Alles war unvorstellbar grün; die Blätter an den Bäumen wirkten wie riesige Federn, und die Menschen, die vorbeigingen, hatten große samtene Augen, die sich unter der Last ihrer Wimpern zu schließen schienen. Der Wind, der den Regen herantrieb, roch nach Moschus und Blütenduft.

Frauen winkten ihn heran: so etwas wie *Hallo, Kleiner,* was er oft genug in Brest gehört hatte. Doch in diesem verzauberten Land war ihr Ruf betörend und ließ sein Fleisch erschauern. Ihre prachtvollen Brüste wölbten sich üppig unter durchscheinendem feinen Baumwollstoff; sie waren goldbraun und schimmerten wie Bronze.

Noch zögerlich, aber gleichwohl von ihnen angezogen, kam er bereits näher, um ihnen zu folgen...

... Doch ein kurzer Pfiff, moduliert wie ein Vogeltriller, rief ihn barsch in das Beiboot zurück, das ablegen wollte.

Er lief los - und Adieu ihr Schönen Indiens. Als sie sich am Abend wieder auf hoher See befanden, war er noch immer unberührt wie ein Kind.

Nach einer weiteren Woche blauen Meeres machten sie in einem anderen regennassen, tiefgrünen Land fest. Ein Schwarm freundlicher, laut schreiender gelber Menschen überschwemmte das Schiff, schleppte körbeweise Kohle heran.

»Sind wir denn nun in China?« fragte Sylvestre, als er

bemerkte, daß sie alle Gesichter wie Porzellan hatten und einen Zopf trugen.

Nicht ganz, sagte man ihm, noch ein wenig Geduld: das sei erst Singapur. Er stieg wieder in seinen Mastkorb hinauf, um dem schwärzlichen Staub zu entkommen, den der Wind vor sich her trieb, während die Kohle aus Tausenden von kleinen Körben fieberhaft in den Ladebunkern aufgetürmt wurde.

Eines Tages kamen sie dann in Da Nang an, wo eine gewisse *Circe* als Blockadeschiff vor Anker lag. Es war, wie er seit langem wußte, sein Schiff, auf dem man ihn mit seinem Seesack absetzte.

Er traf dort einige Landsleute, sogar zwei Isländer, die gegenwärtig Kanoniere waren.

An den Abenden dieser noch immer warmen und ruhigen Jahreszeit, in der es nichts zu tun gab, trafen sie sich abseits von den anderen an Deck, um dort eine kleine Bretagne der Erinnerung zu bilden.

Er verbrachte untätig fünf Monate in dieser trostlosen Bucht, bevor er zum ersehnten Einsatz kam.

XI

Paimpol, am letzten Tag im Februar, der Abend vor dem Auslaufen der Fischer nach Island.

Gaud stand reglos an ihre Zimmertür gelehnt. Sie war sehr blaß.

Yann befand sich unten im Haus, um mit ihrem Vater zu sprechen. Sie hatte ihn kommen sehen und konnte jetzt schwach seine Stimme vernehmen.

Sie waren sich den ganzen Winter über nicht begegnet, als hielte sie ein Verhängnis ständig voneinander fern.

Nach ihrem Weg nach Pors-Even hatte sie einige Hoffnung auf den *Bittgang der Isländer* gesetzt, bei der man viele Gelegenheiten hat, sich zu sehen und abends auf dem Marktplatz miteinander zu plaudern. Doch seit dem Morgen dieses Festes, als die Straßen mit weißen Tüchern überspannt und mit grünen Girlanden geschmückt waren, gingen entsetzliche Wolkenbrüche nieder, die von Westen mit heulenden Sturmstößen hergejagt wurden. Nie zuvor hatte man über Paimpol einen derart schwarzen Himmel gesehen. »Nun, die aus Ploubazlanec werden nicht kommen«, meinten die jungen Mädchen, die ihre Liebhaber dort hatten, traurig. Und sie kamen tatsächlich nicht, oder sie hatten sich schnell irgendwo zum Trinken niedergelassen. Keine Prozession, kein Spaziergang, und sie, bedrückter als gewöhnlich, stand den ganzen Abend lang hinter der Fensterscheibe und hörte dem von den Dächern rauschenden Wasser zu und dem lärmenden Gesang der Fischer, der aus den Schenken quoll.

Schon seit Tagen hatte sie diesen Besuch vorausgesehen, ahnte, daß Vater Gaos wegen des noch nicht endgültig geregelten Bootverkaufs nur ungern nach Paimpol käme und seinen Sohn schicken würde. Sie hatte sich vorgenommen, auf ihn zuzugehen, was die Mädchen üblicherweise nicht taten, mit ihm zu sprechen, um sich danach im klaren zu sein. Sie würde ihm vorhalten, daß er ihre Gefühle verwirrt und sie dann wie ein ehrloser Bursche verlassen habe. Dickköpfigkeit, Unbändigkeit, Verbundensein mit dem Seemannsberuf oder Angst vor Zurückweisung... wenn all diese von Sylvestre beschriebenen Hindernisse die einzigen waren, so konnten sie durchaus nach einem offenen Gespräch aus dem Weg geräumt sein. Und vielleicht erstrahlte dann auch wieder sein Lächeln, das alles so einfach machen konnte – genau das Lächeln, das sie im letzten Winter so überrascht und entzückt hatte, als sie eine ganze

Nacht lang mit ihm Walzer tanzte. Diese Hoffnung gab ihr wieder Mut, erfüllte sie mit fast zärtlicher Ungeduld.

Aus der Entfernung erscheint alles so leicht, so einfach zu sagen und zu tun.

Zudem fand Yanns Besuch genau zur gewünschten Zeit statt: denn sie war überzeugt, daß ihr Vater, der sich gerade zum Rauchen niedergelassen hatte, nicht aufstehen würde, um ihn wieder hinauszubegleiten; also konnte sie mit ihm im Flur, wo sich niemand befand, die klärenden Worte sprechen.

Doch jetzt, als dieser Augenblick da war, erschien ihr diese Kühnheit ungeheuerlich. Schon allein die Vorstellung, ihm zu begegnen, ihm am Fuß der Treppe gegenüberzustehen, ließ sie erzittern. Das Herz schlug ihr bis zum Hals... Und jeden Moment konnte sich unten die Tür öffnen mit diesem leisen Quietschen, das sie nur allzu gut kannte, und ihn heraustreten lassen!

Nein, sie würde es niemals wagen; lieber sich in Abwarten verzehren und vor Kummer sterben, als so etwas zu versuchen. Und schon hatte sie ein paar Schritte getan, um in ihr Zimmer zu gehen und sich wieder an ihre Arbeit zu setzen.

Doch zögernd verharrte sie, verstört erinnerte sie sich daran, daß morgen der Aufbruch nach Island bevorstand und dies die einzige Möglichkeit war, ihn noch einmal zu sehen. Wenn sie ihn verpaßte, folgten wieder Monate der Einsamkeit, des Wartens und der Sehnsucht nach seiner Rückkehr; sie würde so einen weiteren Sommer ihres Lebens verlieren...

Unten öffnete sich eine Tür: Yann ging hinaus! Rasch entschlossen lief sie die Treppe hinab, und zitternd blieb sie vor ihm stehen.

»Monsieur Yann, ich möchte gern mit Ihnen sprechen.«

»Mit mir!... Mademoiselle Gaud?...« fragte er mit leiser Stimme und griff nach seinem Hut.

Ungeduldig sah er sie mit einem knappen Blick an, den Kopf nach hinten geworfen, sein harter Gesichtsausdruck schien zu besagen, daß er nicht einmal inne halten wollte. Einen Fuß fluchtbereit vorgestreckt, lehnte er sich mit seinen breiten Schultern an die Wand, um ihr nicht so nahe zu sein in diesem engen Flur, wo er sich gestellt sah.

Zu Eis erstarrt fand sie nicht eines der Worte, die sie sich für ihn zurechtgelegt hatte: sie hatte nicht vorausgesehen, daß er sie so kränken könnte, daß er fortgehen könnte, ohne sie anzuhören...

»Macht Ihnen unser Haus Angst, Monsieur Yann?« fragte sie in einem trockenen eigentümlichen Ton, den sie eigentlich nicht anschlagen wollte.

Er wandte die Augen ab und sah nach draußen. Seine Wangen waren sehr rot geworden, ein Blutschwall schoß ihm ins Gesicht, und seine Nasenflügel dehnten sich bei jedem Atemzug gleichzeitig mit seiner Brust wie bei einem Stier.

Sie versuchte weiterzusprechen:

»Auf dem Ballabend, wo wir zusammen waren, sagten Sie mir auf eine Weise Lebewohl, wie man es nicht zu jemandem sagt, der einem gleichgültig ist... Monsieur Yann, Sie erinnern sich nicht... Was habe ich Ihnen getan?...«

... Der fürchterliche Westwind, der von der Straße her eindrang, verfing sich im Flur, zerzauste Yanns Haare und die Flügel von Gauds Haube, ließ hinter ihnen heftig eine Tür schlagen. Es war ein unpassender Ort für ein so schwerwiegendes Gespräch. Nach diesen ersten Sätzen blieb Gaud die Kehle wie zugeschnürt; ihr drehte sich der Kopf, ihr fiel nichts mehr ein. Sie waren Richtung Haustür gegangen, er war noch immer auf dem Sprung.

Draußen stürmte es lautstark, und der Himmel war dunkel. Durch die offene Tür fiel ein bleigrauer, trister Lichtstreifen auf ihre Gesichter. Und eine Nachbarin von gegenüber sah ihnen zu: was mochten sie sich wohl sagen, die beiden, dort drüben im Flur mit solch verstörten Mienen? Was ging da vor sich bei den Mévels?

»Nein, Mademoiselle Gaud«, antwortete er endlich und brachte sich behende wie ein Raubtier auf Abstand. – »Ich habe schon gehört, daß man über uns spricht... Nein, Mademoiselle Gaud... Sie sind reich, wir kommen nicht aus derselben Klasse. Ich bin keiner, der bei Ihnen verkehren könnte...«

Und er ging...

Alles war also aus, für immer zu Ende. Und sie hatte nichts von dem gesagt, was sie hatte sagen wollen bei dieser Unterredung, die sie in seinen Augen lediglich zu einer unverschämten Person hatte werden lassen... Was für ein Mann war er, dieser Yann, mit seiner Verachtung für Frauen, seiner Verachtung für Geld, seiner Verachtung für alles!

Wie angewurzelt blieb sie zunächst stehen, sah rundum die Dinge sich drehen...

Wie ein Blitz kam ihr dann ein Gedanke, der allerdings noch unmöglicher war als alle anderen zuvor: die Kameraden von Yann, die Isländer gingen bestimmt auf dem Marktplatz auf und ab und warteten auf ihn! Wenn er denen nun davon erzählen, sich über sie lustig machen würde, was für ein noch schlimmerer Affront wäre das! Rasch lief sie in ihr Zimmer hinauf, um sie durch die Gardine zu beobachten...

In der Tat standen diese Männer vor ihrem Haus herum. Aber sie achteten ganz einfach nur auf das Wetter, das immer trübseliger wurde, und stellten einige Vermutungen über den drohenden Regen an:

»Das ist nur ein kurzer Schauer; laßt uns solange etwas trinken gehen.«

Und dann machten sie laut Scherze über Jeannie Caroff und andere Schönheiten; aber nicht einer drehte sich zu ihrem Fenster um.

Sie waren sehr lustig, bis auf ihn, der keine Antwort gab, nicht lächelte, sondern ernst und traurig blieb. Er ging nicht mit den anderen trinken, und ohne weiter auf sie oder den einsetzenden Regen zu achten, ging er wie ein Traumwandler langsam fort, quer über den Platz in Richtung Ploubazlanec...

Da verzieh sie ihm alles, und ein Gefühl hoffnungsloser Zärtlichkeit ersetzte die bittere Enttäuschung, die eben noch ihr Herz erfüllt hatte.

Sie setzte sich, legte den Kopf in ihre Hände. Was sollte sie bloß tun?

Wenn er doch nur für einen Augenblick ihr hätte zuhören können; oder besser noch: wenn er hier allein mit ihr in dieses Zimmer käme, wo man sich in Ruhe aussprechen könnte, vielleicht würde dann alles ins Reine kommen.

Sie liebte ihn genug, um es ihm offen zu gestehen. Sie hätte zu ihm gesagt: »Sie haben mich gesucht, als ich Sie um nichts gebeten habe; aber jetzt gehöre ich Ihnen mit ganzer Seele, wenn Sie mich wollen. Glauben Sie mir, ich zögere nicht, die Frau eines Fischers zu werden, und wenn ich einen Burschen aus Paimpol heiraten wollte, brauchte ich mir nur einen auszusuchen; aber ich liebe Sie, weil ich Sie trotz allem für den besten der jungen Männer halte. Ich bin reich, ich weiß, daß ich hübsch bin; und obgleich in der Stadt gelebt habe, schwöre ich Ihnen, daß ich ein anständiges Mädchen bin und nie etwas Schlechtes getan habe. Da ich Sie so sehr liebe, warum nehmen Sie mich dann nicht?«

Doch all das würde niemals ausgesprochen werden, höchstens in ihren Träumen: es war zu spät, Yann würde ihr nicht mehr zuhören. Und ein zweites Mal mit ihm reden, oh, nein, was würde er wohl von ihr halten? Lieber würde sie sterben.

Und morgen würden sie nach Island fahren!

Allein in ihrem hübschen Zimmer saß sie im fahlen Licht des Februartages frierend auf einem der an der Wand aufgereihten Stühle, und es kam ihr vor, als stürze die Welt mit dem, was war und dem, was künftig sein würde, in eine schreckliche, düstere Leere, die sich um sie herum auftat.

Sie wünschte, ihr Leben wäre schon zu Ende, und sie läge bereits still unter einem Grabstein, um nicht mehr leiden zu müssen... doch, sie verzieh ihm, und nicht der geringste Haß mischte sich in ihre hoffnungslose Liebe...

XII

Das Meer, das graue Meer.

Auf der breiten, nicht vorgezeichneten Route, die die Fischer jeden Sommer nach Island führte, fuhr Yann seit einem Tag ruhig dahin.

Am Tag zuvor, als sie beim Gesang der alten Kirchenlieder abgefahren waren, wehte ein kräftiger Südwind, und die Schiffe, die alle Segel gesetzt hatten, waren rasch zerstreut worden wie Möwen.

Doch diese steife Brise ließ immer mehr nach, ihre Fahrt war langsamer geworden, und Nebelbänke trieben über das Wasser.

Yann war vielleicht noch schweigsamer als gewöhnlich. Er klagte über das zu ruhige Wetter und schien ein starkes Bedürfnis nach körperlicher Bewegung zu haben, um irgendeinen quälenden Gedanken aus seinem Kopf zu verjagen. Aber es gab nichts anderes zu tun, als friedlich dahinzugleiten in friedlicher Umgebung, nichts anderes als zu atmen und so hinzuleben. Rundum war alles tiefgrau, und man hörte nur die Stille...

Doch plötzlich ein dumpfer Klang, kaum wahrzunehmen, aber ungewöhnlich, er kam von unten, war wie ein Schaben, ähnlich dem Geräusch auf einem Wagen, wenn man die Radbremse anzieht! Und die *Marie* fuhr nicht mehr, blieb liegen...

Aufgelaufen!!! Aber worauf? Vielleicht auf eine Sandbank vor der englischen Küste. Außerdem hatte man den ganzen Tag lang in diesen Nebelvorhängen nichts sehen können.

Die Männer gerieten in Aufregung, liefen umher, und ihre Hektik stand in Gegensatz zu dem jähen, unverrückbaren Stillstand ihres Schiffes. Sie rührte sich nun nicht mehr, die *Marie*. Inmitten der riesigen Weite dieses flüssigen Elements, das bei so einer ruhigen Wetterlage keine Konsistenz zu haben schien, war sie von irgend etwas erfaßt worden, das widerstand und unveränderlich war und sich unter der Wasserlinie verbarg. Sie war gefangen und drohte hier unterzugehen.

Wer hat nicht schon einmal gesehen, wie ein armer Vogel, eine arme Fliege mit den Füßen am Leim kleben blieb?

Zunächst sieht man es ihnen kaum an, ihr Aussehen ändert sich nicht; man muß es wissen, daß sie von unten festgehalten werden und in Gefahr sind, dem nie wieder entfliehen zu können.

Erst wenn sie auffliegen wollen, verkleben sich auch ihre Flügel, ihr Kopf, und nach und nach nehmen sie diesen bemitleidenswerten Ausdruck eines hilflosen Tieres an, das sterben wird.

Für die *Marie* war es auch so; am Anfang schien es nur wenig zu bedeuten; sie hatte leichte Schlagseite, und das am hellen Morgen bei ruhigem, angenehmen Wetter. Man mußte Bescheid wissen, um in Sorge zu geraten und den Ernst zu begreifen.

Der Kapitän erweckte ein wenig Mitleid, er hatte diesen Fehler begangen, indem er sich nicht genug um diese Stelle gekümmert hatte, auf der man gelandet war: er reckte die Arme zum Himmel und rief verzweifelt:

»Meine Schuld, meine Schuld!«

Ganz in ihrer Nähe klarte es an einer Stelle auf, und ein Vorgebirge zeichnete sich ab, das ihnen unbekannt war. Gleich darauf war es wieder im Nebel verschwunden, man sah es nicht mehr.

Und nicht ein Segel, nicht eine Rauchsäule in Sicht. – Und für den Augenblick war ihnen das sehr recht: sie hatten große Furcht vor englischen Rettern, die einen gewaltsam auf ihre Weise bargen, und gegen die man sich wie gegen Piraten wehren mußte.

Sie plagten sich alle damit, die Ladung, die zu verrutschen drohte, anders zu verstauen. Turc, der Bordhund, der die Meeresdünung nicht fürchtete, war über diesen Unfall ebenfalls sehr aufgeregt: diese Geräusche von unten, diese harten Stöße, wenn eine Welle vorüberkam, und dann diese Bewegungslosigkeit, er spürte sehr wohl, daß dies nicht normal war, und verkroch sich mit eingezogenem Schwanz in irgendeine Ecke.

Danach ließen sie die Boote zu Wasser, um Anker zu werfen und um sich freizuschleppen, indem sie sich mit aller Kraft in die Taue stemmten – ein hartes Manöver, das zehn Stunden hintereinander andauerte – dann war es Abend, und das arme Schiff, das am Morgen noch so sauber und schmuck war, bot bereits ein trauriges Bild, überspült, schmutzig, in völliger Unordnung. Es hatte sich abgemüht, sich in jeder Weise zu bewegen versucht und blieb gleichwohl festgenagelt wie ein gestrandetes Schiff.

Die Nacht umhüllte sie, ein Wind erhob sich, und der Wellengang wurde höher; alles wendete sich immer mehr zum Schlechten, bis sie plötzlich gegen sechs Uhr wieder frei waren, lostrieben, dabei die Taue kappten, die sie belassen hatten, um sich daran festzuhalten... Wie Verrückte liefen die Männer von vorn nach hinten und schrien:

»Wir schwimmen!«

Sie schwammen tatsächlich; aber wie soll man diese Freude beschreiben, wieder zu schwimmen, zu spüren, wie es vorwärtsging, wieder ein federleichter, beweglicher Gegenstand zu sein, statt eines Wracks, das sie eben noch gewesen waren!

Und im selben Augenblick war Yanns Traurigkeit verflogen. Erleichtert wie sein Schiff, geheilt durch die gesunde Müdigkeit seiner Arme, hatte er seine sorglose Art wiedergefunden, seine Erinnerungen abgeschüttelt.

Am nächsten Morgen, als man endlich alle Anker wieder an Bord geholt hatte, setzte er die Fahrt zu seinem kalten Island fort, das Herz scheinbar genauso frei wie in den Jahren zuvor.

XIII

Am anderen Ende der Welt, an Bord der *Circe*, die in der Bucht von Ha Long vor Anker lag, verteilte man Post aus Frankreich. In einer dicht gedrängten Gruppe von Matrosen rief der Zahlmeister lautstark die Namen der Glücklichen auf, die Briefe erhalten hatten. Das geschah am Abend in der Geschützluke, wo sie sich eng um eine Laterne scharten.

»Moan, Sylvestre!« – Für ihn war einer dabei, abgestempelt in Paimpol, aber es war nicht die Handschrift von Gaud. Was mochte das bedeuten? Und vom wem kam er dann?

Nachdem er ihn mehrmals hin- und hergedreht hatte, öffnete er ihn ängstlich.

Ploubazlanec, den 5. März 1884

»Mein lieber Enkel.«

Er war also von seiner guten alten Großmutter; er atmete auf. Sie hatte sogar ganz unten ihre ungelenke, auswendig gelernte Unterschrift mit zittriger und ungelenker Hand hinzugefügt: »Witwe Moan.«

Witwe Moan. Unbewußt berührte er das Briefpapier mit den Lippen und küßte den armseligen Namen, als wäre er das Amulett einer Heiligen. Dieser Brief erreichte ihn in einer äußersten Stunde seines Lebens: schon morgen früh ging er an die vorderste Front.

Es war Mitte April; Bac Ninh und Hong Hoa waren gerade eingenommen. Eine weitere große militärische Operation war in Tonkin nicht in Sicht, gleichwohl reichten die eingetroffenen Verstärkungen nicht aus. Nun nahmen sie noch alle, die man an Bord der Schiffe entbehren konnte, um die Marinekompanien zu vervollständigen, die bereits ausgebootet waren. Und Sylvestre, der schon lange genug hatte von Kreuzern und Blockaden, war zusammen mit einigen anderen ausgesucht worden, um die Lücken eben jener Kompanien zu füllen.

Zu diesem Zeitpunkt sprach man bereits vom Frieden; aber irgend etwas sagte ihnen, daß sie rechtzeitig an Land kämen, um noch in Kämpfe verwickelt zu werden. Nachdem sie ihr Gepäck fertig gemacht, alle Vorbereitungen getroffen und sich verabschiedet hatten, gingen sie am Abend zwischen den anderen spazieren, die dablieben und über die sie sich hoch erhaben fühlten; jeder drückte auf seine Weise die Gefühle vor der Ausbootung aus, die einen waren ernst und gefaßt, die anderen laut und überschwenglich.

Sylvestre selbst war recht schweigsam und behielt seine Ungeduld für sich; nur wenn man ihn ansah, besagte sein zurückhaltendes Lächeln wohl: »Ja, gewiß, ich bin mit dabei, morgen früh.« Der Krieg, das Schießen, er hatte davon nur eine ungefähre Vorstellung; aber es reizte ihn, denn er war von mutigem Geschlecht.

Wegen der unbekannten Handschrift war er beunruhigt über Gaud, und er versuchte, in die Nähe einer Laterne zu kommen, um besser lesen zu können. Aber das war schwierig unter all den halbnackten Männern, die sich dort zusammenscharten, um gleichfalls etwas zu lesen in der unerträglichen Hitze dieser Geschützluke.

Wie er bereits geahnt hatte, erklärte Großmutter Yvonne schon zu Beginn ihres Briefes, warum sie sich der ungeübten Hand einer alten Nachbarin bedienen mußte:

»Mein liebes Kind, ich lasse Dir diesmal nicht von Deiner Kusine schreiben, denn sie hat großen Kummer. Ihr Vater ist vor zwei Tagen ganz plötzlich verstorben. Und es scheint, daß sein ganzes Vermögen von schlimmen Spielschulden, die er im letzten Winter in Paris gemacht hat, aufgezehrt worden ist. Man wird also sein Haus und seine Möbel verkaufen müssen. Damit hatte niemand hier gerechnet. Ich glaube, das wird Dir, mein liebes Kind, ebensoviel Kummer bereiten wie mir.

Der Sohn Gaos läßt Dich grüßen; er hat seinen Vertrag mit Kapitän Guermeur erneuert, der noch immer die *Marie* führt, und die Fahrt nach Island ging dieses Jahr recht frühzeitig los. Sie haben am Ersten des Monats die Anker gelichtet, am Vorabend des großen Unglücks unserer Gaud, von dem sie also noch nichts wissen.

Aber Du kannst Dir wohl denken, mein lieber Sohn, daß es jetzt zu Ende ist, wir werden sie nicht miteinander verheiraten, denn sie wird nun ihr Brot selbst verdienen müssen...«

Er war wie zerschmettert; diese schlechten Nachrichten hatten ihm die ganze Vorfreude auf den Kampf verdorben.

DRITTER TEIL

I

Eine Kugel pfeift durch die Luft!... Sylvestre bleibt kurz stehen, lauscht angestrengt...

Sie befinden sich auf einer endlosen Ebene im zarten, samtenen Grün des Frühlings. Der Himmel ist grau, lastet auf den Schultern.

Sechs bewaffnete Matrosen auf Erkundung inmitten frischer Reisfelder, auf einem Schlammweg...

Noch einmal!... dasselbe Geräusch in der stillen Luft! - Ein scharfes Sirren, eine Art langgezogenes *Zing*, der richtige Ton für das kleine bösartige und harte Ding, das geradeaus sehr schnell vorbeifliegt und dessen Begegnung tödlich sein kann.

Erstmals in seinem Leben hörte Sylvestre diese Musik. Die Kugeln, die auf einen zukommen, klingen anders als die, die man selbst abschießt: das weit entfernte Gewehrfeuer ist gedämpft, man hört es kaum; eher vernimmt man das leise Surren von Metall, das einem blitzschnell dicht an den Ohren vorbeistreift...

Und *Zing*, und noch ein *Zing*! Es regnet jetzt Kugeln. Neben ihnen schlagen sie in den überschwemmten Boden der Reisfelder ein, jede wie ein Hagelkorn mit einem kurzen trockenen »Flack« und mit einem leichten Aufspritzen des Wassers.

Sie blicken sich lächelnd wie nach einem gelungenen Scherz an und rufen:

»Chinesen!« (Annamiten, Tonkinesen, Piraten, für die Matrosen waren sie alle nur Chinesen.)

Wie soll man es beschreiben, wieviel Verachtung, Hohn, Spott und Kampflust sie in diese Äußerung legten: »Chinesen!«

Zwei oder drei Kugeln pfeifen vorbei, diesmal wesentlich tiefer; man sieht sie abprallen wie Heuschrecken im Gras. Er dauert nur eine knappe Minute, dieser Schauer aus Blei, dann hört er auf. Auf der weiten, grünen Ebene herrscht wieder absolute Stille, nirgendwo rührt sich etwas.

Alle sechs sind sie aufrecht stehen geblieben, spähen umher, orientieren sich, versuchen auszumachen, von wo das gekommen ist.

Zweifellos von dort hinten, aus dem Bambuswäldchen, das wie eine kleine Insel aus Federbüschen in der Ebene liegt, und hinter dem halb verdeckt Dächer mit vorspringenden Ecken zu erkennen sind. Sie laufen darauf zu; im aufgeweichten Boden der Reisfelder, ihre Füße sinken ein oder rutschen aus; Sylvestre läuft mit seinen längeren, schnelleren Beinen vorne weg.

Nichts pfeift mehr; man könnte meinen, sie hätten geträumt...

Und da in allen Ländern der Welt bestimmte Dinge immer und ewig dieselben sind - das Grau des bedeckten Himmels, die frische Farbe der Frühlingswiesen - hätte man glauben können, die Felder Frankreichs vor sich zu sehen mit fröhlich daherlaufenden jungen Männern bei irgendeinem Spiel, nur nicht dem des Todes.

Aber je näher sie kommen, um so besser zeigen die Bambusstämme die exotische Besonderheit ihres Laubwerks, die Dächer des Dorfes betonen die fremdartige Blattkrümmung, und gelbe Menschen, die dahinter lauern, rücken ein wenig näher, ihre platten Gesichter sind verzerrt von Heimtücke und Angst... Plötzlich stürzen sie mit Geschrei hervor und schwärmen aus in einer langen, zittrigen, jedoch entschlossenen und bedrohlichen Linie.

»Chinesen!«, sagen wieder die Matrosen mit demselben tapferen Lächeln.

Gleichwohl finden sie, daß es diesmal sehr viele sind, zu viele. Und einer von ihnen, der sich umgedreht hat, bemerkt die anderen, die aus den Reisbüscheln auftauchen.

... Er war sehr schön in diesem Augenblick, an diesem Tag, der kleine Sylvestre; seine alte Großmutter wäre stolz gewesen, ihn so kriegerisch zu sehen!

Schon seit Tagen war er wie verwandelt, war von der Sonne braun gebrannt, seine Stimme hatte sich verändert, und er schien hier wie in seinem Element zu sein. Nach einer Minute völliger Unentschlossenheit hatten die Matrosen, die um ein Haar von den Kugeln getroffen worden wären, den Rückzug eingeleitet, der ihrer aller Tod bedeutet hätte; doch Sylvestre war weiter vorangegangen; er hielt sein Gewehr am Lauf und bildete die Spitze einer Gruppe, die nach rechts und links mit den Kolben gewaltige Schläge austeilte. Und dank ihm hatte sich die Lage vollkommen gewendet: diese Panik, dieses Erschrecken, dieses unerklärliche Etwas, das blindlings alles bei ungeplanten Scharmützeln lenkt, hatte die Seite gewechselt; nun begannen die Chinesen zurückzuweichen.

Es war vorüber, sie flohen. Und die sechs Matrosen, die ihre Waffen rasch nachgeladen hatten, schossen sie nach Belieben nieder; überall rote Pfützen im Gras, zusammengebrochene Körper, Schädel, die ihr Hirn in das Wasser der Reisfelder ausschütteten.

Geduckt rannten sie davon, flach über den Boden wie Leoparden. Und Sylvestre lief hinterher, schon zweimal verwundet, ein Lanzenstich im Oberschenkel, eine tiefe Schnittwunde im Arm; aber er spürte nichts als den Rausch der Kampflust, jene unsinnige Trunkenheit, die vom aufgewühlten Blut kommt und einfachen Gemütern den ungeheuren Mut antiker Helden verleiht.

Einer der Verfolgten drehte sich um, zielte auf ihn aus wilder Angst und Verzweiflung. Sylvestre blieb stehen, lächelnd, verächtlich, erhaben, wollte, daß der andere seine Kugel verschoß, warf sich dann ein wenig nach links von der Schußlinie. Doch beim Abfeuern verzog sich der Gewehrlauf zufällig in genau dieselbe Richtung. Er spürte eine Erschütterung an der Brust, blitzartig wußte er, was geschehen war, und bevor er irgendeinen Schmerz fühlte, drehte er sich noch zu den anderen Matrosen um und versuchte, ihnen wie ein alter Soldat jenen berühmten Satz zuzurufen: »Ich glaube, mich hat es erwischt!« Als er tief durchatmete, nachdem er gerade noch gelaufen war, spürte er, daß gleichzeitig durch ein Loch in seiner rechten Brustseite mit einem fürchterlichem Geräusch Luft in seine Lunge strömte wie in einen geplatzten Blasebalg. Im selben Augenblick füllte sich sein Mund mit Blut, während er an seiner linken Seite einen stechenden Schmerz fühlte, der schnell schlimmer wurde, bis er bald entsetzlich und unerträglich war.

Er drehte sich zwei- oder dreimal um sich selbst, seine Sinne schwanden, und vergeblich suchte er Luft zu bekommen durch diese rote Flüssigkeit, die ihn zu ersticken drohte – dann schlug er schwer im Schlamm auf.

II

Etwa vierzehn Tage danach, als der Himmel angesichts der nahenden Regenzeit bereits dunkler wurde und die

Hitze immer drückender über Tonkin, wurde Sylvestre, den man nach Hanoi gebracht hatte, in die Bucht von Ha Long transportiert und an Bord eines Lazarettschiffes genommen, das nach Frankreich zurückfuhr.

Lange war er auf den verschiedensten Krankenbahren herumgetragen worden, hatte sich kurz in Lazaretten aufgehalten. Man tat, was man tun konnte; aber in seinem schlechten Zustand hatte sich die Lunge auf der durchschossenen Seite mit Wasser gefüllt, und noch immer drang gurgelnd Luft durch dieses Loch ein, das sich nicht schließen wollte.

Eine Tapferkeitsmedaille war ihm verliehen worden, was ihn einen Moment lang mit Freude erfüllte.

Doch war er nicht mehr der Krieger von zuvor, mit energischem Gang und mit knapp befehlender Stimme. All das war verschwunden in der langen Leidenszeit und dem zehrenden Fieber. Er war wieder Kind geworden und heimwehkrank; er sprach kaum noch, antwortete mühsam mit leiser, sanfter, fast erloschener Stimme. Sich so krank zu fühlen, und so schrecklich weit fort zu sein; daran zu denken, daß es Tage über Tage brauchen würde, ehe er wieder zu Hause war - würde er nur bis dahin noch leben mit seinen schwindenden Kräften?... Das Gefühl, so entsetzlich weit von dort weg zu sein, quälte ihn ohne Unterbrechung, lastete auf ihm, wenn er wach lag - dann empfand er nach Stunden des Schlummerns wieder das schreckliche Gefühl seiner Wunden, die Hitze seines Fiebers und das pfeifende Geräusch in seiner zerstörten Brust. Er hatte inständig darum gebeten, mitgenommen zu werden, um jeden Preis.

Es war sehr schwer, ihn auf der Bahre zu tragen; und man versetzte ihm unwillkürlich grausame Stöße, als man ihn auf einen Wagen legte.

An Bord des Transportschiffes bereitete man ihm eines dieser kleinen Eisenbetten, die im Krankensaal aneinander gereiht waren, und er begann in entgegengesetzter Richtung wieder die lange Fahrt über die Meere. Doch anstatt wie ein Vogel im freien Wind in dem Mastkorb zu leben, lag er nun in stickiger Luft unter Deck, in den Ausdünstungen von Arzneien, Wunden und Elend.

In den ersten Tagen hatte ihm die Freude auf dem Heimweg zu sein, eine leichte Besserung gebracht. Er konnte von Kopfkissen gestützt aufrecht in seinem Bett sitzen, und von Zeit zu Zeit fragte er nach seiner Kiste. Seine Seemannskiste war ein Kasten aus Weißholz, den er in Paimpol gekauft hatte, um darin seine Kostbarkeiten aufzubewahren; so die Briefe seiner Großmutter Yvonne, die von Yann und von Gaud, ein Heft, in das er Seemannslieder geschrieben hatte, sowie ein chinesisches Buch von Konfuzius, zufällige Beute einer Plünderung, auf dessen unbedruckten Seiten er sein naives Kriegstagebuch geführt hatte.

Sein schlechter Zustand besserte sich jedoch nicht, und schon nach der ersten Woche gingen die Ärzte davon aus, daß der Tod unvermeidlich war.

... Jetzt dicht am Äquator, in entsetzlicher Gewitterschwüle. Das Transportschiff lief weiter, schüttelte seine Betten, seine Verwundeten und seine Kranken durch; es lief immer gleich schnell durch ein aufgewühltes Meer, stürmisch noch wie beim Umspringen der Monsunwinde.

Seit dem Ablegen in Ha Long war mehr als einer gestorben, den man in das tiefe Wasser auf der großen Straße nach Frankreich hinunterwerfen mußte; viele der kleinen Betten waren ihres beklagenswerten Inhalts bereits entledigt.

An diesem Tag war es sehr dunkel in dem fahrenden Hospital: wegen des hohen Wellengangs hatte man die eisernen Luken der Stückpforten geschlossen, und das machte die stickige Luft für die Kranken noch unerträglicher.

Es ging ihm schlechter; das war das Ende. Er preßte beide Hände gegen die durchbohrte Brustseite, auf der er ständig lag, mit all seiner letzten Kraft, um dieses Wasser, die sickernde Zersetzung seiner rechten Lungenhälfte zum Stillstand zu bringen, und bemühte sich, nur mit der anderen zu atmen. Aber diese andere wurde auch allmählich angegriffen, und Todesangst packte ihn.

Alle möglichen Visionen von seiner Heimat quälten sein sterbendes Hirn; geliebte und schreckliche Gesichter beugten sich in der warmen Dunkelheit über ihn; in seinem Fieberwahn träumte er ununterbrochen von der Bretagne und von Island.

Am Morgen hatte er nach dem Priester gerufen, und dieser, ein alter Mann , der es gewohnt war, sterbenden Seeleuten Beistand zu leisten, war überrascht, unter dem so männlichen Äußeren die Unschuld eines Kindes vorzufinden.

Er wollte Luft, nur frische Luft; aber es gab sie nirgendwo; die Luftschächte gaben keine mehr her; der Sanitäter, der die ganze Zeit über mit einem blumengeschmückten, chinesischen Fächer wedelte, konnte lediglich abgestandene Schwaden über ihm hin und her bewegen, schon hundertfach eingeatmet, gegen die sich die Lungen wehrten.

Mitunter wurde er von wütender Verzweiflung gepackt, dem Drang, aus dem Bett zu springen, wo er so deutlich den Tod kommen spürte. Wieder nach oben, in den vollen Wind, neu mit dem Leben beginnen!... Oh, die anderen, die in den Wanten hoch- und herunterkletterten, die in dem Mastkorb lebten!... Doch seine größte Kraftanstrengung führte allein dazu, daß er ein wenig den Kopf und den kraftlosen Hals anhob, eigentlich nur ein Zucken, wie man es beim Schlafen kennt. Oh, nein, er konnte nicht mehr. Er fiel wieder in die gleichen Vertiefungen seines ungemachten Bettes zurück, an dem bereits der Tod haftete; und jedesmal verlor er nach einer derartigen Erschütterung das Bewußtsein.

Um ihm einen Gefallen zu tun, öffnete man eine Stückpforte, obwohl das durchaus gefährlich war, da das Meer sich noch nicht beruhigt hatte. Es war abends gegen sechs Uhr. Als die eiserne Klappe angehoben wurde, drang nur Licht hinein, ein gleißendes rotes Licht. Die untergehende Sonne tauchte in ungewöhnlichem Glanz aus einem Riß im dunklen Gewölk am Horizont auf; ihr blendendes Licht wanderte im schlingernden Schiff auf und ab und erleuchtete wie eine Fackel, die man schwenkt, flackernd das Hospital.

Frische Luft kam keine mehr herein; die wenige, die es draußen gab, konnte nicht weiter vordringen und die Fieberdünste verjagen. Überall auf diesem unendlichen Meer am Äquator herrschte nur feuchte Hitze, lastende Schwüle. Nirgendwo regte sich ein Luftzug, nicht einmal für die Sterbenden, die nach Atem rangen.

... Eine letzte Vision trieb ihn um: seine alte Großmutter lief rasch einen Weg entlang mit einem Ausdruck herzzerreißender Angst; Regen ging aus schweren, tief hängenden Wolken auf sie nieder; sie war auf dem Wege zum Marinebüro in Paimpol, um dort mitgeteilt zu bekommen, daß er tot sei.

Er schlug jetzt um sich; er röchelte. Mit einem Schwamm wischte man ihm Wasser und Blut aus den Mundwinkeln, das während seiner letzten Todeszuckungen wie in Strömen aus seiner Brust aufstieg. Und die wunderschöne Sonne schien noch immer auf ihn; im Westen stand scheinbar eine ganze Welt in Flammen mit blutroten Wolken. Durch die geöffnete Luke drang eine breites rotes Feuerband ein, das auf Sylvestres Bett endete und ihn mit einem Glorienschein umgab.

In diesem Augenblick sah man die Sonne auch in der Bretagne, wo es auf Mittag zuging. Es war genau dieselbe Sonne, zu genau demselben Zeitpunkt in ihrer Unendlichkeit; doch dort hatte sie eine völlig andere Farbe, stand sehr viel höher an einem blauen Himmel und schien sanft und weiß auf die Großmutter Yvonne herab, die mit einer Näharbeit vor ihrer Tür saß.

In Island, wo es Morgen war, erschien sie auch in dieser Minute des Todes. Eher bleich, als ob sie sich nur mit letzter Kraft von ihrem tiefen Winkel erheben könne. Sie leuchtete nur schwach über einem Fjord, wo die *Marie* dahintrieb, und der Himmel war von einer polaren Klarheit, die Vorstellungen von erstarrten Planeten ohne Atmosphäre weckt. In eisiger Deutlichkeit hob er die Feinheiten von diesem Chaos aus Gestein hervor, das Island heißt: von der *Marie* aus betrachtet, schien das ganze Land auf eine Fläche genagelt und aufrecht hingestellt. Yann, auch sonderbar angeleuchtet, angelte wie gewöhnlich in dieser Mondlandschaft.

In dem Moment, als das feuerrote Band, das durch die Schiffsluke eindrang, erlosch, als die Äquatorsonne vollkommen im vergoldeten Meer einsank, brachen die Augen des sterbenden Enkels und drehten sich zur Stirn hin weg, als wollten sie im Kopf verschwinden. Da schloß man ihm die Lider mit den langen Wimpern – Sylvestre war wieder sehr schön und gelassen wie eine liegende Figur aus Marmor...

III

... Ich kann nicht umhin, von Sylvestres Beerdigung zu berichten, die ich selbst dort unten auf der Insel Singapur durchführen ließ. Viele andere hatte man in den ersten Tagen der Fahrt über Bord ins Chinesische Meer geworfen; da aber diese malaiische Erde in der Nähe war, entschied man sich, ihn ein paar Stunden länger an Bord zu behalten, um ihn dann dort zu begraben.

Es geschah sehr früh am Morgen wegen der furchtbaren Sonne. In dem Beiboot, das ihn überführte, war sein Leichnam in eine Fahne Frankreichs gehüllt. Die große fremde Stadt lag noch im Schlaf, als wir den Fuß an Land setzten. Ein kleiner Wagen, den der Konsul hatte schicken lassen, stand bereits am Kai; wir legten dort Sylvestre und das Holzkreuz hinein, das man an Bord für ihn gezimmert hatte; die Farbe war noch frisch, da man überstürzt fertig werden mußte, und die weißen Buchstaben seines Namens liefen auf dem schwarzen Untergrund aus.

Wir durchquerten jenes Babel bei Sonnenaufgang. Und es war bewegend, nur zwei Schritte entfernt von dem chinesischen Gewimmel die Stille einer französischen Kirche vorzufinden. In dem hohen weißen Kirchenschiff, in dem ich allein mit meinen Matrosen zurückblieb, erklang das *Dies irae* des Priestermissionars wie eine sanfte magische Beschwörung. Durch die offenen Türen konnte man eine Art Paradiesgarten sehen, herrliches Grün, riesige Palmen; der Wind rüttelte an den großen blühenden Bäumen, und ein Regen karminroter Blütenblätter fiel herab, die bis in die Kirche hineinwehten.

Danach gingen wir sehr weit zum Friedhof. Unser kleines Matrosengefolge nahm sich bescheiden aus, der

Sarg wurde noch immer von einer Trikolore bedeckt. Wir mußten durch zahlreiche chinesische Viertel, ein wahres Gewimmel; danach durch malaiische und indische Vororte, wo alle Arten asiatischer Gesichter uns mit staunenden Augen nachsahen.

Schließlich unbebautes Land; es wurde bereits heiß; schattige Wege, wo wunderschöne Schmetterlinge mit samtblauen Flügeln gaukelten. Üppige Blumen und Palmen, die ganze Pracht der Tropen. Zuletzt dann der Friedhof: Grabstätten von Mandarinen mit vielfarbigen Inschriften, Drachen und anderen Ungeheuern, verblüffendes Blattwerk, unbekannte Pflanzen. Die Stelle, wo wir ihn einbetteten, gleicht einem Winkel in Indras Gärten.

Über seinem Grab errichteten wir das kleine Holzkreuz, das man in aller Eile während der Nacht angefertigt hatte:

SYLVESTRE MOAN
NEUNZEHN JAHRE

Und dort haben wir ihn zurückgelassen; eilig brachen wir auf, denn schon stieg die Sonne höher; wir wandten uns um, ihn zu sehen, unter den herrlichen Bäumen, unter den großen Blumen.

IV

Das Transportschiff setzte seine Fahrt durch den Indischen Ozean fort. Unten im schwimmenden Hospital gab es noch immer viel Elend. An Deck sah man nur sorglose, gesunde, junge Menschen. Und ringsum auf dem Meer ein wahres Fest der klaren Luft und der Sonne.

Bei diesem herrlichen Passatwetter lagen die Matrosen ausgestreckt im Schatten der Segel und vertrieben sich damit die Zeit, ihre Papageien frei laufen zu lassen. (Dort in Singapur, von wo sie gerade kamen, verkauft man den Seeleuten jede Sorte zahmer Tiere.)

Alle hatten sie sich ganz junge Papageien ausgesucht, die noch einen Anflug von Kindlichkeit auf ihren Vogelgesichtern hatten. Sie hatten noch keine Schwanzfedern, waren aber schon grün, von einem prächtigem Grün. Die Eltern waren grün gewesen, also hatten auch sie, die ganz kleinen, ahnungslos diese Farbe geerbt; wie sie dort auf die blitzsauberen Decksplanken gesetzt wurden, glichen sie taufrischen Blättern, die von einem tropischen Baum gefallen waren.

Manchmal brachte man sie alle zusammen; sie betrachteten sich dann gegenseitig auf drollige Weise, sie wendeten den Hals in jede Richtung, als wollten sie sich aus verschiedenen Blickwinkeln begutachten. Sie gingen hin und her, als würden sie hinken; mit kleinem komischen Geflatter liefen sie dann plötzlich sehr schnell los, geschäftig, nach wer weiß welcher Heimat unterwegs; manche fielen dabei um.

Und dann lernten die Meerkatzen Kunststücke zu machen, was ein neuer Spaß war. Einige von ihnen wurden zärtlich geliebt, inbrünstig umarmt; sie schmiegten sich ganz eng an die feste Brust ihres Herrn und blickten sie mit den Augen einer Frau an, halb grotesk, halb herzergreifend.

Schlag drei Uhr trugen die Fouriere zwei Leinensäcke an Deck, die mit großen roten Wachssiegeln verschlossen und mit Sylvestres Namen versehen waren. Nach den Gesetzen auf See sollte die Kleidung, alles was ihm auf dieser Welt gehört hatte, versteigert werden. Die Matrosen strömten fröhlich zusammen; an Bord eines Lazarettschiffes geschieht dies häufiger, so ein Verkauf von Habseligkeiten, so daß keiner mehr betroffen ist.

Zudem hatte kaum jemand auf diesem Schiff Sylvestre gekannt.

Seine Matrosenjacken, seine Hemden, die blau gestreiften Trikots wurden betastet, hin und her gewendet und schließlich zu irgendeinem Preis mitgenommen; die Käufer überboten sich zum eigenen Vergnügen.

Dann kam die kleine Holzschachtel an die Reihe, die für fünfzig Francs den Besitzer wechselte. Die Briefe und die Tapferkeitsmedaille hatte man herausgenommen, um sie an die Familie zu schicken; aber es verblieben noch das Heft mit den Liedern, das Konfuziusbuch sowie Faden, Knöpfe, Nadeln, all die kleinen Dinge, die Großmutter Yvonne aus Voraussicht dort hineingelegt hatte für den Fall, daß es etwas zu flicken oder zu nähen gab.

Weiterhin bot der Fourier noch zwei kleine Buddhas zum Verkauf an, die Sylvestre aus einer Pagode mitgenommen hatte, um sie später Gaud zu schenken, und die so lustig aussahen, daß alle wie verrückt lachten, als sie als letzte Objekte angeboten wurden. Wenn sie lachten, die Seeleute, dann geschah das nicht, weil sie kein Herz hatten, sondern nur aus Gedankenlosigkeit.

Zum Schluß verkaufte man die Säcke, und der Käufer entfernte gleich den Namen und ersetzte ihn durch den eigenen.

Danach wurde alles sorgfältig gefegt, um das blitzsaubere Deck von irgendwelchen Staubteilchen oder Fadenresten zu befreien, die beim Auspacken heruntergefallen waren.

Und die Matrosen kehrten wieder gut gelaunt an ihren Platz zurück, wo sie sich mit ihren Papageien und Affen amüsierten.

V

Eines Tages in der ersten Junihälfte, als die alte Yvonne heimkam, erzählten die Nachbarinnen, daß der Kommissar vom Marinebüro nach ihr gefragt habe.

Es ging sicher um ihren Enkel, was ihr jedoch keine Angst bereitete. In den Familien der Leute vom Meer hat man häufig mit diesem Büro zu tun; sie selbst, die Tochter, Ehefrau, Mutter und Großmutter von Seemännern war, kannte diesen Ort seit fast sechzig Jahren.

Es betraf zweifellos seine Entsendung; oder auch eine kleine Abrechnung von der *Circe,* die mit Hilfe ihrer Vollmacht einzulösen war. Da sie wußte, was man dem Monsieur Kommissar schuldig ist, machte sie große Toilette, zog ihr schönes Kleid an, setzte die weiße Haube auf und machte sich auf den zweistündigen Weg.

Mit kleinen, raschen Schritten trippelte sie über die Wege der Felsenküste nach Paimpol. Ein wenig war sie gleichwohl geängstigt, da sie seit zwei Monaten keinen Brief erhalten hatte.

Sie begegnete wieder ihrem alten Galan, der vor der Türe saß, aber seit dem letzten kalten Winter war er sehr hinfällig geworden.

»Nun?... Wenn Sie möchten, Sie brauchen sich nicht zu schämen, meine Schöne!...« (Er hatte noch immer dieses Kleid aus Holz im Kopf.)

Der heitere Junitag lächelte ihr überall entgegen. Auf den Felsspitzen wuchs zwar nur der flache goldgelb blühende Ginster; doch sobald man hinunterkam in Lagen, die vor dem Seewind geschützt waren, traf man auf frisches junges Grün, blühenden Weißdorn und hohes, duftendes Gras. Sie achtete kaum darauf, für sie, die so alt war, reihten sich die flüchtigen Jahreszeiten inzwischen aneinander wie einzelne Tage.

Um die baufälligen Weiler mit ihrem düsteren Mauerwerk gab es Rosensträucher, Nelken, Levkojen und bis hinauf auf die moosbewachsenen hohen Strohdächer Tausende kleiner Blüten, die die ersten weißen Schmetterlinge anlockten

Im Land der Islandfischer war es diesmal ein Frühling fast ohne Liebe, und die schönen, stolzen jungen Mädchen, die man träumend vor den Türen sitzen sah, schienen ihre blauen oder braunen Augen auf Dinge zu richten, die jenseits der sichtbaren liegen. Die jungen Männer, denen ihre Schwermut und ihr Begehren galt, waren unterwegs zum großen Fischfang in den nordischen Gewässern...

Und dennoch war es Frühling, ein lauer, milder, sinnverwirrender Frühling mit leisem Gesumm der Fliegen und dem Duft junger Pflanzen.

All das Unbeseelte lächelte unaufhörlich der alten Großmutter zu, die so schnell es ging dorthin lief, wo sie über den Tod ihres letztes Enkels unterrichtet werden würde. Sie war der furchtbaren Stunde sehr nahe, in der sie erfahren sollte, was sich auf dem so fernen Chinesischen Meer ereignet hatte; sie ging diesen schweren Weg, den Sylvestre im Augenblick seines Todes vor sich gesehen hatte und der ihm die letzten angstvollen Tränen entriß: seine gute alte Großmutter zum Marinebüro in Paimpol gerufen, wo man ihr sagen würde, daß er tot sei! – Er hatte sie ganz deutlich gesehen, wie sie diesen Weg entlang lief, rasch und aufrecht, mit ihrem kleinen braunen Schultertuch, ihrem Regenschirm und ihrer hohen Haube. Und diese Erscheinung ließ ihn noch einmal sich aufrichten und sich in schrecklichen Qualen winden, während die riesige Sonne des Äquators, die in einem grandiosen Rot unterging, durch die Luke in das Hospital schien und ihm beim Sterben zuschaute.

Nur, daß er dort unten in seiner letzten Vision die arme Alte im Regen diesen Weg machen sah, während sie ihn tatsächlich unter einem spöttisch strahlenden Frühlingshimmel unternahm...

Je mehr sie sich Paimpol näherte, um so beunruhigter fühlte sie sich, und sie beschleunigte nochmals ihren Schritt.

Und in den schmalen sonnenbeschienenen Straßen der granitgrauen Stadt grüßte sie andere ihres Alters, die an ihren Fenstern saßen. Verwundert, sie vorbeigehen zu sehen, meinten sie:

»Wohin will sie nur so schnell in ihrem Sonntagskleid mitten in der Woche?«

Der Kommissar des Marinebüros war nicht anwesend. Ein kleiner häßlicher Gehilfe von fünfzehn Jahren saß an seinem Platz. Da er für den Fischfang zu mißraten war, hatte man ihm Lesen und Schreiben beigebracht, und nun hockte er tagaus tagein auf seinem Stuhl und kritzelte in schwarzen Ärmelschonern etwas auf Papier.

Nachdem sie ihren Namen genannt hatte, erhob er sich mit wichtiger Miene und nahm aus einem Ablagekorb gestempelte Schriftstücke.

Es waren sehr viele... was mochte das bedeuten? Zertifikate, Papiere, die ein Siegel trugen, ein in der Meeresluft vergilbtes Seefahrtsbuch, allem schien der Geruch des Todes anzuhaften...

Er breitete sie vor den Augen der armen Alten aus, die anfing zu zittern und der es schwindlig wurde, als sie zwei der Briefe wiedererkannte, die Gaud für sie an ihren Enkel geschrieben hatte und die nun ungeöffnet zurückgekommen waren... Es war genau wie damals vor zwanzig Jahren, beim Tode ihres Sohnes Pierre: die Briefe waren zu Händen des Kommissars aus China zurückgekommen, der sie ihr ausgehändigt hatte...

Er las nun mit pedantischer Stimme vor:

»Moan, Jean-Marie-Sylvestre, eingetragen in Paimpol, Folio 213, Matrikel 2091, verschieden an Bord der *Bien Hoa*, den 14...«

»Was?... Was ist ihm passiert, mein lieber Monsieur?«

»Verschieden!... Er ist verschieden«, wiederholte er.

Mein Gott, er war eigentlich nicht bösartig, dieser Gehilfe, und wenn er dies so brutal aussprach, so lag es eher an fehlender Urteilskraft und Intelligenz eines noch unentwickelten Menschen. Als er merkte, daß sie diesen schönen Ausdruck nicht verstand, fügte er auf bretonisch an:

»Marw éo!...«

»Marw éo!...« (Er ist tot...)

Sie sprach es nach im meckrigen Ton des Alters, als gäbe ein erbärmliches Echo einen belanglosen Satz wieder.

Sie hatte es schon halb geahnt, und davor hatte sie gezittert; als es jetzt Gewißheit war, schien es sie gar nicht zu berühren. So hatte ihr hohes Alter ihre Leidenskraft ein wenig abgestumpft, vor allem seit dem letzten Winter. Der Schmerz kam nicht mehr sofort. Und dann drehte sich irgend etwas einen Augenblick lang in ihrem Kopf, sie brachte diesen Tod mit anderen durcheinander: so viele hatte sie verloren, ihre Söhne!... Es dauerte eine Weile, ehe ihr klar wurde, daß dies ihr letzter, so innig geliebter war, dem sie all ihre Gebete gewidmet hatte, ihr Leben, ihr Warten und all ihre Gedanken, die schon etwas verwirrt waren vom düsteren Nahen der Alterskindheit...

Sie schämte sich außerdem, diesem kleinen Herrn, den sie abstoßend fand, ihre Verzweiflung zu zeigen: war das eine Art, einer Großmutter den Tod ihres Enkels mitzuteilen! So blieb sie stocksteif vor dem Pult stehen, ihre alten aufgesprungenen Waschfrauenhände spielten krampfhaft mit den Fransen ihres braunen Schultertuchs.

Wie weit fühlte sie sich von ihrem Zuhause entfernt! Mein Gott, dieser ganze Weg, bevor sie ihre Hütte wieder erreichte, in der sie sich wie ein tödlich verwundetes Tier so rasch wie möglich verkriechen wollte. Auch deswegen gab sie sich Mühe, nicht zu viel nachzudenken, nicht ganz zu begreifen, aus entsetzlicher Angst vor dem langen Rückweg.

Sie erhielt eine Anweisung über die dreißig Francs, die ihr als Erbin vom Verkauf des Seesacks von Sylvestre zustanden, dann die Briefe, die Zertifikate und das Kästchen mit der Tapferkeitsmedaille. Linkisch nahm sie alles entgegen, hielt es mal in der einen Hand, mal in der anderen, fand nicht mehr ihre Taschen, um es einzustecken.

Ohne stehenzubleiben oder irgend jemanden anzusehen, lief sie durch Paimpol; ein wenig vorgebeugt, als ob sie gleich hinfallen wollte, hörte sie das Blut in ihren Ohren rauschen. Sie beeilte sich, strengte sich über die Maßen an wie eine abgenutzte Maschine, die man ohne jede Rücksicht ein letztes Mal auf vollen Touren arbeiten läßt.

Nach drei Kilometern ging sie völlig erschöpft tief gebückt; immer wieder stieß sie mit ihren Holzschuhen gegen einen Stein, und jeder Stoß löste einen stechenden Schmerz im Kopf aus. Und so rasch wie möglich eilte sie weiter, um sich endlich daheim zu verkriechen, aus Angst, zu stürzen und dann nach Hause getragen zu werden...

VI

»Die alte Yvonne ist besoffen!«

Sie war gestürzt, und die Dorfjungen rannten hinter ihr her. Es geschah, als sie gerade Ploubazlanec erreichte, wo viele Häuser der Straße entlang aufgereiht sind. Aber sie hatte noch die Kraft, alleine aufzustehen, und rettete sich humpelnd mit ihrem Stock weiter.

»Die alte Yvonne ist besoffen!«

Die frechen Burschen lachten sie aus. Ihre Haube saß schief.

Diese kleinen Burschen waren im Grunde nicht bösartig, und als sie es dann von nahem sahen, dieses von greisenhafter Verzweiflung verzerrte Gesicht, wandten sie sich betroffen und traurig ab und sagten nichts mehr.

Als sie hinter sich die Tür verschlossen hatte, stieß sie einen Schrei höchster Not aus, an dem sie fast erstickte, und ließ sich mit dem Kopf an der Wand in eine Ecke sinken. Die Haube war ihr über die Augen gerutscht; sie warf sie zu Boden – ihre wunderschöne Haube, auf die sie sonst so achtete. Ihr letztes Sonntagskleid war verschmutzt, und kleine gelbweiße Haarsträhnen kamen unter ihrem Kopfband hervor, vollendeten das Bild ärmlicher Unordnung...

VII

Gaud, die sie am Abend aufsuchte, um sich bei ihr nach Neuigkeiten zu erkundigen, fand sie vor, wie sie ohne Haube, mit hängenden Armen, den Kopf an der Steinwand, mit verzerrtem Gesicht kindische Klagelaute ausstieß. Sie konnte kaum noch weinen: den allzu alten Großmüttern sind längst schon die Tränen versiegt.

»Mein Enkel ist tot!«

Und sie warf ihr die Briefe, die Papiere, die Medaille in den Schoß.

Gaud warf einen raschen Blick darauf, sah, daß es tatsächlich stimmte, und sank auf die Knie, um zu beten.

Nahezu wortlos saßen sie beieinander, die beiden Frauen in der Junidämmerung, die in der Bretagne sehr lange andauert und dort oben bei Island gar nicht endet. Im Kamin zirpte eine Grille, die eigentlich Glück verheißt, ihr grelles Lied. Und das gelbe Abendlicht drang durch eine Dachluke in diese Hütte der Moans, die das Meer allesamt genommen hatte, die nun eine ausgelöschte Familie waren...

Schließlich sagte Gaud:

»Ich werde jetzt, liebe Großmutter, bei Ihnen wohnen; ich bringe mein Bett her, das man mir gelassen hat, ich werde für Sie sorgen, und Sie werden nicht mehr ganz allein sein...«

Sie beweinte ihren kleinen Freund Sylvestre; aber in ihrem Kummer fühlte sie sich von dem Gedanken an einen anderen abgelenkt: an den, der zum großen Fischfang hinausgefahren war.

Yann würde auch Nachricht davon erhalten, daß Sylvestre tot war; gerade jetzt mußten bald die Verbindungsschiffe auslaufen. Würde er ihn wohl genauso beweinen?... Ganz bestimmt, denn er hatte ihn geliebt... Und mitten in ihren Tränen machte sie sich viele Gedanken um ihn, bald aufgebracht gegen diesen harten Burschen, bald zärtlich in Erinnerung an ihn versunken, weil auch er diesen Schmerz empfinden würde. Es war wie eine Annäherung zwischen ihnen beiden - kurz, ihr Herz war voll von ihm...

VIII

An einem fahlen Abend im August kam der Brief, der Yann vom Tod Sylvestres unterrichtete, endlich an Bord der *Marie* in der Isländischen See an. Hinter ihm lag ein Tag voll harter Arbeit und Erschöpfung, und er wollte nur noch zu Abend essen und sich schlafen legen. Mit schlafschweren Lidern las er den Brief unter Deck, in der düsteren Koje im gelben Schein der kleinen Lampe; auch er schien im ersten Augenblick empfindungslos, betäubt, wie jemand, der etwas nicht recht versteht. Sehr verschlossen aus Stolz über alles, was seine Gefühle anging, versteckte er den Brief auf der Brust unter dem blauen Pullover, wie es die Matrosen zumeist tun, und ließ kein Wort verlauten.

Nur brachte er nicht mehr den Mut auf, sich zum Essen zu den anderen zu setzen; so hielt er es nicht einmal für nötig, ihnen seine Gründe mitzuteilen, er warf sich auf seine Pritsche und schlief auf der Stelle ein.

Bald schon träumte er vom toten Sylvestre, von seinem Begräbnis...

Kurz vor Mitternacht, als er sich in jenem eigenartigen Zustand der Seeleute befand, die sich auch im Schlaf der Uhrzeit bewußt sind und den Augenblick kommen fühlen, an dem man sie für ihre Wache wecken wird, sah er dieses Begräbnis vor sich. Und er sagte zu sich:

»Ich träume; zum Glück wecken sie mich gleich und alles wird verschwinden.«

Aber als eine schwere Hand sich auf ihn legte und eine Stimme rief: »Gaos!.. Los, aufstehen!«, da hörte er an seiner Brust ein leises Rascheln von Papier, leise düstere Musik, die den Tod als Wirklichkeit bestätigte. – Ach, ja, der Brief!... Es ist also wahr! Und auf einmal war dieses Gefühl viel schmerzhafter, grausamer, und als er jäh vollends erwachte und sich ruckartig aufrichtete, stieß er mit seiner breiten Stirn gegen die Balken.

Er zog sich an und öffnete die Treppenluke, um an Deck seinen Posten beim Fischen einzunehmen...

IX

Nachdem Yann hinaufgestiegen war, betrachtete er mit verschlafenen Augen den weiten vertrauten Umkreis des Meeres.

In dieser Nacht stellte sich die Unendlichkeit überraschend einfach dar, in neutralen Farben, die nur den Eindruck von Tiefe vermittelten.

Der Horizont, der keine bestimmte Region der Erde anzeigte noch ein geologisches Alter, mußte seit Anbeginn der Zeiten so ausgesehen haben, und wenn man ihn betrachtete, sah man eigentlich nichts - nichts außer der Ewigkeit der Dinge, die *sind,* und die nicht aufhören werden zu *sein.*

Es war nicht einmal richtig Nacht. Der Himmel war von einem schwachen Licht aus dem Nirgendwo noch leicht erhellt. Rundum rauschte es wie gewöhnlich gleich einer sinnlosen Klage. Alles war grau, ein verwaschenes Grau, das sich dem Blick entzog. - In seiner geheimnisvollen Ruhe, in seinem Schlaf verbarg sich das Meer hinter unscheinbaren Farben, die keinen Namen haben.

Hoch oben trieben verschwommene Schwaden, die irgendeine Kontur angenommen hatten, weil die Dinge nicht ohne Form sein können; in der Dunkelheit verschmolzen sie fast zu einem großen Schleier.

Aber an einer Stelle dieses Himmels, ganz dicht über dem Wasser, war eine Art Marmorierung zu erkennen, die trotz der weiten Entfernung fast deutlich war; eine schwache Zeichnung wie von unsicherer Hand; ein Zufallsgebilde, nicht für den Anblick geschaffen, eher für raschen Zerfall. Und allein dies schien etwas zu besagen; man konnte meinen, die melancholische, nicht zu erfassende Idee hinter diesem Nichts stünde dort geschrieben - und der Blick blieb unwillkürlich daran hängen.

Je mehr sich seine Augen an die Dunkelheit dort draußen gewöhnt hatten, um so genauer betrachtete Yann jene einzigartige Marmorierung des Himmels; sie hatte die Umrisse von einem, der mit ausgebreiteten Armen zusammensinkt. Und jetzt, da er diese Erscheinung sah, kam es ihm vor, als ob es tatsächlich ein menschlicher Schatten sei, riesenhaft vergrößert durch seine Herkunft aus der Ferne.

Und in seiner Einbildungskraft, die undeutliche Träume und schlichten Aberglauben miteinander vermengte, verband sich dieser traurige Schatten dort am Ende des finsteren Himmels allmählich mit der Erinnerung an seinen toten Bruder. Es war wie ein letztes Erscheinen Sylvestres.

Er kannte sie, diese eigenartige Verknüpfung von Bildern, wie sie sich vor allem zu Beginn des Lebens herstellt im Kopf eines Kindes... Doch Worte, mögen sie auch noch so vage sein, sind zu klar umrissen, um derartige Dinge wiederzugeben; es würde jener unbestimmten Sprache bedürfen, die zuweilen in Träumen auftaucht und von der beim Erwachen nur noch rätselhafte Bruchstücke verbleiben, die keinen Sinn mehr ergeben.

Als er diese Wolkenbildung betrachtete, fühlte er eine tiefe Trauer in sich, von Angst begleitet und voll von Geheimnis und Unbekanntem, die ihm das Herz gefrieren ließ; sehr viel besser als eben noch verstand er, daß er seinen armen kleinen Bruder nie wiedersehen würde, niemals wieder; der Kummer, der lange gebraucht hatte, um die harte Hülle seines Herzen zu durchbohren, drang jetzt bis in den letzten Winkel. Er sah noch einmal das freundliche Gesicht Sylvestres vor sich, seine guten Kinderaugen; und bei der Vorstellung, ihn zu umarmen, trat gegen seinen Willen etwas wie ein Schleier zwischen seine Lider – und anfangs konnte er sich das nicht recht erklären, denn seit er ein Mann war, hatte er niemals geweint. Doch dann liefen ihm die Tränen schwer und schnell über die Wangen, und tiefes Schluchzen erschütterte seine Brust.

Er fischte weiterhin sehr rasch, wortlos und ohne Zeit zu verlieren, und die beiden anderen, die ihn in der Stille hörten, hüteten sich davor, sich etwas anmerken zu lassen, wußten sie doch, wie stolz und verschlossen er war.

... In seiner Vorstellung beendete der Tod alles...

Aus Achtung schloß er sich schon einmal den Gebeten an, die man im Familienkreis für die Verstorbenen sprach; aber er glaubte nicht an ein Fortleben der Seele.

Wenn sie sich an Bord darüber unterhielten, sprachen die Seeleute knapp und entschieden, als wisse ein jeder Bescheid; gleichwohl verhinderte das nicht eine gewisse Furcht vor Geistern, eine gewisse Angst vor Friedhöfen, ein unbedingtes Vertrauen in die Schutzheiligen und vor allem nicht die angeborene Ehrfurcht vor der geweihten Erde, die die Kirchen umgibt.

Auch Yann fürchtete sich davor, auf See zu bleiben, als ob dies vollständiger vernichtete – und der Gedanke daran, daß Sylvestre nun dort begraben war in jener fernen fremden Erde, machte ihn nur noch verzweifelter.

In seiner Geringschätzung der anderen weinte er ungehemmt und ohne Scham, als wäre er ganz allein.

Allmählich hellte die Leere sich auf, obwohl es erst zwei Uhr morgens war; zugleich schien sie sich auszudehnen, noch endloser zu werden, sich noch erschreckender zu vertiefen. Mit der einsetzenden Dämmerung öffneten sich die Augen weiter, und der wachere Geist begriff besser die Unendlichkeit der Entfernungen, denn die Grenzen des Sichtbaren wichen immer weiter zurück.

Es war eine sehr blasse Helligkeit, aber sie nahm zu wie in leichten Schüben. Die ewigen Dinge waren offenbar transparent, als ob nach und nach weiß leuchtende Lampen hinter den konturlosen grauen Schwaden hochgezogen würden - und zwar behutsam, in geheimnisvoller Vorsicht, aus Furcht, die düstere Ruhe des Meeres zu stören.

Die große weiße Lampe unterhalb des Horizonts, das war die Sonne, die sich kraftlos dahinschleppte, ehe sie über dem Wasser ihre langsame und kalte Bahn zog, die mit dem frühesten Morgen begann...

Am heutigen Tag sah man nicht den geringsten rosa Ton der Morgenröte, alles blieb bleich und trostlos. Und an Bord der *Marie* weinte ein Mann, der große Yann...

Die Tränen seines ungebärdigen Bruders und die noch größere Schwermut rundum waren die Trauerfeier für den armen kleinen Helden in der Isländischen See, wo er die Hälfte seines Lebens verbracht hatte...

Als es endlich heller Tag war, fuhr Yann sich brüsk mit dem Ärmel seines Pullovers über die Augen und hörte auf zu weinen. Es war vorbei. Er schien jetzt vollkommen von seiner Arbeit , dem Fischfang, in Anspruch genommen zu sein, vom gleichförmigen Lauf der realen Dinge, was weiteres Sinnieren nicht mehr zuließ.

Zudem gaben die Angeln viel her, und die Arme kamen kaum nach.

Um die Fischer herum vollzog sich im unermeßlichen Raum ein neuer Wandel. Die große Entfaltung der Unendlichkeit, das gewaltige Schauspiel des Morgens war vorüber, und nunmehr schienen sich die Entfernungen im Gegenteil zusammenzuziehen, sich um sie zu schließen. Wie hatte man eben noch glauben mögen, das Meer sei ohne Maß? Der Horizont war jetzt zum Greifen nah, als gäbe es keinen weiteren Raum. Die Leere füllte sich mit zarten, treibenden Schleiern, manche verschwommener als Wasserdunst, andere dagegen mit fast sichtbaren, wie ausgefransten Konturen. In großer Stille fielen sie langsam weich herab wie weißer schwereloser Musselin. Aber sie senkten sich überall zur gleichen Zeit, und hüllten dort unten alles so rasch ein, daß es bedrückend war, mit anzusehen, wie sich so die atembare Luft anfüllte.

Es war der erste Augustnebel, der da aufzog. Nach wenigen Minuten war das Grabtuch gleichförmig dicht und undurchdringlich. Um die *Marie* war nichts als bleiche Feuchtigkeit, in der sich das Licht und selbst der Schiffsmast zu verlieren schienen.

»Da ist er wieder, der widerliche Nebel«, sagten die Männer.

Seit langem kannten sie diese unvermeidliche Begleitung während der zweiten Hälfte der Fangreise, die zugleich auch ihr Ende ankündigte, die Zeit, wo man die Heimfahrt nach der Bretagne antritt.

In feinen, glitzernden Tröpfchen setzte der Nebel sich in ihren Bart, ließ die gebräunte Haut vor Feuchtigkeit schimmern. Diejenigen, die über die ganze Bootslänge voneinander entfernt waren, sahen sich nur schemenhaft wie Gespenster; hingegen erschienen einem die nahen Dinge in diesem fahlen, weißlichen Licht viel deutlicher. Man hütete sich, mit offenem Mund zu atmen, da sonst eine feuchte Kälte in die Lungen drang.

Zugleich ging der Fang immer schneller vor sich, und sie unterhielten sich nun nicht mehr, so viel gaben die

Angeln her. Jeden Augenblick hörte man große Fische auf das Deck klatschen, die wie mit einem Peitschenknall auf die Planken geschleudert wurden, dann zappelten sie wild und schlugen mit dem Schwanz gegen das Holz; alles war mit Meerwasser und silbern glänzenden Schuppen vollgespritzt, die sich ablösten, wenn die Dorsche sich auf dem Deck wanden. Der Seemann, der ihnen mit einem langen Messer den Bauch aufschlitzte, schnitt sich im Übereifer in den Daumen, so daß sich sein rotes Blut mit der Salzlake vermischte.

X

Sie verbrachten diesmal zehn Tage hintereinander in diesem dichten Nebel, ohne irgend etwas zu sehen. Der Fang blieb nach wie vor gut, und bei so viel Beschäftigung kam keine Langeweile auf. In regelmäßigen Abständen blies einer von ihnen in ein Horn, das wie das Brüllen eines wilden Tieres klang.

Manchmal antwortete aus der Tiefe des Nebels ein anderes fernes Brüllen auf ihren Ruf. Dann paßte man noch mehr auf. Kam es näher, horchten alle Ohren angestrengt in die Richtung dieses unbekannten Nachbarn, den man sicher niemals sehen würde, dessen Nähe dennoch eine Gefahr bedeutete. Man stellte Mutmaßungen über ihn an; er wurde zu einem Gegenstand der Beschäftigung, zu einem Gefährten, und da sie neugierig darauf waren, ihn zu sehen, bemühten sie sich, diesen nicht fühlbaren, weißen Musselin, der überall in der Luft aufgehängt blieb, mit ihrem Blick zu durchbohren.

Dann entfernte er sich, das Blöken seines Horns erstarb in der lautlosen Weite; man war erneut allein in der Stille, mitten in dieser Unendlichkeit regloser

Dunstwände. Alles war mit Feuchtigkeit vollgesogen, alles triefte vor Salz und Meerwasser. Die Kälte wurde immer durchdringender, die Sonne erhob sich immer später über dem Horizont; schon gab es für ein oder zwei Stunden richtige Nächte, die grau, düster und eisig hereinbrachen.

Jeden Morgen prüfte man mit einem Bleilot die Tiefe des Wassers aus Angst, die Marie könnte schon zu nah ans isländische Festland geraten sein. Doch alle Lotleinen an Bord erreichten zusammengeknotet nie den Meeresboden: man befand sich also noch auf hoher See in tiefem Gewässer.

Das Leben war rauh und gesund; die immer beißendere Kälte vermehrte das Wohlbefinden am Abend, das Gefühl an einem angenehm warmen Ort der Ruhe zu sein, wenn sie zum Essen und Schlafen in ihre Unterkunft aus massiver Eiche hinabstiegen.

Am Tag unterhielten sich die Männer, die auf engerem Raum zusammenlebten als Mönche, nur wenig miteinander. Jeder blieb Stunden über Stunden mit seiner Angelleine am selben Platz, nur die Arme waren unaufhörlich mit der Arbeit des Fischens beschäftigt. Sie waren höchstens zwei oder drei Meter voneinander entfernt, doch am Ende sahen sie sich überhaupt nicht mehr.

Der alles dämpfende Nebel, das bleiche Zwielicht schläferten den Geist ein. Pausenlos angelnd sangen sie Melodien aus der Heimat nur leise vor sich hin, aus Angst, die Fische zu vertreiben. Die Gedanken liefen langsamer und seltener ab, schienen sich in die Länge zu ziehen, füllten so die Zeit aus, ohne eine Leere oder Augenblicke des Nichtseins zu lassen. Man dachte überhaupt nicht mehr an die Frauen, da es inzwischen schon kalt geworden war; doch träumte man von unzusammenhängenden oder wunderbaren Dingen wie im

Schlaf, und das Knüpfmuster dieser Träume war so wenig engmaschig wie der Nebel...

Dieser nebelige Monat August beendete wie jedes Jahr auf trübe und stille Weise die Fangsaison vor Island. Im übrigen war es immer die gleiche Fülle physischen Lebens, die die Lungen der Seeleute weitete und ihre Muskeln härter machte.

Yann hatte sehr schnell seine gewohnte Art wiedergefunden, als habe sein großer Kummer nie bestanden: flink und aufmerksam, geschickt beim Setzen der Segel und beim Angeln, ungezwungen wie einer, der keine Sorgen hat; mitteilsam nur in seltenen Stunden, trug er den Kopf hoch wie eh und je, zeigte dieselbe herrische Miene.

Wenn sie abends in ihrer kargen Unterkunft, beschützt von der Jungfrau aus Fayence, zu Tisch saßen und sich, das große Messer in der Hand, irgendwelchen anständigen Mahlzeiten gegenüber sahen, dann lachte er durchaus wie früher über die Scherze der anderen.

In seinem Inneren beschäftigte er sich vielleicht mit dieser Gaud, die Sylvestre ihm zweifellos in seinen letzten Ideen angesichts des Todes zur Frau gegeben hatte, und die ein armes junges Mädchen geworden und ganz alleine war... Aber vor allem dauerte vielleicht noch die Trauer über seinen Bruder in der Tiefe seines Herzens an...

Doch das Herz von Yann war unerforschtes Gebiet, schwer zu beherrschen, wenig bekannt, wo sich Dinge abspielten, die nicht nach außen drangen.

XI

Eines Morgens gegen drei Uhr, als sie ruhig unter ihrem Leichentuch aus Nebel vor sich hin träumten, vernahmen sie auf einmal Stimmen, deren Klang ihnen fremd und unbekannt schien. Die sich an Deck befanden, sahen sich an und fragten einander:

»Hat da jemand etwas gesagt?«

Nein, niemand, niemand hatte etwas gesagt.

Etwas schien tatsächlich von außerhalb aus der Leere gekommen zu sein.

Da stürzte sich derjenige, der Nebelsignale geben sollte, es aber seit dem Vorabend nicht mehr getan hatte, auf sein Horn, blies mit aller Kraft hinein und stieß den langgezogenen brüllenden Alarmruf aus.

Allein das ließ einen schon in dieser Einsamkeit erschauern. Und wie von diesem vibrierenden Ton eines Dudelsacks heraufbeschworen, tauchte etwas Unerwartetes, etwas Großes bedrohlich nah im Grau vor ihnen auf: Masten, Rahen, Taue, ein ganzes Schiff zeichnete sich auf einmal in der Luft ab wie jene Schreckgespenster, die man mit einem einzigen Lichtstrahl auf ein gespanntes Leintuch wirft. Männer erschienen, zum Greifen nah, beugten sich über die Reling und blickten sie mit weit aufgerissenen Augen wie nach einem bösen Traum an.

Sie warfen sich auf die Ruder, den Notmast, die Bootshaken, auf alles, was sich an Deck an Langem und Solidem befand, und stießen damit über die Bordwand, um dieses Ding und die Besucher dort auf Abstand zu halten. Und auch die anderen langten wie außer sich mit riesigen Stangen nach ihnen, um sie zurückzustoßen.

Aber es gab nur ein leichtes Knacken in den Rahen über ihren Köpfen, und die Masten, die sich für einen Augenblick verhakt hatten, befreiten sich wieder ohne jede Beschädigung. Der Zusammenstoß, sehr leise in dieser Stille, wurde vollkommen abgefedert, er war so schwach gewesen, als wäre das andere Schiff ohne Gewicht, nur eine weiche Masse...

Jetzt, als der Schreck vorüber war, brachen die Männer in Lachen aus, sie erkannten sich:

»Oho! Die von der *Marie.*«

»Heh, Gaos, Laumec, Guermeur!«

Die Erscheinung war die *Reine-Berthe* von Kapitän Larvoër, auch aus Paimpol. Die Seeleute waren aus umliegenden Dörfern, der Große dort mit dem schwarzen Bart, der beim Lachen seine Zähne blitzen ließ, war Kerjégou aus Ploudaniel; und die anderen kamen aus Plounès oder Plounérin.

»Warum blast ihr nicht auf eurem Horn, ihr Wegelagerer?« fragte Larvoër von der *Reine-Berthe.*

»Und ihr, ihr Piraten und Seeräuber, ihr Abschaum des Meeres?«

»Oh, bei uns ist das was anderes, uns ist es untersagt, Lärm zu machen.« (Die Antwort war mit einer dunklen Andeutung verbunden, mit einem komischen Grinsen, an das die Leute von der *Marie* in der Folge noch oft denken sollten.)

Und als hätte er bereits zuviel gesagt, schloß er mit dem Scherz:

»In unser Horn hat der da so reingeblasen, daß es zersprungen ist .«

Und er wies auf einen Matrosen, der wie ein Meeresungeheuer aussah, fast nur Hals und breite Brust, zu dick auf kurzen Beinen, ein Mann, der ungeheuer grotesk und erschreckend in seiner ungestalten Kraft wirkte.

Und während man sich anschaute und darauf wartete, daß eine Brise oder Strömung den einen oder den anderen ein wenig schneller vorwärts bewegte und sie auseinandertrieb, unterhielt man sich. Alle standen sie an Backbord, hielten sich in gehörigem Abstand mit ihren Holzstangen, als verteidigten sie sich gegen Angreifer mit Lanzen, und redeten miteinander über das Geschehen zu Hause, über die letzten Briefe, die alten Eltern und die Frauen.

»Meine«, erzählte Kerjégou, »schreibt mir, daß sie gerade den Kleinen bekommen hat, den wir erwarteten. Damit haben wir jetzt das Dutzend voll.«

Ein anderer hatte Zwillinge zu vermelden, und ein dritter berichtete von der Heirat der schönen Jeannie Caroff, die sehr bekannt war bei den Isländern, mit einem kranken alten Krösus aus Plourivo.

Sie sahen sich wie durch einen feinen Gazéschleier, und auch der Klang ihrer Stimmen änderte sich, schien gedämpft und von weither zu kommen.

Yann vermochte den Blick nicht von einem dieser Fischer zu lösen, ein kleiner, schon älterer Mann, den er sicher noch nie gesehen hatte und der ihn gleichwohl sofort begrüßt hatte: »Guten Tag, mein großer Yann!« Und das in einem durchaus vertraulichen Ton; er hatte etwas von der irritierenden Häßlichkeit eines Affen, mit einem bösartigen Blinzeln in den stechenden Augen.

»Mir«, sagte noch Larvoër von der *Reine-Berthe*, »mir hat man vom Tod des Enkels der alten Yvonne Moan aus Ploubazlanec geschrieben, der, wie ihr wißt, seinen Militärdienst bei einem Kommando in China ableistete; ein großer Jammer.«

Als die anderen von der *Marie* das hörten, wandten sie sich Yann zu, um zu sehen, ob er schon etwas von diesem Unglück wußte.

»Ja«, sagte er leise mit gleichgültiger und hochmütiger Miene, »es stand im letzten Brief von meinem Vater.«

Aus Neugier an seinen Kummer blickten sie ihn alle an, was ihm nicht behagte.

Hastig ging der Meinungsaustausch durch den zähen Nebel hin und her, während der Minuten ihres eigenartigen Zusammentreffens.

»Weiterhin schreibt mir meine Frau«, fuhr Larvoër fort, »daß die Tochter von Monsieur Mével aus der Stadt fortgezogen ist nach Ploubazlanec zu ihrer Großtante, der alten Moan, um sich um sie zu kümmern. Sie hat auch angefangen zu arbeiten, tagsüber bei Leuten, um sich ihren Unterhalt zu verdienen. Ich hab mir übrigens schon immer gedacht, daß sie ein anständiges und beherztes Mädchen ist, obwohl sie wie ein städtisches Fräulein herausgeputzt ist.«

Erneut sahen sie zu Yann, dem das sehr mißfiel. In seine gebräunten Wangen schoß das Blut.

Mit dieser Würdigung Gauds endete die Unterhaltung mit den Leuten auf der *Reine-Berthe*, die danach von keinem lebenden Wesen mehr gesehen werden sollte. Allmählich wurden auch ihre Gesichter verschwommener, da sich ihr Schiff schon ein wenig entfernt hatte, und plötzlich fanden die auf der *Marie* nichts mehr vor, wogegen sie mit ihren langen Holzstangen angehen konnten. All ihre Querhölzer, Ruder und Notmasten stießen ins Leere, bis sie schließlich schwerfällig wie große tote Arme ins Meer hingen. Man holte sie also wieder ein, diese unnötig gewordenen Verteidigungswerkzeuge: die *Reine-Berthe*, zurückgetaucht in den dichten Nebel, war mit einem Schlag vollkommen verschwunden, als hätte man hinter einem Leuchtbild die Lampe ausgeblasen. Sie riefen sie noch an, doch es kam keine Antwort, nur eine Art vielstimmiges, höhnisches Geschrei, das in einem Stöhnen endete, und sie schauten verblüfft einander an.

Die *Reine-Berthe* kehrte nicht mit den anderen Isländern zurück, und als die Besatzung der *Samuel-Azénide* in einem Fjord auf ein unzweifelhaftes Wrack stieß (den hinteren Aufbau mit einem Stück Kiel), da wartete man nicht mehr länger. Und im Oktober wurden bereits alle Namen in der Kirche auf schwarzen Tafeln verewigt.

Seit dieser Begegnung, deren Datum die Leute auf der *Marie* gut im Gedächtnis behalten hatten, herrschte bis zur Rückkehr kein schlechtes Wetter mehr in der See um Island, während drei Wochen zuvor ein plötzlicher Weststurm mehrere Seeleute und zwei Schiffe fortgerissen hatte. Man erinnerte sich an das Lächeln Larvoërs, und beim Vergleich aller Umstände stellte man verschiedene Mutmaßungen an; Yann durchlebte noch mehrmals diese Nacht, das Blinzeln des Matrosen, und manche auf der *Marie* fragten sich furchtsam, ob sie sich damals nicht mit Toten unterhalten hatten.

XII

Der Sommer ging zur Neige, und Ende August sah man mit den ersten Frühnebeln die Islandfischer heimkehren.

Schon drei Monate lang wohnten die beiden Hinterbliebenen zusammen in der Hütte der Moans in Ploubazlanec. Gaud hatte den Platz der Tochter in diesem bescheidenen Heim toter Seeleute eingenommen. Sie hatte dort alles hingeschickt, was man ihr nach dem Verkauf des väterlichen Hauses gelassen hatte: ihr schönes städtisches Bett und ihre hübschen Röcke in den verschiedensten Farben. Sie hatte sich selbst ein neues schwarzes Kleid von einfacherem Zuschnitt angefertigt, und sie trug wie die alte Yvonne eine Trauerhaube aus dickem Musselin, die nur einige Falten als Schmuck hatte.

Tag für Tag erledigte sie bei reichen Leuten in der Stadt Näharbeiten und kehrte erst spät abends zurück, ohne je von einem Verehrer unterwegs aufgehalten worden zu sein, denn sie blieb ein wenig hochmütig und wurde noch immer als Fräulein geachtet. Wenn die Burschen sie grüßten, zogen sie wie einst den Hut.

An den schönen Sommerabenden ging sie auf dem Rückweg von Paimpol an der Felsenküste entlang nach Hause, atmete die frische, ruhige Seeluft. Die Nadelarbeiten hatten sie bislang noch nicht verändert wie so viele andere, die ständig darüber gebeugt saßen; und wenn sie das Meer sah, dann reckte sich ihre schöne schlanke Gestalt, wenn sie das Meer sah, die weite See, auf der sich irgendwo Yann befand...

Der Weg führte auch zu ihm. Wenn sie nur ein wenig weiter ginge durch diese sehr felsige und stärker vom Wind geplagte Gegend, dann käme sie zum Weiler Pors-Even, wo niedrige von grauem Moos bedeckte Bäume zwischen den Steinen wachsen und sich unter den Sturmböen von Westen beugen. Sie würde sicher nie wieder in dieses Pors-Even kommen, obwohl es nur eine knappe Meile entfernt lag; sie war nur einmal in ihrem Leben dorthin gegangen, doch das genügte, um für immer über diesen Weg einen Zauber zu legen. Yann müßte wohl oft hier vorbeigehen, und von ihrer Tür aus würde sie ihm hin oder zurück durch das flache Land zwischen dem geduckten Ginster folgen können. So liebte sie die Landschaft um Ploubazlanec; sie war beinahe glücklich darüber, daß das Schicksal sie dorthin verschlagen hatte: an keiner anderen Stelle des Landes hätte sie ihr Leben einrichten wollen.

In dieser Jahreszeit gegen Ende August kommt es wie eine Ermattung über das sommerheiße Land, die von Süden nach Norden heraufsteigt, es gibt leuchtend helle Abende, an denen sich die Sonne von fern her in der bretonischen See widerspiegelt. Und häufig ist die Luft klar und ruhig, der Himmel ohne Wolken.

In der späten Stunde, zu der Gaud nach Hause ging, flossen bereits die Dinge im nächtlichen Dunkel zusammen, verschmolzen allmählich, bildeten nur noch Umrisse. Hier und da ragte noch ein Ginsterstrauch auf einer Erhebung zwischen zwei Steinen empor wie ein zerzauster Federbusch; eine Gruppe schiefer Bäume war nur noch ein dunkler Fleck in einem Hohlweg; und irgendwo zeichnete sich über der Heidelandschaft ein Weiler mit seinen Strohdächern wie ein Buckel ab. An den Kreuzwegen breiteten die verwitterten Christusstatuen, die das Land beschützten, ihre schwarzen Arme aus wie wirklich Gekreuzigte, und in der Ferne blinkte der Ärmelkanal wie ein großer gelber Spiegel vor einem Himmel, der zum Horizont hin bereits dunkel wurde. Doch in diesem Land hatten selbst die Ruhe und das schöne Wetter etwas Melancholisches, eine gewisse Beklommenheit lag trotz allem über den Dingen, eine Angst, die vom Meer herüber kommt, an dem so viele Schicksale hingen und dessen ewige Drohung nur vorübergehend eingeschlummert war.

In Gedanken verloren fand Gaud ihren Rückweg in der frischen Luft nie ausreichend lang genug. Man verspürte den salzigen Geruch der Sandstrände und den süßen Duft bestimmter Blumen, die auf den Felsenklippen zwischen kargem Dorngestrüpp wachsen. Ohne die Großmutter Yvonne, die sie in ihrem kleinen Haus erwartete, hätte sie liebend gern die Zeit zwischen den Ginsterbüschen vertrödelt gleich den schönen städtischen Fräuleins, die die Sommerabende gerne in den Parks verträumen.

Auf diesen Pfaden überkamen sie Erinnerungen aus ihrer frühen Kindheit, aber wie waren sie verwischt und beiseite gedrängt von ihrer Liebe! Denn noch immer betrachtete sie Yann als eine Art Verlobten, ein unsteter, stolzer, ungebändigter Verlobter, den sie niemals besitzen würde, doch dem sie hartnäckig im Geiste treu blieb, ohne sich je einer anderen Person anzuvertrauen. Im Moment war sie sehr froh, ihn vor Island zu wissen, denn zumindest das Meer mit seinen tiefen Klostermauern bewahrte ihn für sie, so daß er sich keiner anderen zuwenden konnte...

Im Verlauf der nächsten Tage würde er zurückkehren, doch sah sie dieser Ankunft gelassener als zuvor entgegen. Instinktiv ahnte sie, daß ihre Armut kein Anlaß war, ihr noch hochmütiger zu begegnen, denn er war nicht wie die anderen jungen Männer. – Und auch der Tod des kleinen Sylvestre brachte sie einander entschieden näher. Nach seiner Rückkehr käme er nicht umhin, die Großmutter seines Freundes unter ihrem Dach aufzusuchen, und sie hatte beschlossen, da zu sein, denn sie würde sich dabei nichts vergeben. Als erinnere sie sich an nichts weiter, würde sie mit ihm wie mit einem alten Bekannten reden, sogar ganz natürlich und voller Zuneigung wie mit einem Bruder von Sylvestre. Und wer weiß, vielleicht könnte sie bei ihm sogar den Platz einer Schwester einnehmen, wo sie jetzt so allein war auf der Welt, könnte sich auf seine Freundschaft stützen, ihn um Hilfe bitten und ihm ausreichend klarmachen, daß er keinen Hintergedanken an eine Heirat befürchten mußte. Sie sah ihn ungestüm und eigensinnig in seinem Freiheitsdrang, aber auch sanft, freimütig und durchaus dazu imstande, sehr wohl die Dinge zu verstehen, die direkt vom Herzen kamen.

Was würde er empfinden, wenn er sie so arm in dieser halb verfallenen Hütte wiedersah?... Oh ja, ziemlich arm, denn die Großmutter Yvonne war nicht mehr genügend bei Kräften, um tagsüber als Wäscherin zu arbeiten, und so hatte sie nichts weiter als ihre Witwenrente. Doch sie aß sehr wenig, und sie beide schafften es, ohne andere um etwas bitten zu müssen...

Die Nacht war immer schon angebrochen, wenn sie heimkam; zuvor mußte sie noch ein paar ausgetretene Felsen hinabklettern, die sie gut kannte, da das kleine Haus tiefer als der Weg nach Ploubazlanec lag, dort, wo sich das Land dem Meeresstrand zuneigt. Es verschwand fast unter einem dichten braunen Strohdach, das ganz durchgebogen war und aussah wie der Rücken eines gewaltigen toten Tieres, der unter der Last seines harten Fells eingesackt war. Das Mauerwerk war düster und rauh wie der Felsen, auf dem Moos und Löffelkraut kleine grüne Flecken bildeten. Man schritt drei ausgewaschene Stufen hinauf und öffnete dann mit Hilfe eines Stücks Schiffstau, das aus einem Loch herausragte, den inneren Riegel der Tür. Beim Eintreten erblickte man als erstes die Dachluke, die wie in eine dicke Festungsmauer eingelassen wirkte und zum Meer hinausging, von wo ein letzter gelber Widerschein kam. Im großen Kamin brannte nach Kiefer und Buche duftendes Reisig, das die alte Yvonne am Wegesrand aufgesammelt hatte. Sie saß da und hütete das kärgliche Abendessen; bei sich zu Hause trug sie nur das Schutzband um den Kopf, um ihre Hauben zu schonen. Ihr noch immer hübsches Profil zeichnete sich vor dem roten Licht des Feuers ab. Ihre Augen, die früher einmal braun gewesen und nunmehr ins Bläuliche verblaßt waren, die unstet, trübe und greisenhaft verwirrt schienen, schauten zu Gaud empor. Sie sagte immer dasselbe zur Begrüßung:

»Mein Gott, mein gutes Mädchen, wie spät du heute wieder heimkommst.«

»Aber nein, Großmutter«, antwortete Gaud sanft, die das bereits kannte, »es ist genauso spät wie immer.«

»Ach, mir scheint, meine Tochter, mir scheint, es ist später als sonst.«

Sie aßen an einem unförmigen, über die Jahre stark abgenutzten Tisch, der aber noch immer dick wie ein Eichenstumpf war. Und auch die Grille versäumte nie, ihre silbern klingende Melodie zu spielen.

Die eine Seite der Hütte wurde von einer grob geschnitzten Holzverkleidung eingenommen, die inzwischen vollkommen wurmstichig war. Schob man sie beiseite, so war der Blick frei auf mehrstöckige Betten, wo Generationen von Fischern gezeugt wurden, wo sie geschlafen hatten und wo die alten Mütter gestorben waren.

An schwarzen Deckenbalken hingen abgegriffene Haushaltsgeräte, Kräuterbündel, Holzlöffel, geräucherter Speck, auch altes Netzwerk, das dort seit dem Schiffbruch der letzten Moan-Söhne ungenutzt befestigt war und nachts von Ratten zernagt wurde.

Gauds Bett, das mit seinen Vorhängen aus weißem Musselin in einer Ecke aufgestellt war, brachte eine gewisse Eleganz und Frische in diese Keltenhütte.

An der Wand aus Granit hing eine gerahmte Photographie von Sylvestre, die ihn in Matrosenuniform zeigte. Seine Großmutter hatte die Tapferkeitsmedaille daran befestigt zusammen mit einem Paar Anker aus rotem Stoff, wie sie die Matrosen auf dem rechten Ärmel trugen. Zudem hatte Gaud ihr in Paimpol einen dieser Trauerkränze aus schwarzen und weißen Perlen gekauft, mit denen man in der Bretagne die Porträts Verstorbener umgibt. Es war sein kleines Mausoleum, alles was zur Erinnerung an ihn in der bretonischen Heimat noch da war...

An den Sommerabenden blieben sie nicht allzu lange auf, um Licht zu sparen; bei schönem Wetter setzten sie sich für eine Weile auf eine Steinbank vors Haus und schauten zu den Leuten, die ein wenig oberhalb ihrer Köpfe vorüberkamen.

Danach legte sich die alte Yvonne in ihrem Alkoven schlafen, und Gaud in ihrem eleganten Bett. Sie schlief sehr schnell ein, da sie viel gearbeitet hatte, viel unterwegs gewesen war. An die Rückkehr der Islandfischer dachte sie als vernünftiges Mädchen ohne größere Unruhe, denn sie hatte sich entschieden...

XIII

Doch an dem Tag, als sie in Paimpol von der Ankunft der *Marie* erfuhr, fühlte sie sich von einer Art Fieber gepackt. All ihre Gelassenheit war dahin, überstürzt, ohne zu wissen warum, brachte sie ihre Arbeit zu Ende und machte sich früher als gewöhnlich auf den Weg - und nach Hause eilend sah sie ihn schon von weitem, wie er ihr entgegenkam.

Ihre Beine zitterten, und sie spürte, wie sie nachgaben. Höchstens zwanzig Schritte trennten sie noch, seine imposante Gestalt mit dem lockigen Haar unter der Fischermütze war ganz nah. Sie fand sich so unversehens von dieser Begegnung überrascht, daß sie Angst davor hatte, zu straucheln, und daß er es bemerken könnte; vor Scham hätte sie sterben mögen... Auf einmal meinte sie, ihr Haar sei nur ungenügend bedeckt und sie wirke zu müde, nachdem sie ihre Arbeit so schnell hinter sich gebracht hatte: sie hätte viel dafür gegeben, wenn sie sich zwischen den Ginsterbüschen oder in irgendeinem Marderloch hätte verkriechen können. Auch er schien ein wenig zurückzuweichen, als wolle er die Richtung wechseln. Aber es war zu spät, sie begegneten sich auf dem engen Weg.

Um sie nicht berühren zu müssen, drückte er sich gegen die Böschung, machte einen Sprung zur Seite wie ein scheuendes Pferd, das durchgeht, wobei er ihr einen verstohlenen, ungestümen Blick zuwarf.

Auch sie hatte ihn für einen kurzen Moment angesehen, und ohne daß sie es wollte, lagen Angst und Hilferuf zugleich in ihren Augen. Als sich ihre Blicke unfreiwillig für den Bruchteil einer Sekunde kreuzten, da schienen seine grauen Pupillen sich zu weiten, von einem Gedankenblitz erleuchtet zu sein, daß sie einen blauen Schimmer bekamen, während sein Gesicht bis in die Schläfen, bis in den blonden Haarschopf errötete.

Er berührte seine Mütze und sagte:

»Guten Tag, Mademoiselle Gaud!«

»Guten Tag, Monsieur Yann«, antwortete sie.

Und das war alles; er war vorbeigegangen. Noch immer zitternd lief sie weiter, doch wie sie weiter fort war, spürte sie nach und nach wieder das Blut in ihren Adern.

Daheim fand sie die alte Moan in einer Ecke sitzend vor; den Kopf zwischen den Händen weinte sie, stieß ihr kindliches Hi! Hi! Hi! hervor; das Haar war durcheinander, ihr Zopf hing unter dem Kopfband herab wie ein dünner Strang aus grauem Hanf:

»Ach, meine gute Gaud, ich habe den Sohn Gaos in der Nähe von Plouherzel getroffen, als ich vom Holzsammeln zurückkam. Wir haben über meinen armen Kleinen geredet, du weißt schon. Sie sind seit heute morgen von der Islandfahrt zurück, und schon mittags wollte er mich besuchen, während ich unterwegs war. Der arme Junge, auch er hatte Tränen in den Augen... Bis an meine Tür hat er mich begleiten wollen, meine gute Gaud, um mir mein kleines Reisigbündel zu tragen.«

Stehend hörte sie ihr zu, und ihr Herz verkrampfte sich allmählich: dieser Besuch von Yann, bei dem sie ihm so viel hatte sagen wollen, hatte also bereits stattgefunden und würde sich zweifellos nicht wiederholen; es war vorüber.

Die Hütte erschien ihr nun noch trostloser, das Elend noch bedrückender, die Welt noch leerer. Sie senkte den Kopf mit dem Wunsch zu sterben.

XIV

Langsam kam der Winter, breitete sich aus wie ein Grabtuch, das allmählich niedersank. Ein grauer Tag folgte dem anderen, aber Yann erschien nicht wieder, und die beiden Frauen lebten sehr einsam.

Die Kälte machte ihr Leben noch teurer und noch härter.

Zudem wurde es immer schwieriger, die alte Yvonne zu versorgen. Ihr armer Kopf verwirrte sich, sie regte sich jetzt leicht auf, wurde zänkisch und beleidigend; das kam ohne eigentlichen Grund wie bei Kindern ein- oder zweimal die Woche vor.

Arme Alte!... Sie war an ihren lichten Tagen nach wie vor so sanftmütig, daß Gaud nie aufhörte, sie zu achten und zu lieben. Stets gut gewesen zu sein, und nun so böse zu werden; am Ende ihres Lebens trat jetzt eine Bosheit zu Tage, die immer im Verborgenen gelegen hatte, und ein bislang unterdrückter Gebrauch grober Flüche, welche Verirrung der Seele und welch rätselhafter Hohn!

Auch fing sie an zu singen, und das war schlimmer als ihre Wutanfälle; es waren Sachen, die ihr zufällig in den Kopf kamen, das *Oremus* der Messe oder sehr derbe Schanklieder, die sie früher einmal am Hafen von den

Matrosen gehört hatte. Es gelang ihr sogar, die *Fillettes de Paimpol* anzustimmen, oder aber sie wiegte den Kopf hin und her und schlug mit dem Fuß den Takt dazu, wenn sie sang:

Mein Mann ist fortgefahren,
Zum Fischen hoch nach Island,
mein Mann ist fortgefahren,
Zurück ließ er mich ohne einen Sou,
Doch tralala, doch tralalu,
Ich verdien schon was,
Ich verdien schon was!

Jedesmal hörte sie nach kurzer Zeit plötzlich auf, ihre Augen weiteten sich, und ihr lebloser Blick verlor sich ins Leere, erlosch wie ein zum letzten Mal aufflackerndes Feuer. Danach senkte sie den Kopf, wirkte hinfällig, ließ lange Zeit ihren Kiefer nach unten hängen wie eine Tote.

Sie war auch nicht mehr so ordentlich und sauber, und das war eine weitere Prüfung für Gaud, die damit nicht gerechnet hatte.

Eines Tages konnte sie sich nicht einmal mehr an ihren Enkel erinnern.

»Sylvestre? Sylvestre?«... sagte sie zu Gaud und schien vergeblich zu überlegen, wer das wohl sein konnte. »Ach, verdammt, meine Gute, du verstehst, ich hatte doch so viele, als ich jung war, Jungen, Mädchen, Mädchen und Jungen, daß ich jetzt, mein Gott!...«

Und dabei streckte sie ihre runzeligen Hände mit einer Geste schon fast leichtfertiger Unbekümmertkeit empor...

Doch am nächsten Morgen erinnerte sie sich sehr wohl wieder an ihn; und während sie tausend kleine Dinge von ihm wiedergab, die er gesagt oder getan hatte, beweinte sie ihn den ganzen Tag.

Oh, diese winterlichen Abende, wenn es an Brennholz für ein Feuer fehlte! In der Kälte arbeiten, arbeiten für den Lebensunterhalt, immer wieder nähen, vor dem Einschlafen das fertigzustellen, was sie jeden Abend aus Paimpol heimbrachte.

Die Großmutter Yvonne saß still am Kamin, streckte die Füße der letzten Glut entgegen, hielt die Hände unter ihrer Schürze. Zu Beginn solcher Abende mußte sie sich jedoch mit ihr unterhalten.

»Du sagst gar nichts zu mir, meine Tochter? Zu meiner Zeit kannte ich welche deines Alters, die viel zu erzählen wußten. Mir scheint, wir beide hätten es hier nicht so traurig, wenn du ein wenig plaudern würdest.«

Also gab Gaud irgendwelche Neuigkeiten wieder, die sie in der Stadt erfahren hatte, oder zählte die Namen derer auf, denen sie unterwegs begegnet war, sprach über Dinge, die ihr selbst gleichgültig waren wie eigentlich jetzt alles andere auch, hielt dann mitten in den Geschichten inne, wenn sie sah, daß die Alte eingeschlafen war.

Nichts Lebendiges, nichts Junges war um sie, das ihre Jugend lockte. Ihre Schönheit verzehrte sich allmählich, einsam und nutzlos.

Der Seewind, der von überall kam, ließ die Lampe flackern, und das Geräusch der Wellen hörte man wie auf einem Schiff; und während sie dem lauschte, vermischte sich damit ihre noch immer lebendige und schmerzliche Erinnerung an Yann, dem diese Elemente eine Heimat waren. Und in den schrecklich langen Nächten, wo alles wie entfesselt in der Dunkelheit draußen aufheulte, dachte sie mit noch größerer Bangigkeit an ihn.

Immer allein, immer ganz allein mit der schlafenden Großmutter, hatte sie bisweilen Angst und sah in die dunklen Ecken, dachte an die Vorfahren, die hier in diesen Schrankbetten gelebt hatten, die als Seeleute in ähnlichen Nächten im Meer umgekommen waren und deren Seelen zurückkehren konnten. Sie fühlte sich vor dem Besuch dieser Toten durch die Gegenwart einer so alten Frau, die schon fast bei ihnen weilte, nicht geschützt...

Auf einmal erschauderte sie von Kopf bis Fuß, als sie aus der Kaminecke eine schwache, dünne Stimme vernahm, gedämpft wie von einer Schicht Erde. In einem ausgelassenen Ton, der die Seele frieren ließ, begann sie zu singen:

Zum Fischen hoch nach Island,
mein Mann ist fortgefahren,
zurück ließ er mich ohne einen Sou,
Doch tralala, doch tralalu...

Und sie verspürte jenen eigenartigen Schauder, den die Nähe von Irren einem einflößt.

Der Regen fiel und fiel, mit dem unablässigen Rauschen einer Quelle; man hörte ihn fast pausenlos die Außenmauern hinunterlaufen. Das alte Moosdach hatte noch Regenrinnen, die an den immer gleichen Stellen ein ewig gleiches monotones tristes Geklingel von sich gaben; stellenweise wurde bereits der Boden ihrer Hütte, der aus Felsgestein und mit Kies und Muscheln festgestampfter Erde bestand, aufgeweicht.

Überall fühlte man die Nässe, wurde man von ihren endlosen kalten Massen umhüllt: ein aufgewühltes, gepeitschtes Wasser, das in der Luft zerstob, die Dunkelheit undurchdringlicher machte und die verstreut liegenden Fischerhäuschen in der Gegend von Ploubazlanec noch mehr voneinander trennte.

Am betrüblichsten waren für Gaud die Sonntagabende, weil sie für andere eine gewisse Fröhlichkeit mit sich brachten; sogar in diesen verlorenen Dörfern an der Küste gab es dann eine Art Festtagsstimmung. Immer wieder drang aus verschlossenen Hütten, auf die der schwarze Regen niederprasselte, gedämpfter Gesang. Drinnen standen Tische aneinandergereiht für die Trinkenden; Seeleute trockneten sich an qualmenden Feuern; die Alten begnügten sich mit Schnaps, die Jungen machten den Mädchen den Hof, bis alle trunken und vom Gesang betäubt waren. Und nicht weit von ihnen sang auch das Meer, ihr Grab von morgen, erfüllte die Nacht mit seiner gewaltigen Stimme...

An manchen Sonntagen gingen Gruppen junger Männer, die aus den Schenken kamen oder zurück nach Paimpol wollten, auf dem Weg dicht bei der Tür der Moans vorbei; sie wohnten weit außerhalb in Richtung Pors-Even. Erst spät waren sie den Armen der Mädchen entronnen und sorgten sich jetzt nicht um die Nässe, denn Sturzbäche und heftige Böen waren sie gewohnt. Angestrengt lauschte Gaud ihren Liedern und Rufen, die sehr schnell untergingen im Tosen von Wind und Wellen, sie versuchte Yanns Stimme auszumachen und fing an zu zittern, als sie glaubte, sie erkannt zu haben.

Es war nicht gut von ihm gewesen, daß er niemals wieder zu ihnen gekommen war, und dann ein fröhliches Leben so kurz nach Sylvestres Tod zu führen, das sah ihm gar nicht ähnlich!

Nein, sie verstand ihn ganz und gar nicht mehr, und dennoch konnte sie sich nicht von ihm frei machen, mochte nicht glauben, daß er so herzlos sein könne.

Tatsächlich war sein Leben seit seiner Rückkehr recht kurzweilig gewesen.

Zunächst hatten sie die übliche Oktoberfahrt in den Golf von Gascogne unternommen, was für die Isländer stets eine Zeit der Vergnügungen ist, zumal sie dann etwas Geld zum sorglosen Ausgeben in ihrer Börse haben (kleine Vorschüsse zum Amüsieren, die die Kapitäne auf die großen Anteile beim Fischfang gewähren und die sie nur im Winter auszahlen).

Wie alle Jahre waren sie zum Salzladen zu den Inseln gefahren, und er hatte in Saint-Martin-de-Ré das Verhältnis zu einem gewissen brünetten Mädchen erneuert, das schon im vergangenen Herbst seine Geliebte war. Gemeinsam gingen sie im letzten angenehmen Sonnenschein durch rot gefärbte und vom Gesang der Lerche erfüllte Weinberge spazieren, alles roch nach reifen Trauben, Strandnelken und Salzwasser: gemeinsam hatten sie gesungen und getanzt auf den Abenden der Weinlese, an denen man sich an der Liebe und dem milden Wein berauscht.

Danach war die *Marie* bis nach Bordeaux weitergefahren, wo er in einer großen, ganz in Gold gehaltenen Schenke die schöne Sängerin mit der Uhr wiederfand und sich abermals acht Tage lang sorglos bewundern ließ.

Als sie im November wieder in die Bretagne zurückgekehrt waren, nahm er an mehreren Hochzeiten seiner Freunde als Brautführer teil, stets in seinem schönen Festanzug und häufig betrunken nach Mitternacht gegen Ende der Bälle. Jede Woche erlebte er ein neues Abenteuer, was die Mädchen in maßloser Übertreibung sogleich an Gaud weitergaben.

Drei- oder viermal hatte sie ihn auf dem Weg nach Ploubazlanec von weitem ihr entgegenkommen sehen, aber immer rechtzeitig genug, um ihm auszuweichen. Auch er schlug sich dann jedesmal quer durch die Heidelandschaft. Wie in einer stummen Übereinkunft mieden sie einander jetzt.

XV

In Paimpol betreibt eine dicke Frau, Madame Tressoleur, in einer der Straßen, die zum Hafen führen, eine unter den Isländern berühmte Kneipe, in die Kapitäne und Eigner kommen, um die kräftigsten unter den Matrosen anzuheuern, während sie mit ihnen trinken.

Einst eine Schönheit ist sie noch immer zuvorkommend zu den Fischern, doch hat sie inzwischen ein Bärtchen auf der Lippe, die kräftige Gestalt eines Mannes und eine scharfe Zunge. Eine Art Marketenderin unter einer großen weißen Nonnenhaube; in ihr ist ein Rest Frömmigkeit erhalten geblieben, wohl weil sie Bretonin ist. In ihrem Kopf bewahrt sie die Namen aller Seeleute des Landes wie in einem Register; sie kennt die guten, die schlechten, weiß ziemlich genau, was sie verdienen und was sie wert sind.

Irgendwann im Januar war Gaud von ihr bestellt worden, um ihr ein Kleid zu nähen, und nun saß sie dort in einem Zimmer hinter dem Schankraum...

Zu Madame Tressoleur gelangt man durch eine von zwei massiven Granitpfeilern umrahmte Eingangstür, die sich nach alter Bauweise unter dem ersten, vorspringenden Stockwerk befindet. Wenn man sie öffnet, fegt fast immer irgendeine Böe die Straße hinunter, die sie weit aufstößt, und die Neuankömmlinge werden wie von einem Wellenkamm jäh hineingetragen. Der Schankraum ist niedrig und tief, mit Kalk geweißt und mit golden gerahmten Bildern verziert, die Klipper, Entermanöver und Schiffbrüche darstellen. In einer Ecke steht auf einer Konsole eine Jungfrau Maria aus Fayence zwischen Sträußen künstlicher Blumen.

Die alten Mauern haben reichlich kräftigen Matrosengesang vernommen, haben reichlich wilde und schwerfällige Ausgelassenheit gesehen - seit Paimpols ältesten Zeiten: von den bewegten Tagen der Seeräuber bis zu den heutigen Isländern, die sich nicht sehr von ihren Vorfahren unterscheiden. Und zwischen zwei Räuschen wurden ganze Existenzen verspielt, verpfändet, dort an den Eichentischen.

Während Gaud an dem Kleid nähte, lauschte sie einer Unterhaltung über die Islandfahrten, die hinter der Trennwand zwischen Madame Tressoleur und zwei ehemaligen Fischern an der Theke geführt wurde.

Die beiden Alten debattierten über ein bestimmtes schönes, ganz neues Boot, das man gerade im Hafen auftakelte: sie würde nie bis zur nächsten Saison klargemacht werden, diese *Léopoldine*.

»Aber ja«, widersprach die Wirtin, »aber ganz bestimmt wird sie fertig sein! - Ich sage euch, daß man bereits gestern die Mannschaft angeheuert hat: alle von Guermeurs ehemaliger *Marie*, die man zum Abwracken verkaufen will. Fünf junge Männer, die angeheuert haben, unterschrieben dort an diesem Tisch mit meiner Feder. Und es sind stattliche Kerle, ich schwör es: Laumec, Tugdual Caroff, Yvon Duff, der Sohn Keraez aus Tréguier und der große Yann Gaos aus Pors-Even, der drei Mann wert ist!«

Die Léopoldine!... Kaum hatte sie ihn gehört, prägte sich der Name des Schiffes, auf dem Yann nun fahren sollte, sofort in Gauds Gedächtnis ein, als habe man ihn eingemeißelt, damit er nie wieder erlösche.

Abends zurück in Ploubazlanec, wo sie im Schein einer kleinen Lampe ihre Arbeit fertigstellte, ging ihr dieses Wort noch immer durch den Kopf, allein sein Klang kam ihr unendlich traurig vor. Die Namen von Menschen und Schiffen haben einen ganz eigenen Charakter, fast einen tieferen Sinn. Und dieses neue, ungewohnte Wort *Léopoldine* verfolgte sie mit einer Hartnäckigkeit, die nicht normal war, wurde zu einer Art Besessenheit. Nein, sie hatte erwartet, daß Yann wieder auf der *Marie* fortsegeln würde, die sie einst besichtigt hatte, die sie kannte und die von der Jungfrau Maria über Jahre auf vielen gefährlichen Reisen beschützt worden war; aber dieser Wechsel, diese *Léopoldine*, mehrte ihre Ängste.

Doch bald begann sie sich zu sagen, daß dies sie eigentlich nichts mehr anginge, daß alles was ihn beträfe, sie niemals mehr berühren sollte. Und in der Tat, was konnte es ihr ausmachen, ob er hier oder dort war, auf diesem oder jenem Schiff, auf hoher See oder wieder daheim?... Würde sie sich unglücklicher fühlen oder weniger unglücklich, wenn er vor Island läge, während der milde Sommer wieder eingekehrt wäre in die Fischerhütten mit ihren einsamen und sorgenvollen Frauen; oder wenn wieder ein neuer Herbst anbräche, der die Seeleute zurückbringen würde? All das war für sie unwichtig, gleichgültig, ohne Freude und ohne Hoffnung. Es gab zwischen ihnen beiden keine Verbindung mehr, keinen Anlaß zur Versöhnung, da er sogar den armen Sylvestre vergessen hatte. Sie mußte endlich begreifen, daß der einzige Traum, die einzige Sehnsucht ihres Lebens für immer vorbei war; sie mußte sich von Yann befreien, von all diesen Dingen, die mit seinem Leben zu tun hatten, sogar von dem Namen Island, der seinetwegen noch immer einen so schmerzlichen Klang für sie hatte, mußte all jene Gedanken endgültig beiseite schieben, fortjagen und sich sagen, daß es zu Ende wäre, für immer zu Ende...

Liebevoll sah sie zu der armen alten schlafenden Frau hinüber, die sie noch nötig hatte, aber bald sterben würde. Und dann, danach, wofür leben, wofür arbeiten, wofür sollte sie da sein?...

Draußen hatte der Westwind wieder aufgefrischt; in sein fernes schweres Stöhnen mischte sich das ruhige Geräusch der Regenrinnen wie ein zartes Klingen. Und auch ihr begannen die Tränen zu laufen, Tränen einer Waise und einer Verlassenen, die einen leicht bitteren Geschmack auf ihren Lippen hinterließen; lautlos fielen sie auf ihre Näharbeit herab, wie die Sommerregen, die von nirgendwo kommen und plötzlich aus schweren Wolken in dicken Tropfen niedergehen. Da sie nichts mehr sah, sich wie zerbrochen fühlte und ein Schwindel sie erfaßte vor der Leere in ihrem Leben, faltete sie das üppige Mieder der Madame Tressoleur zusammen und versuchte zu schlafen.

In ihrem so schönen, eleganten Bett schauderte sie, als sie sich ausstreckte: es wurde von Tag zu Tag feuchter und kälter wie auch alle anderen Dinge in der Hütte. Da sie noch sehr jung war, wurde ihr schließlich warm, und sie schlief, noch immer weinend, ein.

XVI

Trübe Wochen waren vergangen, inzwischen war es Anfang Februar und das Wetter angenehm mild.

Yann verließ soeben das Büro des Eigners, wo er sich seinen Anteil vom Fischfang des letzten Sommers abgeholt hatte, fünfzehnhundert Francs, die er nun, wie es in seiner Familie üblich war, seiner Mutter bringen wollte. Das Jahr war sehr gut gewesen, und zufrieden machte er sich auf den Heimweg.

Kurz vor Ploubazlanec sah er am Straßenrand einen Menschenauflauf: eine alte Frau, die mit ihrem Stock herumfuchtelte, umringt von einem Haufen johlender Straßenbengels... Die Großmutter Moan! Die gute Großmutter, die Sylvestre vergöttert hatte, vollkommen durcheinander und wie von Sinnen, nunmehr eine dieser armen alten Irren, um die sich die Leute auf der Straße sammeln! Das tat ihm in der Seele weh.

Diese frechen Burschen aus Ploubazlanec hatten ihre Katze getötet, und die alte Yvonne bedrohte sie wütend und voller Verzweiflung mit ihrem Stock:

»Ach, wenn er nur hier wäre, mein guter Junge, ihr hättet es nicht gewagt, ihr gemeinen Gören!«

Sie war anscheinend hingefallen, als sie hinter ihnen hergelaufen war, um sie zu verprügeln; ihre Haube saß schief, ihr Kleid war schmutzig, und sie sagten noch, sie sei betrunken (wie es in der Bretagne schon häufiger bei den Alten vorkommt, die ein großes Unglück getroffen hat).

Yann wußte, daß es nicht stimmte, daß sie eine anständige alte Frau war, die immer nur Wasser trank.

»Schämt ihr euch nicht?« rief er den Jungen zu, voller Zorn und mit imponierender Lautstärke.

Und im Nu liefen die kleinen Jungs verdutzt und betroffen vor dem großen Gaos davon.

Gaud, die mit ihrer Arbeit für den Abend gerade aus Paimpol zurückkam, hatte alles von weitem beobachtet, die Großmutter in dem Menschenauflauf erkannt. Entsetzt kam sie herbeigerannt, um zu erfahren, was los war, was der Alten fehlte, was man ihr angetan hatte, und sie begriff alles, als sie die tote Katze sah.

Offen blickte sie Yann an, der nicht wegschaute. Diesmal dachten sie nicht daran, sich aus dem Weg zu gehen, beide waren sie rot angelaufen, er ebenso rasch wie sie, und leicht verwirrt sahen sie einander plötzlich so nah, doch ohne Haß, fast mit Zuneigung, da das gemeinsame Gefühl von Mitleid und der Gedanke an Hilfe sie vereinte.

Seit langem schon waren die Schulkinder böse auf

diesen armen toten Kater, weil er ein schwarzes Gesicht, etwas Diabolisches hatte; aber es war eine sehr liebe Katze, und wenn man sie von Nahem betrachtete, merkte man, daß sie einen sanften und verschmusten Ausdruck hatte. Sie hatten sie mit Steinen getötet, ein Auge hing heraus. Ununterbrochen Verwünschungen vor sich hinmurmelnd, ging die arme Alte davon, völlig aufgelöst und schwankend trug sie die tote Katze am Schwanz wie ein Kaninchen mit sich fort.

»Ach, mein armer Junge, mein armer Junge... wenn er noch auf dieser Welt wäre, man hätte es nicht gewagt, mir so etwas anzutun, nein, gewiß nicht!«

Etwas wie Tränen rann ihre Runzeln hinab; die von dicken blauen Adern durchzogenen Hände zitterten.

Gaud hatte ihr die Haube wieder zurechtgerückt, versuchte sie mit den liebevollen Worten einer Enkelin zu trösten. Und Yann war aufgebracht; daß das möglich sein konnte, daß Kinder so bösartig waren! So etwas einer armen alten Frau anzutun! Und auch er hätte fast geweint, sicher nicht um den Kater: harte Burschen wie er spielen zwar gerne mit diesen Tieren, haben aber eigentlich kein Empfinden für sie; doch sein Herz verkrampfte sich, wie er hinter der kindisch gewordenen Großmutter herging, die ihre arme Katze am Schwanz forttrug. Er dachte an Sylvestre, der sie so sehr geliebt hatte; an den entsetzlichen Kummer, den er gehabt hätte, wenn ihm jemand vorausgesagt hätte, daß es so einmal enden würde, in Spott und in Elend.

Und Gaud entschuldigte sich, als wäre sie für ihre Aufmachung verantwortlich:

»Sie wird hingefallen sein, deshalb sieht sie so schmutzig aus«, sagte sie ganz leise, »ihr Kleid ist nicht mehr allzu neu, das stimmt, denn wir sind nicht sehr vermögend, Monsieur Yann. Aber ich hatte es gestern noch ausgebessert, und als ich heute morgen fortging, war es, ich bin sicher, sauber und in Ordnung.«

Er sah sie lange an, von dieser so einfachen und kurzen Erklärung vielleicht mehr berührt als von gewandten Phrasen, Vorwürfen oder Tränen. Sie gingen nach wie vor nebeneinander her und waren nicht mehr weit von der Hütte der Moans. - Hübsch war sie immer für ihn gewesen, doch es kam ihm vor, daß sie noch schöner war, seitdem sie in Armut und Trauer lebte. Ihre Miene war ernster geworden, ihre grauen Augen hatten einen zurückhaltenden Ausdruck gewonnen, blickten trotzdem anscheinend durchdringender als zuvor, bis auf den Grund der Seele. Ihre Figur war nun formvollendet. Mit bald dreiundzwanzig Jahren war sie zu ihrer ganzen Schönheit erblüht.

Und dann gab sie sich jetzt wie eine Fischerstochter, ihr schwarzes Kleid war ohne Zierde und ihre Haube sehr schlicht; woher ihr damenhaftes Wesen kam, war schwer zu sagen, es war etwas in ihrem Inneren verborgen, das man ihr nicht zum Vorwurf machen konnte. Vielleicht war es nur ihr Mieder, das aus alter Gewohnheit ein wenig besser saß als bei anderen, das besser ihre volle Brust und den Ansatz ihrer Arme betonte... Aber nein, es lag wohl doch eher an ihrer ruhigen Stimme und an ihrem Blick.

XVII

Tatsächlich, er begleitete die beiden bis zu ihrem Haus.

Alle drei schritten sie daher wie zur Beerdigung dieser Katze, und es war schon fast komisch anzusehen, wie sie dort einen Trauerzug bildeten; vor einigen Türen standen die Leute und grinsten. In der Mitte die alte Yvonne, die das Tier trug; Gaud, noch immer verwirrt und sehr rot im Gesicht, an ihrer rechten, der große Yann, nachdenklich und erhobenen Hauptes, an ihrer linken Seite.

Unterdessen hatte sich die arme Alte plötzlich fast wieder beruhigt; sie hatte ihre Haube gerichtet, und ohne ein Wort zu verlieren, sah sie abwechselnd die beiden mit klaren Augen von der Seite an.

Gaud sagte nichts mehr, aus Angst, Yann die Gelegenheit zu geben, sich einfach zu verabschieden. Sie wollte den liebevollen Blick, den er ihr zugeworfen hatte, bewahren, wollte mit geschlossenen Augen weitergehen, um ja nichts anderes mehr zu sehen, wollte weitergehen an seiner Seite in einem langandauernden Traum, um nicht so rasch vor ihrer leeren und trostlosen Hütte anzukommen, wo alles zerplatzen würde.

An der Tür gab es diesen Moment der Unentschlossenheit, wo das Herz scheinbar aufhört zu klopfen. Ohne sich umzublicken, trat die Großmutter ein, zögernd folgten ihr Gaud und dahinter auch Yann...

Zum ersten Mal in seinem Leben war er bei ihnen; wahrscheinlich ohne Absicht. Was mochte er wollen?... Beim Überschreiten der Schwelle hatte er seinen Hut berührt, und als erstes fiel sein Blick auf Sylvestres Bild in seinem Kranz aus schwarzen Perlen. Langsam ging er darauf zu wie zu einem Grab.

Gaud war stehengeblieben, stützte sich mit den Händen auf ihren Tisch. Er schaute sich jetzt um, und sie folgte seinem wortlosen Rundblick durch ihre Armseligkeit. Sie war tatsächlich armselig, trotz des Anscheins von Ordnung und Sauberkeit, diese Unterkunft der beiden Verlassenen, die sich zusammengetan hatten. Vielleicht empfand er zumindest ein gewisses Mitleid, als er sie nun in diesem Elend sah, zwischen diesem abgewetzten Granit und unter diesem Strohdach. Lediglich das weiße Bett, das schöne elegante Bett war von dem einstigen Reichtum übrig, und wie zufällig blieb sein Blick daran hängen...

Er sagte nichts... Warum ging er nicht wieder?... Die alte Großmutter, die in ihren lichten Momenten noch immer sehr feinfühlig war, tat so, als beachte sie ihn gar nicht. Nun standen sie voreinander, schweigend und ängstlich, sahen sich schließlich an wie für eine allerletzte Frage.

Doch die Augenblicke verstrichen, und mit jeder verrinnenden Sekunde schien das Schweigen zwischen ihnen zu erstarren. Noch immer blickten sie sich tief in die Augen wie in feierlicher Erwartung von etwas Ungewöhnlichem, das nicht kommen wollte.

...

»Gaud«, sagte er mit ernster, halblauter Stimme, »falls Sie noch immer wollen...«

Was mochte er meinen?... Man konnte eine seiner schwerwiegenden jähen Entscheidungen erahnen, die plötzlich gefallen war und die er kaum auszusprechen wagte.

»Falls Sie noch immer wollen... Der Fang hat sich dieses Jahr gut verkauft, und ich habe ein wenig Geld beiseite legen können...«

Falls Sie noch immer wollte!... Was wollte er sie fragen ? Hatte sie richtig gehört? Sie war wie vor den Kopf geschlagen angesichts der Ungeheuerlichkeit, die sie zu verstehen glaubte.

Und die alte Yvonne spitzte in ihrer Ecke die Ohren, fühlte das Glück sich nähern...

»Wir könnten heiraten, Mademoiselle Gaud, falls Sie noch immer wollen...«

Und dann wartete er auf ihre Antwort, die nicht erfolgte... Was konnte sie davon abhalten, dieses Ja auszusprechen?... Er war erstaunt, er bekam Angst, und sie bemerkte das sehr wohl. Die Hände auf den Tisch gestützt, war sie ganz blaß geworden, ihre Augen verschleierten sich, ihr verschlug es die Sprache, sie glich einer schönen Sterbenden...

»Nun, Gaud, antworte doch!« sagte die alte Großmutter, die sich erhoben hatte und auf sie zukam. »Sie werden verstehen, Monsieur Yann, das überrascht sie sehr, Sie müssen entschuldigen: sie wird kurz nachdenken wollen und Ihnen gleich eine Antwort geben... Setzen Sie sich doch, Monsieur Yann, und trinken Sie mit uns ein Glas Cidre.«

Aber Gaud vermochte keine Antwort zu geben; in ihrer Verzückung brachte sie keinen Ton über ihre Lippen... Er war also doch ein anständiger Mann mit gutem Herzen. Sie hatte ihn wiedergefunden, ihren wahren Yann, wie sie ihn stets vor sich gesehen hatte, trotz seiner schroffen Haltung, seiner ungestümen Verweigerung, trotz alledem. Lange hatte er sie verachtet, heute akzeptierte er sie - denn heute war sie arm. Das war eine fixe Idee von ihm, zweifellos, er hatte einen bestimmten Grund gehabt, den sie später einmal erfahren würde; für den Augenblick dachte sie überhaupt nicht daran, von ihm eine Erklärung zu erbitten, noch ihm den Kummer zweier Jahre zum Vorwurf zu machen... All das war im übrigen vollkommen vergessen, war innerhalb einer Sekunde weit weggefegt durch den wunderbaren Wirbelsturm, der ihr Leben erfaßt hatte!... Noch immer stumm gab sie ihm allein mit den Augen ihre Liebe preis, ihr Blick verlor sich in ihm, während ihr ein wahrer Sturzregen von Tränen die Wangen hinablief...

»Gott segne euch, meine Kinder!« sprach die Großmutter Moan. »Und ich schulde Ihm großen Dank, daß ich das noch vor meinem Tod erleben durfte.«

Sie standen sich noch immer gegenüber, hielten sich die Hände und blieben stumm, denn beide kannten nicht ein einziges Wort, das zärtlich genug war, nicht einen Satz, der den passenden Sinn ergab, nicht einen, der es wert schien, ihr köstliches Schweigen zu brechen.

»So küßt euch doch, meine Kinder... Daß sie überhaupt nichts sagen... Mein Gott, was habe ich doch für komische Enkel da vor mir!... Los, Gaud, sag ihm doch etwas, meine Tochter... Zu meiner Zeit küßte man sich jedenfalls, wenn man sich verlobte...«

Yann nahm seinen Hut ab, als sei er auf einmal von großer unbekannter Ehrfurcht ergriffen, ehe er sich vorbeugte, um Gaud zu küssen, und ihm kam es vor, als sei es der erste wirkliche Kuß, den er in seinem Leben gegeben hatte.

Auch sie küßte ihn, drückte mit aller Kraft ihre frischen, mit den Feinheiten der Zärtlichkeit noch nicht vertrauten Lippen auf die vom Meer gebräunte Wange ihres Verlobten. In einer Mauerritze sang ihnen die Grille das Glück, aus Zufall im richtigen Augenblick. Und das kleine Porträt von Sylvestre schien zu lächeln in seinem schwarzen Perlenkranz. Und plötzlich war alles neu belebt, wie verjüngt in der ausgestorbenen Hütte. Die Stille hatte sich mit ungeahnter Musik gefüllt; selbst die bleiche winterliche Abenddämmerung, die durch die Dachluke eindrang, war zu einem zauberisch schönen Licht geworden...

»Nun, nach der Rückkehr von Island, werdet ihr dann heiraten, meine Kinder?«

Gaud senkte den Blick. Island, die *Léopoldine*, sie hatte in der Tat all die kommenden Schrecken vergessen. – Nach der Rückkehr von Island!... Wie lang war das noch! Abermals ein ganzer Sommer des Wartens voller

Ängste. Und Yann, der mit der Fußspitze in raschem Tempo auf den Boden klopfte, fühlte sich auch plötzlich wie gehetzt, rechnete rasch für sich nach, ob, wenn man sich sehr beeilte, sie genug Zeit haben würden, die Hochzeit noch vor der Abfahrt zu feiern: soundsoviel Tage, um die notwendigen Papiere zu beschaffen, soundsoviel Tage für das kirchliche Aufgebot; ja, das müßte bis zum 20. oder 25. des Monats zu machen sein, und wenn nichts dazwischen kam, hätte man sogar danach noch eine ganze lange Woche für sich alleine.

»Ich werde erst einmal unserem Vater Bescheid sagen«, sagte er hastig, als seien jetzt die Minuten ihres Lebens abgemessen und kostbar...

VIERTER TEIL

I

Verliebte sitzen immer gerne vor der Tür auf der Bank, wenn die Nacht hereinbricht.

Auch Yann und Gaud taten es. Jeden Abend saßen sie vor der Hütte der Moans auf der alten Granitbank und flüsterten sich zärtliche Worte zu.

Andere haben den Frühling, den Schatten der Bäume, milde Abendstunden, den Duft der Rosensträucher. Sie hatten allein die Februardämmerung in dem Küstenland der Ginsterbüsche und der Steine. Nicht ein grüner Zweig hing über ihnen noch anderswo, nichts als der unendliche Himmel, über den langsam die Nebelschwaden zogen. Und als Blumen braune Algen, die die Fischer, wenn sie vom Strand heraufkamen, unterwegs aus ihren Netzen verloren hatten.

Die Winter sind nicht besonders hart in dieser von Meeresströmungen erwärmten Region; aber gleichwohl führte die Abenddämmerung häufig naßkalte Luft herbei, und ein feiner Sprühregen legte sich auf ihre Schultern.

Trotzdem blieben sie sitzen, fühlten sich dort wohl. Und diese mehr als hundert Jahre alte Bank war nicht erstaunt über ihre Liebe, denn wie oft hatte sie bereits andere gesehen, wie oft hatte sie die von Generation zu Generation immer gleichen zärtlichen Worte aus dem Mund der Jungen vernommen und wie oft hatte sie die Verliebten erlebt, wenn sie eines Tages zurückkehrten als alte zittrige Menschen, die sich wieder auf denselben

Platz setzten, doch nun am Tage, um ein wenig frische Luft zu schöpfen und sich an ihrer letzten Sonne zu wärmen.

Ab und zu steckte die Großmutter Yvonne den Kopf aus der Tür und sah das Liebespaar an. Nicht aus Beunruhigung darüber, was sie tun könnten, sondern allein aus Zuneigung, aus Freude, sie dort zu sehen, und natürlich versuchte sie, die beiden hereinzubitten. Sie sagte:

»Euch wird kalt werden, ihr werdet noch krank, meine lieben Kinder. Mein Gott, solange draußen zu sitzen, ich frage euch, wozu mag das gut sein?«

Kalt!... War ihnen beiden kalt? Nahmen sie überhaupt etwas wahr außerhalb ihres Glücks, beisammen zu sein?

Die Leute, die abends auf dem Weg vorüberkamen, hörten nur ein leises Geflüster von zwei Stimmen, vermischt mit dem Meeresrauschen, das unten vom Fuß der Klippen heraufdrang. Es war eine sehr harmonische Musik, Gauds frische Stimme wechselte ab mit der von Yann, die eine sanfte einschmeichelnde Klangfülle in den tiefen Tönen hatte. Man konnte auch zwei menschliche Umrisse ausmachen vor dem Hintergrund der Mauer aus Granitgestein, an die sie sich lehnten: zunächst sah man Gauds weiße Haube, dann ihre schlanke Gestalt in einem schwarzen Kleid, und neben ihr die breiten Schultern ihres Freundes. Über ihnen die gewölbte Kuppel des Strohdaches, und dahinter die endlose Dämmerung, die farblose Leere von Himmel und See...

Endlich gingen sie doch hinein, setzten sich an den Kamin, und die alte Yvonne, die mit hängendem Kopf sogleich einschlief, störte die beiden Liebenden nicht sehr. Leise unterhielten sie sich weiter, um sich schadlos zu halten für zwei Jahre des Schweigens; sie mußten sich sehr beeilen, da sie nur so wenig Zeit hatten.

Man war übereingekommen, daß sie bei der alten Großmutter Yvonne wohnen würden, die ihnen in ihrem Testament die Hütte vererbt hatte; aus Mangel an Zeit nahmen sie für den Moment keinerlei Verbesserung vor und verschoben ihren Plan, dieses arme trostlose Nest ein wenig zu verschönern, auf die Zeit nach seiner Rückkunft von der Islandfahrt.

II

An einem Abend machte er sich einen Spaß daraus, ihr tausend Kleinigkeiten ins Gedächtnis zu rufen, die sie getan hatte oder die ihr seit ihrer ersten Begegnung passiert waren; er erzählte ihr sogar von den Kleidern, die sie getragen, von den Festen, die sie besucht hatte.

Voller Überraschung hörte sie ihm zu. Woher wußte er das alles? Wer hätte gedacht, daß er darauf geachtet hatte und daß er sich sogar daran erinnern konnte?...

Er lächelte, spielte den Geheimnisvollen und erzählte von weiteren Einzelheiten, selbst von Dingen, die sie fast vergessen hatte.

Ohne ihn zu unterbrechen, ließ sie ihn schließlich weiterberichten, was sie mit unerwartetem Entzücken erfüllte; sie begann zu ahnen, zu begreifen, daß auch er sie die ganze Zeit über geliebt hatte!... Sie war seine stete Sorge gewesen, und erst jetzt gestand er es ihr ganz naiv!...

Aber was hatte er um Gotteswillen nur gehabt, daß er sie so zurückgestoßen, so hatte leiden lassen?

Immer wieder dieses Geheimnis, das er ihr zu erklären versprochen hatte, was er jedoch stets mit verlegener Miene und einem unergründlichen Lächeln hinausschob.

III

Eines Tages gingen sie zusammen mit der Großmutter Yvonne nach Paimpol, um das Hochzeitskleid zu besorgen.

Unter den schönen Kleidern, die ihr von früher geblieben waren, gab es durchaus welche, die für diese Gelegenheit umgearbeitet werden konnten, ohne daß sie etwas hätten kaufen müssen. Doch Yann wollte ihr dieses Geschenk machen, und sie hatte sich nicht allzu sehr dagegen gewehrt: sich ein Kleid von ihm schenken zu lassen, das er mit dem Geld aus seiner eigenen Arbeit und von seinem Fang bezahlte, machte sie in gewisser Weise bereits zu seiner Frau.

Sie wollten ein schwarzes auswählen, denn Gaud hatte die Trauer um ihren Vater noch nicht beendet. Aber Yann fand keinen der Stoffe, die man vor ihnen ausbreitete, hübsch genug. Er war ein wenig herablassend den Verkäufern gegenüber, und er, der früher für nichts auf der Welt ein solches Geschäft in Paimpol betreten hätte, kümmerte sich an diesem Tag um jede Kleinigkeit, selbst um den Schnitt, den das Kleid haben sollte; er wollte, daß man breite Samtstreifen annähte, um es noch schöner zu machen.

IV

Eines Abends, als sie in der Einsamkeit ihrer Klippe, die schon in Dunkelheit getaucht war, auf ihrer Steinbank saßen, blieb ihr Blick zufällig an einem Weißdornstrauch haften, der einzige weit und breit, der zwischen den Felsen am Wegesrand wuchs. In der Dämmerung kam es ihnen vor, als trüge er kleine weiße Büschel:

»Man könnte meinen, er steht in Blüte«, sagte Yann.

Und sie gingen näher hin, um sich zu vergewissern.

Er blühte tatsächlich. Da sie nicht mehr sehr viel sehen konnten, berührten sie mit ihren Fingern die kleinen Blüten, die vom Nebel ganz feucht waren. Und auf einmal kam ihnen eine erste Ahnung vom Frühling, und zugleich bemerkten sie, daß die Tage länger, die Luft milder und die Nächte heller waren.

Aber wie weit voraus war dieser Busch! Nirgendwo in der Gegend, an keinem Wegesrand, hatte man bislang so etwas gesehen. Zweifellos war er nur für sie, zum Fest ihrer Liebe erblüht...

»Laß uns etwas abpflücken«, meinte Yann.

Und sich fast blind vorwärtstastend stellte er einen Strauß in seinen harten Händen zusammen; mit seinem großen Fischermesser, das er im Gürtel trug, entfernte er sorgfältig die Dornen, ehe er ihn an Gauds Mieder heftete:

»Sieh, wie eine Braut«, sagte er und trat einen Schritt zurück, als prüfe er trotz der Dunkelheit, ob er ihr gut stünde.

Unter ihnen brach sich die sehr ruhige See kraftlos an den Kieseln des Strandes, ein leises zeitweise aussetzendes Geräusch, regelmäßig wie der Atem im Schlaf. Sie schien gleichgültig oder gar freundlich zu sein bei diesem Liebesglück dort in ihrer Nähe.

Die Tage erschienen ihnen in Erwartung der Abende sehr lang, und wenn sie sich dann Schlag zehn Uhr trennten, überkam sie eine kleine Mutlosigkeit, weil es schon wieder vorbei war...

Sie mußten sich beeilen, beeilen wegen der Papiere, wegen allem, und hatten die Befürchtung, nicht fertig zu werden und ihr Glück bis in den Herbst zu verschieben, bis in die ungewisse Zukunft...

Ihr abendliches Liebesgeflüster an diesem tristen Ort

mit dem steten Meeresrauschen, verbunden mit fast fieberhafter Furcht vor der schnell verstreichenden Zeit, erhielt dadurch etwas Besonderes, fast Dramatisches. Sie unterschieden sich von anderen Liebespaaren, sie waren ernster und beunruhigter in ihrer Liebe.

Noch immer äußerte er sich nicht dazu, was er zwei Jahre lang gegen sie gehabt hatte, und wenn er am Abend gegangen war, quälte Gaud dieses geheimnisvolle Stillschweigen. Dennoch liebte er sie sehr, da war sie sich ganz sicher.

Er hatte sie die ganze Zeit über geliebt, jedoch nicht so wie jetzt: es schwoll in seinem Kopf und seinem Herzen immer mehr an wie eine Flut, die steigt und steigt, bis sie alles bedeckt. Diese Art, jemanden zu lieben, hatte er bisher nie gekannt.

Hin und wieder streckte er sich auf ihrer Steinbank aus, machte sich lang, legte in kindlicher Zärtlichkeit den Kopf auf Gauds Knie, um sich streicheln zu lassen, richtete sich dann aber anstandshalber rasch wieder auf. Er hätte sich ihr zu Füßen niederwerfen und dort verharren mögen, die Stirn an den Saum ihres Kleides gedrückt. Abgesehen von dem brüderlichen Kuß, den er ihr bei seiner Ankunft und beim Abschied gab, wagte er nicht, sie zu küssen. Er betete etwas Unsichtbares in ihr an, das wohl ihre Seele war, und die sich für ihn im reinen sanften Klang ihrer Stimme offenbarte, im Ausdruck ihres Lächelns, in ihrem schönen klaren Blick...

Und zu wissen, daß sie zugleich eine Frau aus Fleisch und Blut war, schöner und begehrenswerter als jede andere, daß sie ihm bald genauso vollständig gehören würde wie früher seine Geliebten, ohne deshalb aufzuhören, sie selbst zu sein!... Dieser Gedanke ließ ihn bis ins Tiefste erschaudern; er malte sich nicht im vorhinein aus, wie er sein würde, dieser Rausch, hielt aus Respekt mit seinen Vorstellungen inne, fragte sich sogar, ob er es jemals wagen würde, diesen süßen Frevel zu begehen...

V

An einem Regenabend saßen sie dicht beieinander am Kamin, ihre Großmutter Yvonne saß ihnen gegenüber und schlief. Die Flammen, die durch das aufgehäufte Astwerk züngelten, warfen ihre übergroßen Schatten an die dunkle Decke.

Sie unterhielten sich wie alle Verliebten sehr leise. Doch an diesem Abend gab es lange, verlegene Pausen in ihren Gesprächen. Vor allem er sagte fast nichts, senkte mit einem vagen Lächeln den Kopf, suchte sich dem Blick Gauds zu entziehen.

Sie hatte ihn den ganzen Abend lang mit Fragen bedrängt über dieses Geheimnis, das er ihr nicht verraten mochte, und diesmal sah er keinen Ausweg; sie war zu feinfühlig und zu entschlossen, um das nicht zu wissen; keine Ausflucht würde ihm mehr weiterhelfen.

»Hat man böse Dinge über mich erzählt?« fragte sie.

Er wollte mit Ja antworten. Böse Dinge, oh, ... davon hatte man viele gehört in Paimpol und in Ploubazlanec...

Sie fragte nach. Er war verwirrt und wußte nichts zu sagen. Sie merkte, daß es mit etwas anderem zusammenhing.

»War es meine Garderobe, Yann?«

Die Garderobe, da war er überzeugt, hatte das ihrige beigetragen: sie machte eine Zeitlang zuviel Gebrauch davon, nur um die Frau eines einfachen Fischers zu werden. Schließlich mußte er sich eingestehen, daß das nicht alles war.

»Lag es daran, daß wir zu jener Zeit als reich galten. Hatten Sie Angst, zurückgewiesen zu werden?«

»Oh nein, das war es nicht!«

Er antwortete mit einer solch unbefangenen Selbstsicherheit, daß Gaud darüber lächeln mußte. Dann entstand erneut eine Pause, in der man das Tosen des Windes und des Meeres hören konnte.

Während sie ihn aufmerksam beobachtete, schien ihr ein Gedanke zu kommen, und ihr Gesichtsausdruck begann sich ändern:

»Daran lag es also überhaupt nicht, Yann; woran aber dann?«, fragte sie und sah ihm unvermittelt in die Augen mit dem unwiderstehlichen forschenden Lächeln dessen, der alles erraten hat.

Er wandte den Kopf beiseite und lachte.

Das war es also, sie hatte es herausgefunden: er konnte ihr keinen Grund nennen, weil es keinen gab und nie einen gegeben hatte. Er hatte nichts anderes als seinen Dickkopf gehabt, wie es Sylvestre genannt hatte, und das war alles. Denn wie war man ihm mit dieser Gaud auf die Nerven gegangen! Alle Welt hatte sich eingemischt, seine Eltern, Sylvestre, seine Islandkameraden und sogar Gaud selbst. Folglich hatte er angefangen, nein zu sagen, hartnäckig nein, wobei er immer in seinem Innersten den Gedanken bewahrte, daß es eines Tages, wenn niemand mehr daran dachte, gewiß mit einem Ja enden würde.

Und wegen dieser Kinderei ihres Yann hatte Gaud zwei Jahre in Einsamkeit schmachten müssen und den Tod herbeigesehnt.

Nachdem er in der ersten Regung, durchschaut worden zu sein, ein wenig verlegen gelacht hatte, wandte Yann nun seinen Blick Gaud zu, sah sie ernst und prüfend an: würde sie ihm wenigstens verzeihen? Inzwischen hatte er große Gewissensbisse, ihr so viel Kummer bereitet zu haben, würde sie ihm verzeihen?

»Ich habe nun einmal diese Eigenart, Gaud«, sagte er. »Bei uns zu Hause, mit meinen Eltern ist es genauso. Manchmal, wenn ich meinen Dickkopf habe, bin ich acht Tage lang böse auf sie, rede mit fast niemanden ein Wort. Und trotzdem liebe ich sie sehr, wie Sie wissen, und schließlich endet es immer damit, daß ich ihnen in allem gehorche, als wäre ich noch ein Kind von zehn Jahren... Falls Sie glauben, daß ich nicht geheiratet hätte! Nein, das wäre sicher nicht mehr lange so weitergegangen, das dürfen Sie mir glauben.«

Ach, und ob sie ihm verzieh! Sie fühlte, wie ihr langsam die Tränen kamen, es war der letzte Rest des Kummers von ehedem, der nun nach dem Geständnis ihres Yann dahinschwand. Außerdem wäre ohne ihr vorheriges Leid diese Stunde nie so köstlich gewesen; nachdem sie vorbei war, liebte sie sie um so mehr, diese Zeit der Prüfung.

Jetzt war alles zwischen ihnen aufgeklärt; zwar in einer unerwarteten Weise, aber vollständig: es gab nicht mehr einen einzigen Schleier zwischen ihren Seelen. Er zog sie in seine Arme, und als sie sich ganz nahe waren, ruhten ihre Wangen lange aneinander, sie brauchten sich nichts mehr zu erklären oder zu sagen. Und in diesem Augenblick war ihre Umarmung so keusch, daß sie ohne jede Scheu so verharrten, als die Großmutter plötzlich erwachte.

VI

Sechs Tage waren es noch bis zum Auslaufen nach Island. Ihr Hochzeitszug kam aus der Kirche von Ploubazlanec zurück, vorwärtsgetrieben von einem fürchterlichen Wind unter einem wolkenschweren, pechschwarzen Himmel.

Sie waren beide schön, schritten Arm in Arm wie ein Königspaar an der Spitze ihres langen Gefolges, gingen wie in einem Traum. Gelassen, fast andächtig ernst, schienen sie nichts zu sehen, über den Dingen des Lebens zu stehen. Sie schienen sogar vom Wind respektiert zu sein, während hinter ihnen der Zug aus einem fröhlichen Durcheinander lachender Paare bestand, die der schwere Weststurm mit seinen Böen heimsuchte. Viele von Lebenslust überschäumende junge Leute waren dabei; andere, bereits angegraute, die jedoch lächelten in Erinnerung an ihre Hochzeit und ihre ersten gemeinsamen Jahre. Großmutter Yvonne war ebenfalls dabei und ging, dem Wind stark ausgesetzt, fast glücklich hinterher am Arm eines alten Onkels von Yann, der ihr althergebrachte Komplimente machte. Sie trug eine schöne neue Haube, die man ihr zu diesem Anlaß gekauft hatte, und ihr kleines, zum dritten Mal gefärbtes Schultertuch, wegen Sylvestre diesmal in Schwarz.

Der Wind schüttelte unterschiedslos alle geladenen Gäste durcheinander; man sah hochwehende Röcke und umgeschlagene Kleider, Hüte und Hauben, die davonflogen.

Am Kirchenportal hatten die Vermählten nach alter Sitte Sträuße künstlicher Blumen gekauft, um ihre festliche Kleidung zu vervollständigen. Yann hatte die seinen irgendwo an seine breite Brust gesteckt, aber er gehörte zu jenen, denen alles steht. Und bei Gaud hatten diese armseligen plumpen Blumen sogar etwas Elegantes, wie sie oben an ihrem Mieder befestigt waren, das exakt saß, wie früher, und ihre vollkommenen Formen betonte.

Der Geigenspieler, der den Zug anführte, war vom Wind außer sich und fiedelte wie der Teufel; seine Melodien drangen nur fetzenweise ans Ohr und im Getöse der Sturmböen klangen sie sehr komisch, schriller als der Schrei der Möwe.

Ganz Ploubazlanec war auf den Beinen, um ihnen zuzusehen. Diese Hochzeit hatte etwas, das die Leute in Erregung versetzte, und viele waren von weither gekommen; an den Kreuzwegen standen überall Menschen, die auf sie warteten. Fast alle Islandfischer aus Paimpol, die Freunde von Yann, waren dort versammelt. Sie grüßten das vorbeigehende Paar; Gaud dankte mit ernster Anmut, verneigte sich leicht wie eine Dame aus der Stadt, und die ganze Strecke entlang bewunderte man sie.

Aus den kleinen Weilern der Umgebung, den entlegensten und trostlosesten, selbst aus jenen in den Wäldern waren die Bettler, die Krüppel, die Verrückten, die Schwachsinnigen auf Krücken herbeigeströmt. Diese Leute verteilten sich über den ganzen Weg mit Musikinstrumenten, Ziehharmonikas, Drehleiern; sie streckten ihre Hände, ihre Holzschalen und ihre Hüte aus, um die Almosen zu erhaschen, die Yann mit großzügiger, stolzer Geste ihnen hinwarf und Gaud mit dem lieblichen Lächeln einer Königin. Unter diesem armen Volk waren sehr alte Bettler mit weißen Haaren auf leeren Köpfen, die nie etwas enthalten hatten; sie hockten in den Mulden am Wegesrand und waren von der Farbe der Erde, aus der sie nur halb hervorgekrochen zu sein schienen und in die sie alsbald wieder versinken würden, ohne je von einem Gedanken beseelt worden zu sein; ihr unsteter Blick beunruhigte genauso wie das Dunkel ihres verkümmerten, sinnlosen Seins. Ohne zu begreifen, sahen sie dieses Fest des vollen herrlichen Lebens an sich vorüberziehen...

Sie hatten nun den Weiler Pors-Even und das Haus der Gaos hinter sich gelassen, denn man begab sich am Hochzeitstag, nach alter Sitte in der Gegend von Ploubazlanec, zur Kapelle der Dreieinigkeit, die wie am Ende der bretonischen Welt liegt.

Am Fuß der letzten, äußersten Klippe steht sie auf einem niedrigen Felssockel dicht am Wasser und scheint bereits zum Meer zu gehören. Um dorthin zu gelangen, muß man zwischen Granitblöcken einen Ziegenpfad hinabklettern. Der Hochzeitszug schlängelte sich zwischen den Steinen den Steilhang dieser abgelegenen Felsspitze hinunter, und die fröhlichen und galanten Worte verloren sich im Tosen von Wind und Meer.

Unmöglich, zu dieser Kapelle zu gelangen; bei solch schlechtem Wetter war der Weg nicht sicher, das Meer brandete zu dicht heran. Man sah die weißen Wassergarben hochspritzen, wenn sich die Wellen brachen und alles überschwemmten.

Yann, der mit Gaud an seinem Arm voranging, wich als erster vor der Gischt zurück. Hinter ihnen blieb der Zug über den Felshang verteilt stehen, als wärs ein Amphitheater; und er schien hierher gekommen zu sein, um seine Frau der See vorzustellen; doch die zeigte der neuen Braut ein böses Gesicht.

Als er sich umdrehte, sah er den Geigenspieler, der auf einem grauen Felsen stand und zwischen zwei schweren Böen versuchte, die Melodie eines Kontertanzes wieder aufzunehmen.

»Heb dir die Musik für später auf, mein Freund«, sagte er zu ihm, »das Meer spielt in anderer Tonart auf, die besser ist als deine...«

Gleichzeitig setzte ein peitschender Regen ein, der schon seit dem Morgen niederzugehen drohte. Und augenblicklich begann alles in wilder Auflösung lachend und schreiend den Steilhang hinaufzuklettern, um sich ins Haus der Gaos zu retten.

VII

Das Hochzeitsessen fand wegen der Ärmlichkeit von Gauds Unterkunft im Hause von Yanns Eltern statt.

Man saß oben in dem großen, neu eingerichteten Zimmer zu etwa fünfundzwanzig Personen rund um das Brautpaar; Schwestern und Brüder, der Cousin, der Lotse war; Guermeur, Keraez, Yvon Duff, all die von der ehemaligen *Marie,* die nun auf der *Léopoldine* fuhren; vier sehr hübsche Brautjungfern, deren lange Zöpfe oberhalb der Ohren zu Schnecken aufgerollt waren wie einst bei den Kaiserinnen von Byzanz, und deren weiße Hauben nach der neuesten Mode für junge Mädchen die Form einer Seemuschel hatten; vier Brautführer, allesamt gutgewachsene Islandfischer mit schönen stolzen Augen.

Und natürlich aß und kochte man auch unten; die Nachzügler drängten sich dort in wirrer Unordnung, und die aus Paimpol besorgten Aushilfen verloren fast den Überblick vor der riesigen Feuerstelle mit den zahlreichen Töpfen und Pfannen.

Yanns Eltern hätten sich wohl gerne für ihren Sohn eine reichere Frau gewünscht, doch Gaud galt als kluges und tatkräftiges junges Mädchen; und trotz ihres verlorenen Vermögens war sie die hübscheste im Land, und es schmeichelte ihnen, ein so gut zueinander passendes Paar vor sich zu sehen.

Der alte Vater äußerte sich ausgelassen nach der Suppe über diese Hochzeit:

»Das wird weitere Gaos geben, es wird also daran nicht mangeln in Ploubazlanec!«

Und an den Fingern abzählend erläuterte er einem Onkel der Braut, wie viele es bereits mit diesem Namen gab: sein Vater, der der jüngste von neun Brüdern war, hatte ein Dutzend Kinder gehabt, die alle mit einer der vielen Cousinen verheiratet waren, und all das hatte die Gaos ergeben, trotz der zahlreich vor Island Verschollenen!...

»Ich selbst«, sagte er, »ich habe auch eine Gaos geheiratet, und wir beide haben weitere vierzehn.«

Der Gedanke an diese große Sippe freute ihn, und er schüttelte darüber sein weißes Haupt.

Ach ja, er hatte es nicht leicht gehabt, diese vierzehn kleinen Gaos großzuziehen; aber inzwischen kamen sie klar, und die zehntausend Francs von dem Schiffswrack hatten ihnen das Leben wahrlich bequemer gemacht.

Nun auch angeheitert erzählte sein Nachbar Guermeur von seinen Eskapaden bei der Kriegsmarine und Geschichten über China, die Antillen und Brasilien, und die Jungen, denen der Dienst noch bevorstand, rissen die Augen auf.

Eine seiner schönsten Erinnerungen galt der Zeit an Bord der *Iphigénie*; am Abend hatte man den Weinbunker gefüllt, und der lederne Schlauch, durch den der Rebensaft hinablief, war geplatzt. Na, statt es zu melden, hatte man angefangen zu trinken und zwar gewaltig über den Durst; zwei Stunden lang hatte das Fest gedauert, zum Schluß lief der Wein sogar in die Geschützbunker, und alle waren sturzbetrunken!

Und die alten Seemänner am Tisch lachten kindlich gutmütig und ein wenig spöttisch.

»Man schimpft über den Dienst«, meinten sie, »aber nirgendwo kann man so viel erleben!«

Draußen wurde das Wetter nicht besser, im Gegenteil; der Wind, der Regen tobten in tiefschwarzer Nacht. Trotz aller Vorsichtsmaßnahmen sorgten sich einige um ihr Schiff oder um ihr Boot, die im Hafen festgemacht waren, und sprachen darüber, ob sie nicht besser nachsehen sollten.

Doch ein anderes, sehr viel fröhlicheres Geräusch drang von unten zu ihnen hinauf, wo die Jüngsten der Hochzeitsfeier dicht gedrängt tafelten; es waren die Freudenschreie und das schallende Gelächter der Nichten und Neffen, die die anregende Wirkung des Cidre zu spüren begannen.

Man hatte gekochtes und gebratenes Fleisch aufgetragen, Hühner, verschiedene Sorten Fisch, Omelettes und Crêpes.

Sie hatten sich über Fischfang und Schmuggel unterhalten, hatten sämtliche Möglichkeiten erörtert, die Herren Zöllner hereinzulegen, die bekanntlich die natürlichen Feinde der Seeleute sind.

Oben, an der Ehrentafel, erzählte man sich inzwischen sogar gewagtere Abenteuer.

Es ging nun auf bretonisch hin und her zwischen den Männern, die zu ihrer Zeit die ganze Welt befahren hatten.

»In Hongkong, die Häuser, weißt du noch, die Häuser, wenn du dort durch die engen Gassen gehst...«

»Aber ja«, antwortete einer vom Ende der Tafel, der auch dort gewesen war, »aber ja, wenn man ankommt, auf der rechten Seite?«

»Richtig! Und dann die chinesischen Damen, was!... Nun, wir haben zu dritt dort einen drauf gemacht... Gemeine Frauenzimmer waren das, Ehrenwort, gemeine Frauenzimmer!...«

»Ja, gemein, das glaub ich dir«, sagte gedankenlos der große Yann, der sie ebenfalls nach einer langen Überfahrt in einem Augenblick der Schwäche kennengelernt hatte, diese Chinesinnen.

»Und hinterher, beim Bezahlen, wer hatte noch irgendwelche Piaster?... Du suchst, suchst in allen Taschen, keiner, weder du noch ich, keiner hat mehr einen einzigen

Sou! Wir entschuldigen uns groß, versprechen, daß wir wiederkommen. (Hier verzog er grob sein gebräuntes Gesicht und äffte eine sehr verdutzte Chinesin nach.) Aber die mißtrauische Alte fing an zu miauen, tobte herum wie der Teufel, und schließlich zerkratzte sie uns mit ihren gelben Pfoten. (Jetzt machte er die schrille Stimme nach und zog eine Grimasse wie die alte keifende Chinesin, rollte mit den Augen, die er mit den Fingern zu Schlitzen hochgezogen hatte.) Und dann tauchten die beiden Chinesen auf, zwei... wohl die beiden Patrons der Kneipe, verstehst du, die haben die Gittertür zugeschlossen, und wir da drinnen! Also packst du sie am Zopf, und immer mit den Köpfen an die Wand. Aber zack, da kommen andere, mindestens ein Dutzend, aus allen möglichen Löchern, schieben sich die Ärmel hoch, um sich auf uns zu stürzen, aber sie trauen sich nicht. Ich hatte gerade mein Paket mit Zuckerrohr dabei, den ich als Proviant für die Weiterfahrt besorgt hatte; wenn das Zeug noch grün ist, dann ist es ganz schön solide und bricht nicht, und um die kleinen häßlichen Kerle zu vermöbeln, war das verdammt nützlich, verstehst du...«

Der Wind tobte nun entschieden zu heftig: eine fürchterliche Böe ließ in diesem Moment die Scheiben klirren; der Erzähler unterbrach abrupt seine Geschichte und stand auf, um nach seinem Boot zu sehen.

Ein anderer fing an:

»Als ich Kanonier und Korporal auf der *Zénobie* in Aden war, sehe ich, wie eines Tages die Verkäufer von Straußenfedern an Bord kommen (und er imitierte die Sprechweise von da unten): ‚Tag, Korporal, wir nicht Diebe, wir gute Kaufleute.' Mit Ohrfeigen laß ich sie gleich wieder ruckzuck runterklettern: ‚Du, guter Kaufmann, sag ich, bring mir erst einmal einen Strauß

Federn als Geschenk mit, dann werden wir sehen, ob wir dich mit deinem Ramsch an Bord lassen.' Ich hätte damit bei meiner Rückkehr schönes Geld machen können, wenn ich nicht so dumm gewesen wäre! (In bedauerndem Ton:) Aber, du weißt, ich war damals ein junger Mann... Und in Toulon, da arbeitete eine Bekanntschaft von mir in einem Modegeschäft...«

Doch plötzlich fühlt sich einer der kleinen Brüder Yanns, ein künftiger Islandfischer, mit einem guten roten Gesicht und lebhaften Augen, ziemlich elend, weil er zu reichlich Cidre genossen hat. Rasch muß man den kleinen Laumec forttragen, was den Bericht über diese Putzmacherin und deren Gemeinheiten, um an die Straußenfedern zu gelangen, endgültig unterbricht...

Der Sturm heulte im Kamin wie eine verdammte Seele in der Hölle; von Zeit zu Zeit erschütterte er das Haus mit furchterregender Gewalt bis in die steinernen Grundfesten.

»Man könnte meinen, er ärgert sich, weil wir gerade dabei sind, uns so prächtig zu amüsieren,« sagte der Lotsencousin.

»Nein, die See ist unzufrieden«, erwiderte Yann und lächelte Gaud zu, »denn ihr hatte ich die Ehe versprochen.«

Unterdessen wurden beide allmählich von einer sonderbaren Mattigkeit erfaßt; sie sprachen leiser miteinander, hielten sich an der Hand, waren wie abgetrennt von der allgemeinen Heiterkeit. Yann, der sehr wohl die Wirkung des Weines kannte, trank nichts an diesem Abend. Und er errötete, der starke Kerl, wenn einer der Islandkameraden einen Scherz über die kommende Nacht von sich gab.

Und immer wieder überfiel ihn Traurigkeit, wenn er plötzlich an Sylvestre denken mußte... Sie waren übereingekommen, seinetwegen und Gauds Vaters wegen, nicht zu tanzen.

Man war mittlerweile beim Dessert angelangt; alsbald würden Lieder erklingen. Doch zuvor waren noch die Gebete für die Toten der Familie zu sprechen; während der Hochzeitsfeier vergißt man nie diese religiöse Pflicht, und als der Vater Gaos sein weißes Haupt entblößte und sich erhob, wurden alle still:

»Das ist«, sagte er, »für Guillaume Gaos, meinen Vater.«

Dann bekreuzigte er sich und begann, in Latein für den Toten zu beten.

»Pater noster, qui es in cœlis, sanctificetur nomen tuum...«

Still wie in der Kirche war es jetzt, sogar unten an den lebhaften Tischen der Kleinen. Alle in diesem Hause wiederholten im Geist dieselben ewigen Worte.

»Das ist für Yves und Jean Gaos, meine Brüder, die vor Island verschollen sind... Das ist für Pierre Gaos, meinen Sohn, der mit der *Zélie* unterging...«

Nachdem alle Gaos ihre Fürbitte erhalten hatten, wandte er sich der Großmutter Yvonne zu:

»Das ist«, sagte er, »für Sylvestre Moan.«

Und er sagte ein weiteres Gebet auf. Yann begann zu weinen.

»... Sed libera nos a malo. Amen.«

Danach setzten die Lieder ein, Lieder, die sie während der Militärzeit auf der Back an Bord gelernt hatten, wo es, wie man weiß, stets gute Sänger gibt:

Ein stolzes Korps, fürwahr, ist das der Zuaven,
Doch bei uns, da trotzt der Tapfere dem Tode,
Hurra! Hoch lebe der Seemann, der wahre!

Einer der Brautführer trug die Strophen in einer sehnsüchtigen Weise vor, die zu Herzen ging. Und dann wurde der Refrain von anderen schönen, tiefen Stimmen aufgenommen.

Doch das Brautpaar vernahm nichts als ein fernes Geräusch im Hintergrund; wenn sie sich ansahen, glänzten ihre Augen verschwommen wie verhängte Lampen; immer leiser sprachen sie miteinander, hielten sich nach wie vor an der Hand, und Gaud senkte häufig den Kopf, wurde nach und nach vor ihrem Gebieter von einer Furcht ergriffen, die immer größer und immer süßer wurde.

Inzwischen machte der Lotsencousin mit einem besonderen Wein an der Tafel die Runde; er hatte ihn sehr vorsichtig herbeigebracht, streichelte die schräg liegende Flasche, damit der Wein nicht geschüttelt werde, wie er sagte.

Dazu erzählte er eine Geschichte: eines Tages beim Fischfang trieb ein Barriquefaß ganz alleine auf hoher See; keine Möglichkeit, das große Faß an Deck zu hieven - es war zu dick, zu schwer; also hatten sie es auf dem Meer angestochen, füllten alle Töpfe und Trinkbecher an Bord. Unmöglich, alles mitzunehmen. Sie sandten Signale an andere Lotsen und Fischer; alle Segel in Sichtweite versammelten sich um diesen Fund.

»Und ich kenne mehr als einen, der am Abend betrunken nach Pors-Even heimkehrte.«

Unvermindert tobte der Sturm mit entsetzlichem Geheul.

Unten tanzten die Kinder im Kreis; die allerkleinsten der Gaos waren bereits im Bett, aber alle anderen tobten wie die Teufel, angeführt vom kleinen Fantec und dem kleinen Laumec. Sie wollten unbedingt nach draußen und öffneten alle Augenblicke die Tür, daß jedesmal eine fürchterliche Böe hereinfuhr und die Kerzen ausblies.

Der Lotsencousin brachte seine Weingeschichte zu Ende; sein Anteil betrug vierzig Flaschen; er bat darum, nicht darüber zu reden wegen des Herrn Kommissars vom Marinebüro, der ihm wegen dieses nicht deklarierten Treibguts noch immer etwas anhängen könnte.

»Man hätte jedoch«, sagte er, »die Flaschen pflegen müssen; wenn man sie umgefüllt hätte, wäre es ein absoluter Spitzenwein geworden, denn er enthielt mehr an Rebensaft als alle Keller der Paimpoler Schenken zusammen.«

Wer weiß, wo er gewachsen war, dieser Wein aus dem Schiffbruch? Er war schwer und von kräftiger Farbe; vermischt mit Meerwasser hatte er noch immer einen herben Salzgeschmack. Trotzdem wurde er für gut befunden, und zahlreiche Flaschen leerten sich.

Langsam drehte es sich in den Köpfen, die Stimmen klangen unscharf, und die jungen Männer küßten die Mädchen.

Fröhlich ging es mit den Liedern weiter; doch langsam hatte man nicht mehr die richtige Ruhe an der gemeinsamen Tafel, und die Männer wechselten besorgte Blicke, weil das Unwetter sich noch steigerte.

Draußen heulte der Sturm schlimmer auf als je zuvor. Er verdichtete sich zu einem einzigen bedrohlichen Schrei, der ununterbrochen anschwoll und gleichzeitig der Kehle Tausender tollwütiger Tiere zu entstammen schien.

Man glaubte auch den furchtbaren dumpfen Donner schwerer Marinegeschütze in der Ferne zu hören; aber es war das Meer, das in voller Wucht überall gegen das Land von Ploubazlanec anbrandete – nein, die See war offenkundig nicht zufrieden, und Gaud fühlte, wie sich ihr das Herz zusammenzog bei dieser entsetzlichen Musik, die niemand zu ihrer Hochzeitsfeier bestellt hatte.

Gegen Mitternacht, als es kurz ruhiger wurde, gab Yann, der sich langsam erhoben hatte, seiner Frau ein Zeichen, daß er mit ihr reden wolle.

Es ging darum, daß sie sich nach Hause begaben... Sie errötete, fühlte Scham, war verwirrt darüber, daß sie aufgestanden war... Schließlich meinte sie, daß es unhöflich sei, unvermittelt fortzugehen und die Gäste allein zu lassen.

»Nein«, sagte Yann, »der Vater hat es erlaubt, wir können.«

Und er zog sie mit sich.

Heimlich stahlen sie sich davon.

Draußen fanden sie sich in der Kälte, in dem fürchterlichen Wind, in der tiefschwarzen aufgewühlten Nacht wieder. Sie fingen an zu laufen, hielten sich dabei an der Hand. Von der Höhe des Weges über die Felsenklippen konnte man in der Ferne das wütende Meer erahnen, von wo all dieser Lärm aufstieg. Vorgebeugt liefen sie beide weiter, die Böen peitschten ihnen ins Gesicht, und bisweilen drehten sie sich um, holten mit der Hand vorm Mund wieder Atem, den der Sturm abgeschnitten hatte.

Zuerst trug er sie fast, indem er ihre Taille umfaßte, um zu verhindern, daß ihr Kleid am Saum durchnäßt und ihre schönen Schuhe von all dem Wassergeriesel auf der Erde verschmutzt wurden, schließlich nahm er sie auf seine Arme und rannte noch schneller... Nein, er hatte nicht gewußt, wie sehr er sie liebte!... Und wenn er bedachte, daß sie dreiundzwanzig und er bald achtundzwanzig Jahre alt war, und daß sie seit über zwei Jahren hätten verheiratet und so glücklich sein können wie an diesem Abend!

Schließlich erreichten sie ihre ärmliche Unterkunft mit dem feuchten Fußboden unter einem Dach aus Stroh und Moos; sie zündeten eine Kerze an, die der Wind zweimal ausblies.

Die alte Großmutter Moan, die man vor dem Anstimmen der Lieder nach Hause gebracht hatte, war da und lag schon seit zwei Stunden in ihrem Schrankbett, dessen Flügeltüren sie geschlossen hatte. Vorsichtig traten sie näher, spähten durch die Ritzen, um ihr guten Abend zu sagen, falls sie doch nicht schliefe. Aber ihr ehrwürdiges Gesicht zeigte keine Regung, und ihre Augen blieben fest geschlossen; sie war eingeschlafen oder tat zumindest so, um sie nicht zu stören.

Nun waren sie für sich allein.

Sie zitterten beide und hielten sich an den Händen. Er beugte sich als erster vor, um ihre Lippen zu küssen: doch Gaud wandte, weil sie einen solchen Kuß nicht kannte, ihre Lippen zur Seite und drückte sie keusch wie am Abend ihrer Verlobung auf Yanns Wange, die eisig war vom Wind.

Wie ärmlich, wie niedrig war ihre Hütte, und es war entsetzlich kalt. Ach, wenn Gaud doch nur so reich wäre wie früher, was für eine Freude hätte sie, ein hübsches Zimmer einzurichten, nicht so wie dieses mit nacktem Boden... Sie hatte sich nur schwer an die Wände aus blankem Granit gewöhnt, an die rohe Einrichtung; aber ihr Yann war nun hier bei ihr, und allein durch seine Gegenwart war alles verändert, wie verwandelt, und sie sah nur noch ihn...

Ihre Lippen hatten sich jetzt gefunden, und sie wandte ihre nicht mehr ab. Stumm standen sie da, hielten sich fest umschlungen, verharrten in der Ekstase eines Kusses, der nicht enden wollte. Ihr hastiger Atem vermischte sich, und sie zitterten beide immer stärker wie in hitzigem Fieber. Sie schienen keine Kraft mehr zu haben, ihre Umarmung zu lösen, schienen nichts weiter zu kennen, nichts andere zu begehren als diesen endlosen Kuß.

Schließlich machte sie sich frei, war auf einmal verwirrt:

»Nein, Yann!... Großmutter Yvonne könnte uns sehen!«

Doch mit einem Lächeln suchte er wieder die Lippen seiner Frau und nahm sie so schnell zwischen die seinen wie ein Verdurstender, dem man die Schale mit frischem Wasser weggezogen hat.

Die Bewegung, die sie machten, hatte den Zauber des prickelnden Zögerns zerstört. Yann, der gerade wie vor der Heiligen Jungfrau auf die Knie sinken wollte, wurde wieder leidenschaftlich; verstohlen musterte er die alten Schrankbetten, war verärgert über die Nähe der Großmutter und suchte nach einem sicheren Weg, nicht gesehen zu werden. Ohne von den köstlichen Lippen zu lassen, streckte er einen Arm nach hinten und löschte mit dem Handrücken das Licht, das vorhin der Wind ausgeblasen hatte.

Dann hob er sie plötzlich hoch; wie er sie so in seinen Armen hielt, seinen Mund noch immer auf den ihren gepreßt, glich er einem Raubtier, das die Zähne in seine Beute geschlagen hat. Sie überließ ihren Körper dieser Entführung, die herrisch war und unwiderstehlich und doch sanft wie eine lange, allumfassende Liebkosung: er trug sie in der Dunkelheit zu ihrem schönen weißen eleganten Bett, das ihr Hochzeitsbett sein sollte...

Und in ihrer ersten Liebesnacht spielte ohne Pause draußen das unsichtbare Orchester.

Huhu! Huhu! Bald machte der Wind dröhnenden Lärm mit zornigem Tremolo, bald wiederholte er seine Drohung sehr viel schwächer, in verborgener Arglist mit leisen langgezogenen Tönen, die wie der flötende Ruf eines Käuzchens klangen.

Und das große Grab der Seeleute war ganz nahe, wogend, verschlingend brandete es gegen die Felsen mit immer gleich dumpfen Schlägen. Eines Nachts würde er dort hineingeraten, dagegen kämpfen müssen inmitten der Raserei schwarzer, eisiger Elemente – sie wußten es beide...

Unwichtig! Für den Augenblick waren sie auf festem Boden, geschützt vor diesem unnützen Toben, das sich gegen sich selbst wandte. Doch in ihrer schlichten, dunklen Hütte, durch die der Wind ging, gaben sie sich einander hin nicht fragend nach Leben oder Tod, berauscht, wundersam verführt von der ewigen Magie der Liebe...

VIII

Sechs Tage waren sie Mann und Frau.

In dieser Zeit vor der Abfahrt waren alle mit der Islandreise beschäftigt. Frauen halfen aus, das Salz für die Lake in den Laderäumen der Schiffe aufzuschichten. Die Männer brachten die Takelage in Ordnung, und bei Yann zu Hause arbeiteten die Mutter, die Schwestern von morgens bis abends, um die Südwester, das Wachszeug, die ganze Ausstattung für die Fangsaison fertig zu machen. Es herrschte trübes Wetter, und das Meer, das die Tagundnachtgleiche nahen sah, war bewegt und unruhig.

Gaud schickte sich in diese unerbittlichen Vorbereitungen in wachsender Angst, zählte die schnell verrinnenden Stunden des Tages, wartete auf den Abend, an dem sie, wenn die Arbeit beendet war, ihren Yann für sich alleine hatte.

Würde er in den kommenden Jahren auch nach Island fahren? Sie hoffte sehr, daß sie ihn davon abbringen könnte, doch wagte sie es jetzt nicht mehr, mit ihm darüber zu sprechen... Auch er liebte sie sehr, nie hatte er Ähnliches bei seinen früheren Freundinnen gekannt; nein, das war ein Unterschied, es gab da eine so vertrauensvolle und lebendige Zärtlichkeit, daß dieselben Küsse, dieselben Umarmungen mit ihr etwas ganz anderes waren. Und in jeder Nacht steigerten sie sich gegenseitig in ihrem Liebesrausch, ohne je gesättigt zu sein, wenn der Morgen nahte.

Sie war überrascht und betört, daß er so sanft, so kindlich war, dieser Yann, den sie manchmal in Paimpol beobachtet hatte, wie geringschätzig er die verliebten Mädchen behandelte. Ihr zeigte er dagegen die immer gleiche Höflichkeit, die bei ihm so natürlich wirkte, und sie liebte sein offenes Lächeln, das er ihr schenkte, sobald ihre Augen sich trafen. Bei diesen einfachen Leuten gibt es noch den angeborenen Respekt vor der Würde der Ehefrau; ein Abgrund trennt sie von der Geliebten, die zum bloßen Vergnügen da ist und der man am Tage mit einem verächtlichen Lächeln die nächtlichen Küsse vergelten wird. Gaud war die Ehefrau, und tagsüber erinnerte er sich nicht mehr an ihre Umarmungen, die scheinbar nicht zählten, so sehr waren sie beide ein Fleisch, und das ein Leben lang.

Sie war gleichwohl beunruhigt in ihrem Glück, das ihr zu unverhofft gekommen schien wie ein flüchtiger Traum...

Zunächst, würde Yanns Liebe von Dauer sein?... Hin und wieder erinnerte sie sich an seine Geliebten, an seinen Jähzorn, an seine Abenteuer, und all das machte ihr Angst: würde er immer diese unendliche Zärtlichkeit, diesen sanften Respekt bewahren?...

Doch diese sechs Tage waren für eine Liebe wie die ihre ein Nichts; nichts als ein kleiner im Fieber genommener Vorschuß auf die eigene Lebenszeit, die für sie beide noch so lang sein konnte! Sie hatten noch kaum einander sprechen, einander sehen können, noch war ihnen nicht richtig bewußt, daß sie sich gehörten. Und all ihre Pläne für ein gemeinsames Leben in ausgeglichener Freude, für die Einrichtung ihres Hausstandes, sie waren notgedrungen alle bis zu seiner Rückkehr verschoben worden...

Es galt für die kommenden Jahre, um jeden Preis eine weitere Fahrt nach diesem Island zu verhindern!... Aber wie? Und was sollten sie dann für ihren Lebensunterhalt tun, wo sie beide nicht vermögend waren?... Und zudem liebte er so sehr seinen Seemannsberuf...

Dennoch würde sie die nächsten Male versuchen, ihn davon abzubringen, mit all ihrem Willen, all ihrer Intelligenz und ihrem ganzen Herzen. Die Frau eines Islandfischers zu sein, jedem Frühjahr voller Traurigkeit entgegenzusehen, die Sommer in quälender Angst zu verbringen, nein, jetzt, da sie ihn mehr liebte als sie sich hatte vorstellen können, fühlte sie sich von einem zu großen Grauen gepackt bei dem Gedanken an die künftigen Jahre...

Sie hatten nur einen einzigen Frühlingstag, bevor die Anker gelichtet wurden. Am Vorabend hatten sie die Takelage an Bord in Ordnung gebracht, und Yann blieb den ganzen Tag über mit ihr zusammen. Eng umschlungen wie ein Liebespaar gingen sie spazieren und erzählten sich tausenderlei Dinge. Wenn sie vorbeikamen, lächelten die Leute und meinten:

»Das ist Gaud mit dem großen Yann aus Pors-Even... Sie haben gerade geheiratet!«

Es war ein richtiger Frühlingstag, und es war sonderbar und befremdlich, plötzlich das ruhige Wetter zu erleben, und am sonst so stürmischen Himmel stand nicht eine Wolke. Kein Lüftchen regte sich. Auch das Meer hatte sich besänftigt, es war überall blaßblau und spiegelglatt. Die Sonne strahlte in kräftigem, hellen Glanz, und das rauhe bretonische Land saugte das Licht auf wie eine seltene Kostbarkeit; es schien sich aufzuheitern und wiederzubeleben bis in die entferntesten Winkel. Die milde Luft war köstlich und roch nach Sommer, man konnte meinen, sie habe sich für immer beruhigt und es würde nie wieder dunkle Tage und schwere Stürme geben. Die Landspitzen, die Buchten, über die jetzt keine wechselnden Wolkenschatten zogen, zeichneten sich klar umrissen gegen den Himmel ab; auch sie schienen sich gelassen in diesem Frieden auszuruhen. Alles war wie dafür geschaffen, ihre Liebesfeier süßer und unendlicher zu machen, und schon waren auch die ersten vorwitzigen Blumen zu sehen, Primeln entlang der Gräben oder Veilchen, blaß und ohne Duft.

Als Gaud fragte:

»Wie lange wirst du mich lieben, Yann?«

Da antwortete er erstaunt und sah ihr mit offenem Blick in die Augen:

»Aber Gaud, immer...«

Dieses Wort, das so einfach über seine Lippen kam, schien hier seinen wahren Sinn von Ewigkeit zu haben.

Sie lehnte sich an seinen Arm. Im Entzücken über ihren erfüllten Traum preßte sie sich an ihn, noch immer beunruhigt, denn sie spürte, daß er rastlos war wie ein großer Seevogel... Morgen, aufs weite Meer hinaus!... Und für dieses erste Mal war es bereits zu spät, sie konnte ihn durch nichts mehr davon abbringen.

Von den Wegen über die Klippen, die sie entlanggingen, konnte man die ganze Küstenlandschaft überblicken, die baumlos war, nur von geducktem Ginster bewachsen und mit Felsgestein übersät. Fischerhäuser mit altem Mauerwerk aus grauem Granit und Dächern aus Stroh, hoch und buckelig, grün vom frischen Moos, lagen verstreut auf den Felsen; und in weiter Ferne das Meer, das gleich einer durchscheinenden Vision seinen ungeheuren ewigen Kreis zog, der alles zu umschließen schien.

Es machte ihr Freude, ihm erstaunliche und entzückende Dinge von diesem Paris zu erzählen, wo sie gelebt hatte. Doch er gab sich sehr geringschätzig, zeigte keinerlei Interesse.

»So weit weg von der Küste«, sagte er, »und so viel Land, so viel Land... das muß ungesund sein. So viele Häuser, so viele Menschen... Es muß dort in den Städten schlimme Krankheiten geben; nein, ich selbst möchte dort ganz bestimmt nicht leben.«

Sie mußte lächeln, als sie merkte, was für ein naives Kind dieser große Bursche doch war.

Ab und zu gingen sie eine Senke hinab, wo tatsächlich Bäume wachsen, die so aussehen, als ob sie sich vor dem Seewind hier hineingeduckt haben. Aber dort war einem die Sicht versperrt; an der Erde nur welkes angehäuftes Laub und feuchte Kälte, und der von grünem Ginster gesäumte Hohlweg wurde dunkel unter dem Astwerk, wand sich ganz schmal zwischen den Mauern eines düsteren, einsamen Weilers hindurch, der aus Altersschwäche fast zusammengefallen war und in dieser Niederung dahindämmerte; und immer wieder ragten vor ihnen zwischen abgestorbenen Ästen Kruzifixe auf mit einem großen hölzernen Christus, wurmzerfressen wie ein Leichnam, die Miene verzogen zu ewigem Schmerz.

Dann stieg der Weg wieder an, und erneut überblickten sie den unbegrenzten Horizont, atmeten abermals die belebende Luft von Höhe und Meer.

Nun erzählte er von Island, von den fahlen Sommern ohne Nächte, von der tiefstehenden Sonne, die niemals unterging. Gaud verstand es nicht so recht und ließ es sich genauer erklären.

»Die Sonne zieht ständig ihre Bahn am Himmel, ständig rundherum«, sagte er und ließ seinen ausgestreckten Arm über das ferne Rund blauen Wassers wandern. »Sie steht immer recht niedrig, weil sie keine Kraft mehr hat, um hochzusteigen; gegen Mitternacht berührt ihr unterer Rand ein wenig das Meer, doch bald darauf erhebt sie sich wieder und setzt ihren Rundgang fort. Manchmal taucht auch der Mond am anderen Ende des Himmels auf; dann tun beide ihre Arbeit, jeder an seinem Ort, und man kann sie kaum unterscheiden, da sie sich in dieser Gegend allzu sehr ähneln.«

Um Mitternacht die Sonne sehen können!... Wie fern mußte es sein, dieses Island. Und die Fjorde? Mehrmals hatte Gaud dieses Wort auf den Inschriften für die Toten in der Kapelle der Verschollenen gelesen; sie hatte sich deshalb etwas Unheilbringendes vorgestellt.

»Die Fjorde«, antwortete Yann, »das sind große Buchten, wie zum Beispiel die von Paimpol, nur daß es rundherum hohe Berge gibt, so hoch, daß man nicht weiß, wo sie enden, denn sie sind ständig in Wolken gehüllt. Weißt du, es ist ein trübseliges Land. Steine, Steine, nichts als Steine, und die Bewohner der Insel wissen gar nicht, daß es Bäume gibt. Mitte August, wenn unser Fischfang zu Ende geht, ist es höchste Zeit umzukehren, denn dann beginnen bereits die Nächte, und sie werden sehr rasch immer länger; die Sonne sinkt unter die Erde und kann sich nicht wieder erheben, und den ganzen Winter über ist es bei denen da oben dunkel.«

»Und dann«, fuhr er fort, »gibt es dort an der Küste in einem Fjord einen kleinen Friedhof, ganz wie bei uns, für die Männer aus der Gegend von Paimpol, die während der Fangsaison gestorben oder im Meer ertrunken sind; es ist geweihte Erde wie in Pors-Even, und die Holzkreuze auf den Gräbern tragen genau wie hier die Namen der Toten. Die beiden Goazdiou aus Ploubazlanec liegen dort und auch Guillaume Moan, der Großvater von Sylvestre.«

Und sie glaubte, ihn vor sich zu sehen, diesen kleinen Friedhof am Fuße trostloser Felsenklippen unter dem fahlrosa Licht dieser nie endenden Tage. Aber sie dachte auch an die Toten selbst unter dem Eis und dem schwarzen Grabtuch dieser Nächte, die lang wie der ganze Winter waren.

»Und die ganze Zeit nur fischen, immer nur fischen«, fragte sie, »ohne auszuruhen?«

»Die ganze Zeit. Außerdem müssen auch die Segel gesetzt werden, denn das Meer dort oben ist nicht dauernd schön ruhig. Abends ist man dann müde und sehr hungrig auf das Abendessen, es gibt Tage, da schlingt man es nur so runter.«

»Und man langweilt sich nie?«

»Nie!« sagte er mit einem Ton der Überzeugung, der ihr weh tat; »an Bord, auf hoher See, da wird mir die Zeit nie zu lang, niemals!«

Sie senkte den Kopf, sie fühlte sich noch trauriger, noch mehr von der See besiegt.

FÜNFTER TEIL

I

Am Ende dieses gemeinsamen Frühlingstages brachte die hereinbrechende Nacht wieder einen Hauch von Winter zurück, und sie kehrten heim, um vor dem Kaminfeuer aus loderndem Astwerk zu Abend zu essen.

Ihr letztes gemeinsames Mahl!... Aber sie hatten noch eine ganze Nacht, die sie fest umschlungen verbringen würden, und der Gedanke daran hielt sie davon ab, schon jetzt traurig zu werden.

Nach dem Essen fanden sie noch einmal diese leise Frühlingsahnung wieder, als sie sich auf dem Weg nach Pors-Even befanden: die Luft war ruhig, fast mild, und ein letzter Dämmerschein lag über dem Land.

Sie besuchten ihre Verwandten, von denen sich Yann verabschiedete, und kehrten frühzeitig zurück, um zu Bett zu gehen, denn sie hatten beide vor, bei Tagesanbruch aufzustehen.

II

Am nächsten Morgen waren die Kaimauern von Paimpol voller Menschen. Der Aufbruch nach Island dauerte bereits seit dem Vorabend an, und mit jeder Flut stachen weitere Schiffe in See. An diesem Morgen sollten zusammen mit der *Léopoldine* fünfzehn Schiffe ablegen, und die Frauen oder Mütter der Seeleute hatten sich alle eingefunden. Gaud war erstaunt, daß sie sich unter ihnen befand, daß sie nun auch die Frau eines Islandfischers war und aus demselben schicksalhaften Anlaß dorthin gekommen. Ihr Leben hatte sich in den letzten Tagen derart rasch verändert, daß sie kaum Zeit gehabt hatte, sich der Wirklichkeit der Dinge zu stellen. Sie war unaufhaltsam schnell einen Abhang hinabgeglitten und war jetzt an diesem Endpunkt angelangt, der unerbittlich war und den sie jetzt zu ertragen hatte wie die anderen auch, die es gewohnt waren.

Nie zuvor war sie so nah bei diesen Abschiedsszenen gewesen. Alles war neu und unbekannt. Unter den Frauen gab es keine, die ihr gleichkam; sie fühlte sich einsam, grundverschieden. Ihre Vergangenheit als städtisches Fräulein, die trotz allem noch immer gegenwärtig war, stellte sie abseits.

Das Wetter an diesem Tag der Trennung war schön geblieben; nur auf See rollte aus Westen eine schwere Dünung heran, die starken Wind verhieß, und weit entfernt draußen sah man das Meer branden, das auf alle wartete.

Neben Gaud standen andere sehr hübsche Frauen, die rührend anzusehen waren mit ihren Augen voller Tränen; aber es gab auch einige, die munter waren und lachten, die entweder herzlos waren oder augenblicklich niemanden liebten. Alte, die bereits den Tod in sich spürten, trennten sich weinend von ihren Söhnen; Liebespaare küßten sich zum Abschied lange auf die Lippen, und man hörte, wie ein paar betrunkene Matrosen, um sich aufzuheitern, sangen, während andere mit düsterer Miene an Bord stiegen, als schritten sie zur Hinrichtung.

Es spielten sich auch grobe Szenen ab: Unglückselige, die zu ihrer Unterschrift ein paar Tage zuvor in irgendeiner Schenke überrumpelt worden waren und die man jetzt gewaltsam aufs Schiff brachte; ihre eigenen Frauen und die Gendarmen stießen sie vorwärts. Andere wiederum, deren Widerstand man wegen ihrer gewaltigen Kräfte fürchtete, hatte man vorsichtshalber betrunken gemacht und schleppte sie nun auf einer Trage herbei. Wie Tote wurden sie in den Laderaum hinuntergeschafft.

Gaud erschrak, als sie vorbeikamen: mit welchen Leuten würde er bloß zusammenleben, ihr Yann? Und was für ein furchtbares Handwerk mußte die Islandfischerei sein, daß sie sich auf diese Weise ankündigte und den Männern solche Schrecken einjagte?...

Trotzdem gab es auch welche, die lächelten, die zweifellos wie Yann das Leben auf hoher See und den Fischfang liebten. Das waren die guten, die offene, schöne Gesichter hatten; wenn es junge Burschen waren, gingen sie unbeschwert an Bord, warfen nur noch einen letzten Blick auf die Mädchen. Waren es verheiratete Männer, umarmten sie ihre Frauen oder ihre Kleinen mit zärtlicher Traurigkeit und in der sicheren Hoffnung, daß sie sehr viel reicher zurückkehren würden. Gaud fühlte sich ein wenig beruhigt, als sie sah, daß alle an Bord der *Léopoldine* so waren. Eine wirklich ausgesuchte Mannschaft.

Die Schiffe liefen, von Schleppern gezogen, immer zu zweit oder zu viert aus. Und kaum hatten sie sich in Bewegung gesetzt, nahmen die Matrosen die Mütze vom Kopf und stimmten laut den Lobgesang auf die Heilige Jungfrau Maria an: »Sei gepriesen, Stern der Meere!« Auf dem Kai winkten die Frauen einen letzten Abschiedsgruß, und Tränen fielen auf den Musselin der Hauben.

Als die Léopoldine ausgelaufen war, machte sich Gaud rasch auf den Weg zu den Gaos, anderthalb Stunden zu Fuß an der Küste entlang über die vertrauten Pfade von Ploubazlanec, und sie kam ganz am Ende der Landspitze bei ihrer neuen Familie an.

Die *Léopoldine* sollte in der großen Bucht von Pors-Even vor Anker gehen, aber erst am Abend in See stechen. Dort hatten sie sich zu einer letzten Begegnung verabredet. Tatsächlich kam er im Beiboot seines Schiffes, kam für drei Stunden, um ihr Lebewohl zu sagen.

An Land merkte man nichts von dem schweren Seegang, es herrschte nach wie vor schönes Frühlingswetter. Sie gingen noch für einen Augenblick Arm in Arm spazieren; das erinnerte sie an ihren gestrigen Weg, nur die Nacht würde sie nicht mehr vereinen. Sie gingen ziellos in Richtung Paimpol zurück, und sehr bald befanden sie sich in der Nähe ihres Hauses, hatten sich unmerklich, ohne daß sie daran gedacht hatten, dort hingezogen gefühlt; sie betraten es ein letztes Mal. Die Großmutter Yvonne war verwundert, die beiden noch einmal zusammen zu sehen.

Yann gab Gaud einige Ratschläge, die allerlei Sachen betrafen, die er in ihrem Schrank zurückließ: besonders seinen schönen Hochzeitsanzug sollte sie von Zeit zu Zeit ausschütteln und in die Sonne hängen. Auf den Schiffen der Kriegsmarine lernen die Matrosen diesen pfleglichen Umgang. Und Gaud mußte darüber lächeln, wie er den Fachmann spielte; er konnte ganz sicher sein, denn alles was ihm gehörte, würde aufbewahrt und liebevoll gepflegt werden.

Doch im Grunde waren solche Probleme für sie nebensächlich; sie sprachen nur darüber, um miteinander zu sprechen, um sich abzulenken.

Yann erzählte, daß man vorhin an Bord der *Léopoldine* durch Losentscheid die Angelplätze bestimmt hatte und er zufrieden darüber sei, einen der besten gewonnen zu haben. Sie ließ es sich noch einmal erklären, da sie eigentlich nichts über diese Dinge wußte:

»Siehst du, Gaud«, sagte er, »ins Dollbord unserer Schiffe sind in gewissen Abständen Löcher gebohrt, die wir *Mekkalöcher* nennen; dort kann man kleine Halterungen mit einer Rolle hineinstecken, über die dann unsere Angelleine läuft. Und bevor wir aufbrechen, würfeln wir um diese Löcher, oder wir ziehen Nummernlose aus der Mütze des Schiffsjungen. Jeder gewinnt dann eines, und während der gesamten Fangreise darf keiner mehr seine Angel an anderer Stelle ausrollen, es wird dann nicht mehr gewechselt. Und mein Platz befindet sich am Heck des Schiffes, wo man, wie du wohl weißt, die meisten Fische fängt, außerdem ist dieser Platz dicht neben den großen Wanten, an denen man immer ein Stück Segeltuch, ein Stück Wachstuch, irgendeinen Schutz für das Gesicht befestigen kann, wenn es da oben hagelt oder schneit; das hilft ein wenig, verstehst du; es brennt einem bei diesen schrecklichen Schauern nicht so das Gesicht, und man behält länger einen klaren Blick.«

Sie unterhielten sich leise, als hätten sie Angst davor, die letzten Minuten, die ihnen noch blieben, zu verscheuchen. Ihr Plaudern hatte den besonderen Ton von allem, was unausweichlich dem Ende zugeht; die bedeutungslosesten Dinge, über die sie sprachen, bekamen an diesem Tag einen geheimnisvollen und außergewöhnlichen Charakter.

Im allerletzten Augenblick, bevor er gehen mußte, nahm er seine Frau in die Arme, und ohne ein Wort zu sagen, hielten sie sich fest, in langer stummer Umarmung.

Er fuhr hinaus, die grauen Segel entfalteten sich und spannten sich im leichten Wind, der aus Westen kam. Sie konnte ihn noch erkennen, wie er die Mütze auf vereinbarte Weise schwenkte. Lange Zeit sah sie dieser kleiner werdenden Gestalt, ihrem Yann nach, ein schwarzer Punkt auf dem graublauen Meer. Und dann verschwammen seine Umrisse, verloren sich in dieser Ferne, wo Augen, die etwas festhalten wollen, sich trüben und nichts mehr sehen...

Sie folgte der fortsegelnden *Léopoldine*, wie von einem Magneten gezogen, zu Fuß die Klippen entlang.

Doch bald mußte sie stehenbleiben, denn das Land hörte auf; sie setzte sich unter das letzte große Holzkreuz, das dort zwischen Ginster und Gestein errichtet worden war. Da dieser Ort alles überragte, schien das Meer von dort aus gesehen, in der Ferne anzusteigen, und man konnte meinen, daß die schwindende *Léopoldine* langsam die Hänge dieses riesigen Kreises erklomm. Auf dem Wasser rollten große träge Wellen heran, vielleicht die letzten Nachwirkungen eines kräftigen Sturmes, der sich irgendwo jenseits des Horizonts ausgetobt haben mußte; doch in dem weiten Blickfeld, in dem Yann sich noch befand, war alles friedlich.

Gaud schaute unverwandt aufs Meer, versuchte, sich die Eigenheiten des Schiffes ins Gedächtnis einzuprägen, die Form der Takelage und der Bordaufbauten, um es bei seiner Rückkunft schon aus der Ferne zu erkennen, von diesem selben Platz aus, wo sie auf ihn warten würde.

Eine immer stärkere Dünung kam von Westen heran, ließ eine Hebung der anderen folgen, regelmäßig und ohne Unterbrechung; ohne Pause, ohne Stillstand erneuerte sie immer wieder ihre unnützen Anstrengungen, brandete an dieselben Felsen, brach sich an denselben Stellen, überschwemmte dieselben Strände. Auf Dauer mutete es seltsam an, die stete dumpfe Erregung des Wassers und darüber der heitere Himmel; es war, als ob das Bett des Meeres zu sehr gefüllt wäre, überfließen wollte und die Gestade überfluten.

Unterdessen wurde die *Léopoldine* immer kleiner, verlor sich am Horizont. Zweifellos zog irgendeine Strömung sie hinaus, denn der Wind blies an diesem Abend nur schwach, und sie entfernte sich dennoch sehr rasch. Sie war nur noch ein grauer Fleck, fast nur ein Punkt, und sehr bald würde sie den äußersten Rand des Gesichtskreises erreichen und in die jenseitige Unendlichkeit eintauchen, von wo die Dunkelheit sich zu nähern begann.

Als gegen sieben Uhr die Nacht hereinbrach, war das Schiff außer Sicht. Gaud kehrte heim, sie fühlte sich recht tapfer, trotz der vielen Tränen, die ihr noch immer kamen. Welch Unterschied und welch trübseligere Leere, als er die zwei Jahre zuvor ohne Abschied fortgefahren war! Nun hatte sich alles verändert, war erträglicher geworden; er war derart in ihr, sie fühlte sich so sehr geliebt trotz dieser Trennung, daß sie bei ihrer einsamen Rückkehr in die Hütte zumindest diesen Trost hatte und die herrliche Erwartung eines Wiedersehens, das sie sich für den Herbst versprochen hatten.

III

Traurig, warm und ruhig ging der Sommer dahin. Sie sehnte die ersten gelben Blätter, die ersten Versammlungen der Schwalben, die ersten Chrysanthemen herbei.

Den Postschiffen nach Reykjavik und den Kreuzern der Kriegsmarine gab sie mehrfach Briefe an ihn mit, doch man wußte nie, ob sie ankamen.

Ende Juli erhielt sie einen von ihm, den er am zehnten des Monats geschrieben hatte. Er unterrichtete sie davon, daß er vollkommen gesund sei, daß die Saison wohl ausgezeichnet werden würde und bereits fünfzehnhundert Fische auf seinen Anteil kamen. Von Anfang bis Ende war er in dem naiven und schablonenhaften Stil aller Briefe der Isländer an ihre Familien verfaßt. Diese wie Yann aufgewachsenen Männer gingen mit keiner Silbe darauf ein, was sie dachten, was sie fühlten oder wovon sie träumten. Da sie gebildeter war als er, konnte sie trotzdem daran teilhaben, las zwischen den Zeilen die tiefe Zärtlichkeit, die nicht zu Wort gekommen war. Mehrmals im Verlauf dieser vier Seiten nannte er sie seine Frau, als fände er großes Vergnügen an dieser Wiederholung. Und allein die Adresse: *An Madame Marguerite Gaos, Haus Moan, in Ploubazlanec,* war bereits etwas, das sie immer wieder voller Freude las. Sie hatte noch so wenig Zeit gehabt, so genannt zu werden: *Madame Marguerite Gaos!*...

IV

Sie arbeitete sehr viel während dieser Sommermonate.

Die Frauen aus Paimpol, die zunächst ihrer unerwarteten Begabung für diese Tätigkeit mißtrauten und meinten, ihre damenhaften Hände seien eigentlich zu schön dafür, hatten gesehen, daß sie sich sogar darauf verstand, ihnen Kleider zu nähen, die vorteilhaft für ihre Figur waren; und schon bald hatte sie den Ruf einer ausgezeichneten Schneiderin.

Ihren Verdienst nutzte sie, um ihr Zuhause für seine Rückkehr zu verschönern. Der Schrank, die alten Etagenbetten wurden ausgebessert, gewachst, mit glänzenden Beschlägen versehen; die Dachluke, die zum Meer hinausging, erhielt eine Glasscheibe und Vorhänge; sie hatte eine neue Bettdecke für den Winter, einen Tisch und Stühle gekauft.

Und dies alles, ohne das Geld anzurühren, das ihr Yann bei seiner Abfahrt gelassen hatte und das sie vollständig in einer kleinen chinesischen Schachtel aufbewahrte, um es ihm bei seiner Ankunft zeigen zu können.

Während der Sommerabende, wenn sie mit der Großmutter Yvonne, deren Kopf bei warmem Wetter merklich besser funktionierte, vor der Tür saß, strickte sie im letzten Tageslicht für ihren Yann einen Fischerpullover aus blauer Wolle; an den Säumen von Kragen und Ärmeln erhielt er wunderschöne Muster. Die Großmutter Yvonne, die einst geschickt stricken konnte, erinnerte sich nach und nach an diese Kunst aus ihrer Jugend und brachte sie Gaud bei. Und diese Arbeit benötigte viel Wolle, denn für Yann mußte es ein sehr großer Pullover sein.

Vor allem an den Abenden merkte man allmählich, daß die Tage kürzer wurden; bestimmte Pflanzen, die im Juli kräftig getrieben hatten, wurden bereits gelb und starben ab, und die veilchenblauen Knopfblumen blühten am Wegesrand ein zweites Mal. Schließlich kamen die letzten Tage im August, und das erste Islandschiff tauchte eines Abends vor der Landspitze von Pors-Even auf. Das Fest der Rückkehr hatte begonnen.

Zuhauf begab man sich auf die Felsenklippe, um es zu begrüßen - wer mochte es sein?

Es war die *Samuel-Azénide*; sie lief stets vorneweg.

»Ganz sicher«, sagte Yanns alter Vater, »wird die *Léopoldine* nicht mehr lange brauchen; denn da oben, ich kenne das, hält es die anderen nicht mehr vor Ort, wenn das erste heimfährt.«

V

Sie kamen wieder, die Isländer. Am nächsten Tag zwei, am übernächsten vier, und in der folgenden Woche ein ganzes Dutzend. Mit ihnen kehrte die Lebensfreude ins Land zurück, und es war ein Fest für die Frauen und Mütter. Ein Fest auch in den Wirtshäusern, wo die schönen Mädchen aus Paimpol den Fischern einschenkten.

Die *Léopoldine* gehörte zu der Gruppe der verspäteten Schiffe; es fehlten noch immer zehn. Es konnte nicht mehr lange dauern, und Gaud dachte sich, daß es bis zu Yanns Ankunft höchstens noch acht Tage wären, die sie sich einräumte, um nicht enttäuscht zu sein. Sie befand sich im köstlichen Rausch der Erwartung und hielt alles sauber und in Ordnung für seinen Empfang.

Als alles hergerichtet war, hatte sie nichts weiter zu tun, und in ihrer Ungeduld stand ihr nicht mehr der Sinn nach irgendwelchen anderen Dingen.

Drei der Spätankömmlinge trafen kurz darauf ein, und dann weitere fünf. Nur zwei fehlten jetzt noch.

»Nun«, meinte man lachend zu ihr, »dieses Jahr ist es entweder die *Léopoldine* oder die *Marie Jeanne,* die die Besen auf der Rückfahrt einsammelt.«

Und Gaud mußte ebenfalls lachen, lebhafter und schöner als je in ihrer Freude, Yann bald wiederzusehen.

VI

Doch die Tage gingen dahin.

Weiterhin zog sie sich besonders gut an, setzte eine frohe Miene auf, begab sich zum Hafen, um mit den anderen zu plaudern. Sie meinte, eine solche Verspätung sei ganz normal. Passierte das nicht jedes Jahr aufs neue? Und außerdem, so gute Seeleute und zwei so gute Schiffe!

Aber als sie am Abend wieder zu Hause war, überkam sie der erste Anflug von Bangigkeit.

War es tatsächlich möglich, daß sie so schnell Angst bekam?... Gab es denn einen Grund?...

Und sie erschrak darüber, daß sie jetzt schon Angst hatte...

VII

Der 10. September... Wie schnell die Tage verstrichen!

Eines Morgens, als bereits der erste kalte Nebel das Land einhüllte, an einem richtigen Herbstmorgen, fand die aufgehende Sonne sie sehr früh im Vorraum zur Kapelle der Schiffbrüchigen, dort wo die Witwen beten. Starren Blicks saß sie dort, als fühlte sie einen eisernen Reif um die Schläfen.

Seit zwei Tagen herrschten bereits diese morgendlichen Nebel, und Gaud war in beklemmender Sorge aufgestanden, denn sie waren winterliche Vorboten... Was war nur anders an diesem Tag, zu dieser Stunde, in dieser Minute?... Man kennt Schiffe, die erst zwei Wochen oder gar einen Monat später zurückkehren.

Doch dieser Morgen hatte zweifellos irgend etwas Besonderes, denn sie war das erste Mal hierher gekommen, um sich in den Vorraum der Kapelle zu setzen und die Namen der toten jungen Männer wieder zu lesen.

In Erinnerung an
GAOS, YVON, verschollen im Meer
vor Norden-Fjord...

Wie ein tiefes Frösteln überlief ein aufkommender Wind das Meer, und zur selben Zeit ging etwas wie ein

Regen auf das Gewölbe nieder: welke Blätter!... Ein ganzer Schwung wehte in den Türeingang; die alten zerzausten Bäume vom Kirchhof warfen unter den Böen, die von der Seeseite einfielen, ihr Laub ab. Der Winter kam!...

... verschollen im Meer
vor Norden-Fjord,
im Orkan vom 4. auf den 5. August 1880.

Sie las mechanisch diese Zeilen, und durch den Spitzbogen des Portals suchten ihre Augen in der Ferne das Meer: an diesem Morgen lag es verschwommen unter dem grauen Nebel, und eine Wolkenbank hing am Horizont wie ein riesiger Trauerflor.

Noch eine Böe, die welken Blätter tanzten; eine sehr viel stärkere Böe, als wollte der Westwind, der einst diese Toten auf dem Meer verstreut hatte, sogar an den Inschriften rütteln, die die Erinnerung an sie wachhielten.

Gaud starrte, ohne es zu wollen, beharrlich auf eine leere Fläche an der Mauer, die mit furchtbarer Besessenheit auf etwas zu warten schien. Sie wurde von der Vorstellung verfolgt, daß dort vielleicht bald eine neue Tafel angebracht werden müßte, mit einem Namen, den sie nicht einmal in Gedanken an einem solchen Ort auszusprechen wagte.

Sie fror, blieb aber auf der Bank aus Granit sitzen, den Kopf an den Stein gelehnt.

... verschollen im Meer vor Norden-Fjord,
im Orkan vom 4. auf den 5. August 1880
im Alter von 23 Jahren.
Möge er in Frieden ruhen!

Island tauchte vor ihr auf, der kleine Friedhof dort oben, das ferne, ferne Island, von unten beleuchtet von der Mitternachtssonne... Und plötzlich, noch immer auf diese leere Fläche an der Mauer starrend, die auf etwas zu warten schien, hatte sie in entsetzlicher Deutlichkeit eine Vision von dieser neuen Tafel, über die sie nachsann: eine ganz neue Tafel, ein Totenkopf, zwei gekreuzte Knochen und in der Mitte eines Strahlenkranzes ein Name, der angebetete Name, *Yann Gaos!*... Sie stand auf und stieß einen heiseren Schrei aus, wie eine Wahnsinnige...

Draußen lag noch immer dieser graue Morgennebel über dem Land, und das fallende Laub tanzte weiter...

Schritte auf dem Weg! Wer mochte das sein? Sie erhob sich, rückte mit einem Handgriff ihre Haube zurecht, setzte eine normale Miene auf. Die Schritte kamen näher, gleich würde jemand eintreten. Rasch gab sie sich den Anschein, als wäre sie rein zufällig hier, denn um nichts in der Welt wollte sie der Witwe eines Schiffbrüchigen gleichen.

Es war ausgerechnet Fante Floury, die Frau des Zweiten auf der *Léopoldine*. Sie verstand sofort, was Gaud dort machte; unnütz, ihr etwas vorzutäuschen. Zunächst standen sie sich wortlos gegenüber, die beiden Frauen, eher erschreckt, fast haßerfüllt, weil sie sich hier in derselben Angst begegneten.

»Alle aus Tréguier und Saint-Brieuc sind in den letzten acht Tagen eingetroffen«, sagte Fante schließlich mitleidlos mit dumpfer, fast gereizter Stimme.

Sie trug eine Kerze, um ein Gelübde abzulegen.

»Ach ja, ... ein Gelübde« ... Gaud hatte daran noch nicht denken wollen, an dieses Mittel der Verzweifelten. Doch schweigend ging sie hinter Fante tiefer in die Kapelle hinein, und wie zwei Schwestern knieten sie dicht nebeneinander nieder.

Mit aller Inbrunst richteten sie glühende Gebete an die Jungfrau Stern-der-Meere. Und sehr bald hörte man nichts mehr als ein Schluchzen, und die bisher unterdrückten Tränen fielen zu Boden...

Als sie sich wieder erhoben, waren sie sanfter und vertrauensvoller. Fante half Gaud, die ein wenig schwankte, und umarmte und küßte sie.

Nachdem sie ihre Tränen fortgewischt, das Haar geordnet, den Salpeter und Staub der Fliesen in Kniehöhe von den Röcken entfernt hatten, gingen sie, ohne ein weiteres Wort auf unterschiedlichen Wegen davon.

VIII

Dieser September ging wie ein zweiter Sommer zu Ende, nur ein wenig schwermütiger. Es herrschte in diesem Jahr ein so schönes Wetter, daß man ohne die welken Blätter, die wie ein trauriger Regen niederfielen, hätte meinen können, es sei der heitere Monat Juni. Die Ehemänner, die Verlobten, die Geliebten waren zurück, und überall gab es einen zweiten Frühling der Liebe...

Endlich wurde eines Tages das Nahen eines der beiden verspäteten Schiffe gemeldet. Welches?...

Rasch hatten sich die Frauen auf der Steilklippe versammelt, stumm und voller Angst.

Gaud stand zitternd und sehr bleich neben Yanns Vater:

»Ich glaube fest daran«, sagte der alte Fischer, »ich glaube fest daran, daß sie es sind! Eine rote Bordkante, ein aufgerolltes Marssegel, das sieht nach ihnen aus, was meinst du, meine Tochter?«

»Aber nein«, fuhr er in plötzlicher Enttäuschung fort, »wir haben uns geirrt, der Klüverbaum ist anders, außerdem führen sie ein Besansegel. Laß uns gehen, diesmal ist es die *Marie-Jeanne*. Ach, meine Tochter, sie werden sicher bald da sein.«

Tag für Tag verging, und Nacht für Nacht, in unerbittlichem Gleichmut.

Unbeirrt zog sie sich hübsch an, fast wie eine Wahnsinnige, um bloß nicht auszusehen wie die Frau eines Schiffbrüchigen. Sie geriet außer sich, wenn die anderen in ihrem Beisein sich den Anschein von Mitleid und Geheimnistuerei gaben, wandte den Blick zur Seite, um nicht in diese Augen sehen zu müssen, die sie erstarren ließen.

Inzwischen hatte sie die Angewohnheit, jeden Morgen bis ans Ende der Landzunge zu der Steilklippe von Pors-Even zu gehen; sie nahm dabei den Weg auf der Rückseite von Yanns Elternhaus, um ja nicht von der Mutter oder den kleinen Schwestern gesehen zu werden. Sie lief ganz alleine zu dieser äußersten Spitze in der Gegend von Ploubazlanec, die wie ein Horn in den grauen Ärmelkanal hineinragte, und den ganzen Tag über saß sie dort am Fuße eines einsamen Kreuzes, das sich über der riesigen Weite der See erhob...

Sie standen vielerorts, diese Kreuze aus Granitgestein, auf den vorspringenden Felsenklippen dieses Küstenstreifens, wie um Gnade zu erflehen: als wollten sie das große wogende und geheimnisvolle Etwas besänftigen, das die Männer anzieht und sie nicht wieder freigibt, das mit Vorliebe die mutigsten und stattlichsten für sich behält.

Rund um dieses Kreuz von Pors-Even erstreckt sich die ewig grüne Heidelandschaft, stellenweise von geducktem Ginster unterbrochen. Und hier oben war die Seeluft sehr rein, hatte kaum den salzigen Geruch nach Tang, sondern war erfüllt von den köstlichen Düften des Septembers.

Bis in die weite Ferne sah man, wie die Landeinschnitte sich hintereinander staffelten, das Land der Bretagne endet wie eine Spitzendecke, die sich auf dem ruhigen Nichts der See ausbreitet.

Im Vordergrund ragten Felsen aus dem Meer, aber darüber hinaus störte nichts die spiegelglatte Oberfläche; es führte nur ein schwaches, einschmeichelndes Geräusch mit sich, das aus jeder der Buchten aufstieg. Welch stille Weite, welch sanfte Tiefe! Das große blaue Nichts, das Grab der Gaos wahrte sein undurchdringliches Geheimnis, während eine Brise, leicht wie ein Hauch, den Duft von Ginster herbeitrug, der unter der späten Herbstsonne ein zweites Mal erblühte.

Regelmäßig wich das Meer zu bestimmten Stunden zurück, und im Verlauf der Ebbe traten immer größer werdende Flecken zu Tage, als leere sich allmählich der Ärmelkanal. Danach kehrte in der gleichen langsamen Geschwindigkeit das Wasser zurück, setzte sein ewiges Kommen und Gehen fort, unbekümmert um die Toten.

Und Gaud blieb dort am Fuße des Kreuzes sitzen, inmitten dieser Ruhe, blickte hinaus, bis die Nacht hereinbrach, bis sie nichts mehr sehen konnte.

IX

Der September ging zu Ende. Sie nahm kein Essen zu sich, sie schlief nicht.

Sie blieb jetzt zu Hause, saß zusammengekauert da, hatte die Hände zwischen den Knien und den Kopf nach hinten an die Wand gelehnt. Warum sollte sie wohl aufstehen, warum sollte sie schlafen gehen? Sie warf sich auf ihr Bett, ohne ihr Kleid auszuziehen, wenn sie allzu erschöpft war. Sonst blieb sie dort sitzen, wie erstarrt; ihre Zähne klapperten vor Kälte in dieser Reglosigkeit; noch immer hatte sie das Gefühl von einem Eisenring, der sich um ihre Schläfen preßte. Sie fühlte, wie ihre Wangen sich spannten, ihr Mund war trocken, hatte einen Geschmack wie bei Fieber, und zu bestimmten Stunden stieß sie ein heiser kehliges Stöhnen aus, das sich dann lange, lange Zeit stoßweise wiederholte, während ihr Kopf gegen die granitene Mauer schlug.

Oder sie rief ihn ganz zärtlich mit leiser Stimme bei seinem Namen, als wäre er unmittelbar in ihrer Nähe, und flüsterte ihm verliebte Worte zu.

Es kam auch vor, daß sie an etwas anderes dachte als an ihn, an kleine nichtssagende Dinge; daß sie sich freute wie die Schatten der Jungfrau Maria aus Fayence und des Weihwasserkessels länger wurden, wenn das Tageslicht über der hohen Holzverkleidung ihres Bettes abnahm. Und dann war sie wieder da, diese entsetzliche Angst, und erneut stieß sie ihren Schrei aus und schlug mit dem Kopf gegen die Wand.

Und die Stunden des Tages flossen dahin, eine nach der anderen, und die Stunden des Abends und die der Nacht und die des nächsten Morgens. Wenn sie zusammenzählte, seit wann er hätte zurück sein müssen, befiel sie eine noch tiefere Angst; sie wollte weder das Datum noch die Wochentage wissen.

Über die Schiffbrüche vor Island liegen normalerweise Hinweise vor; die Zurückgekehrten haben von weitem das Drama beobachtet oder haben ein Wrackteil, einen Leichnam gefunden, irgendein Beweisstück, das alles erklärt. Aber von der *Léopoldine* hatte man nichts entdeckt, wußte man nichts. Die Männer von der *Marie-Jeanne,* die sie als letzte am 2. August gesehen hatten, erzählten, daß sie zum Fischen weiter nach Norden hatte fahren wollen, und danach wurde alles zu einem undurchdringlichen Geheimnis.

Warten, immer nur warten, ohne etwas zu erfahren! Wann war der Zeitpunkt gekommen, wo sie nicht mehr warten würde? Sie wußte es selbst nicht, und nun hatte sie es fast eilig damit, daß es bald wäre.

Oh, wenn er tot wäre, daß man zumindest das Mitleid aufbrächte, es ihr zu sagen!...

Oh, ihn sehen, so wie er in diesem Augenblick war, er oder das, was von ihm geblieben war!... Wenn nur die Heilige Jungfrau, die sie so oft angefleht hatte oder eine andere Macht ihr die Gnade erweisen würde, ihn, ihren Yann, durch eine Art zweites Gesicht zu zeigen, wie er seine Arbeit auf der Rückfahrt verrichtet oder wie das Meer seinen Körper mit sich fortreißt... nur um endlich unterrichtet zu sein, endlich Gewißheit zu haben!!!...

Manchmal überkam sie plötzlich das Empfinden, als tauche am äußersten Horizont ein Segel auf: die *Léopoldine* kam näher, beeilte sich, im Hafen anzulegen. In einer ersten unüberlegten Regung wollte sie aufspringen, zum Meer laufen, nachsehen, ob es stimmte...

Doch sie fiel auf ihren Sitz zurück. Ach, wo war sie nur jetzt, die *Léopoldine,* wo konnte sie sein? Dort oben, dort oben in der schrecklichen Ferne vor Island, verlassen, zerborsten, verloren...

Und es endete immer wieder mit derselben quälenden Vision: ein zerschmettertes, leeres Wrack, gewiegt von einem ruhigen graurosa Meer, sachte, lautlos, unendlich sanft gewiegt, wie zum Hohn, in der tiefen Stille toter Gewässer.

X

Zwei Uhr am Morgen.

Nachts horchte sie besonders angespannt auf jeden sich nähernden Schritt: beim geringsten Geräusch, bei jedem ungewohnten Laut pochten ihr die Schläfen; da sie nur auf Dinge von außerhalb achtete, war sie entsetzlich schmerzempfindlich geworden.

Zwei Uhr am Morgen. Wie in jeder anderen Nacht lauschte sie in der Dunkelheit mit aneinandergelegten Händen und offenen Augen dem Wind, der über der Heidelandschaft sein ewiges Lied sang.

Plötzlich die Schritte eines Mannes, hastige Schritte auf dem Weg! Zu dieser Stunde, wer mochte das sein? Sie richtete sich auf, bis ins Tiefste erregt, ihr Herz hörte auf zu schlagen...

Jemand blieb draußen vor der Tür stehen, stieg die steinernen Stufen hoch...

Er!... Oh Freude des Himmels, er! Es klopfte, sollte es jemand anderes sein!... Mit nackten Füßen stand sie im Raum; obgleich seit vielen Tagen so kraftlos, war sie behende wie eine Katze aufgesprungen, hatte die Arme weit geöffnet, um den Geliebten zu empfangen. Zweifellos war die *Léopoldine* in der Nacht angekommen und hatte gegenüber in der Bucht vor Pors-Even Anker geworfen, und jetzt kam er herbeigerannt. Blitzschnell hatte sie sich das alles im Kopf zurechtgelegt, und schon riß sie sich an der Tür die Finger blutig, als sie in rasender Eile den schweren Riegel zurückschob...

Ach!... Und dann wich sie langsam, niedergeschlagen zurück, der Kopf sank ihr auf die Brust. Ihr schöner wahnsinniger Traum war zu Ende. Es war Fantec, der Nachbar... Als sie begriffen hatte, daß nur er es war und nicht eine Erscheinung ihres Yann, da fühlte sie sich Stufe um Stufe in den tiefsten Abgrund ihrer entsetzlichen Verzweiflung geworfen.

Er entschuldigte sich, der arme Fantec: wie man wußte, ging es seiner Frau sehr schlecht, und nun drohte ihr Kind in seiner Wiege an einer Halskrankheit zu ersticken. Er wollte sie um ihre Unterstützung bitten, während er den Arzt aus Paimpol zu Hilfe holen würde...

Aber was ging sie das an? In ihrem Schmerz war sie vollkommen teilnahmslos geworden, hatte nicht mehr das Geringste übrig für die Leiden anderer. Niedergeschmettert saß sie auf einer Bank, starrte vor sich hin wie eine Tote, ohne ihm Antwort zu geben, ohne ihm zuzuhören oder gar ihn anzusehen. Was ging sie das an, was dieser Mann da erzählte?

Er verstand sofort, warum man ihm so rasch die Tür geöffnet hatte, und es tat ihm leid, daß er ihr soeben diesen Schmerz zugefügt hatte.

Er stammelte eine Entschuldigung:

»Es war wohl nicht recht, Sie zu stören...«

»Mich«, erwiderte Gaud lebhaft, »warum denn nicht mich, Fantec?«

Das Leben war plötzlich wieder in sie zurückgekehrt, denn sie wollte nicht als völlig Verzweifelte vor den anderen dastehen, sie wollte es um keinen Preis. Und auf einmal empfand sie Mitleid mit ihm; sie zog sich an, um mit ihm zu gehen; und sie fand die Kraft, sich um sein kleines Kind zu sorgen.

Als sie sich gegen vier Uhr wieder auf ihr Bett warf, überkam sie einen Augenblick lang der Schlaf, denn sie war sehr müde.

Jene Minute ungeheurer Freude hatte in ihr einen

tiefen Eindruck hinterlassen, der trotz allem noch immer gegenwärtig war; ruckartig erwachte sie bald wieder, richtete sich halb auf bei der Erinnerung an eine bestimmte Sache... Es war da etwas Neues, was ihren Yann betraf. Zwischen all dem Durcheinander in ihrem Kopf, suchte sie angestrengt, was es war...

»Ach, nichts, nur Fantec.«

Und abermals stürzte sie in die tiefste Tiefe desselben Abgrunds. Nein, in Wirklichkeit hatte sich nichts verändert in ihrem dumpfen, hoffnungslosen Warten.

Doch ihn so nah gespürt zu haben, war ein Gefühl, als wäre etwas von ihm ausgegangen, das sie nun umgab; in der Bretagne nennt man so etwas ein Vorzeichen. Und sie lauschte noch angestrengter auf Schritte von draußen, ahnte, daß vielleicht jemand vorbeikäme, der etwas über ihn zu berichten hätte.

Als der Tag anbrach, betrat tatsächlich Yanns Vater das Haus. Er nahm seine Mütze ab, entblößte sein schönes weißes Haar, das genauso lockig war wie das seines Sohnes, und setzte sich zu Gaud ans Bett.

Auch ihm war das Herz schwer, denn sein Yann, sein stattlicher Yann, war sein ältester, sein Liebling, sein Stolz. Aber er verzweifelte nicht, nein, er verzweifelte noch nicht. Er fing an, Gaud auf sehr sanfte Weise zu beruhigen: alle, die zuletzt von Island heimgekehrt waren, sprachen von dem sehr dichten Nebel, der das Schiff vielleicht festhielt, und dann war ihm vor allem ein Gedanke gekommen: ein Zwischenaufenthalt auf den Faröern, die abgelegensten Inseln auf ihrer Route, von wo ein Brief sehr lange Zeit benötigte. Ihm selbst war das passiert, vor über vierzig Jahren, und seine arme verstorbene Mutter hatte bereits für ihn eine Messe lesen lassen... Ein so schönes Schiff, die *Léopoldine*, nahezu neu und so kräftige Seeleute an Bord...

Die alte Moan lief ständig um sie herum, nickte heftig mit dem Kopf. Der Jammer ihrer Enkelin hatte ihr einiges an Kraft und Ideen zurückgegeben; sie führte wieder den Haushalt, betrachtete dabei von Zeit zu Zeit das vergilbte Foto ihres Sylvestre, das mit den Marineankern und dem schwarzen Perlenkranz dort an der Wand aus Granit hing; seit dieses Metier auf dem Meer ihr den Enkel genommen hatte, glaubte sie nicht mehr an die Rückkehr der Seeleute. Sie sprach nur noch aus Furcht zur Heiligen Jungfrau ein Gebet, das nur knapp über ihre alten Lippen kam, denn noch immer hegte sie einen tiefen Groll gegen sie in ihrem Herzen.

Begierig lauschte Gaud diesen tröstenden Worten, ihre tief umrandeten großen Augen blickten voller Zärtlichkeit auf den alten Mann, der ihrem Geliebten so ähnlich sah. Allein ihn hier zu haben, hier neben sich, war ein Schutz gegen den Tod, und sie fühlte sich ruhiger und ihrem Yann näher. Lautlos und sanfter rannen ihr die Tränen, und still für sich wiederholte sie die glühenden Gebete an die Jungfrau Stern-der-Meere.

Ein Zwischenaufenthalt dort oben, auf diesen Inseln, vielleicht wegen einiger Reparaturen, das war durchaus möglich. Sie erhob sich, strich ihr Haar glatt, rückte ihre Kleidung zurecht, als erwarte sie seine Ankunft. Noch war nicht alles verloren, weil sein Vater nicht verzweifelt war. Und für ein paar Tage begann sie wieder zu warten.

Es war jetzt richtiger Herbst, Spätherbst, mit sehr frühen düsteren Nächten, die alles in Dunkelheit tauchten in der alten Hütte und alles rundum im alten bretonischen Land.

Die Tage selbst glichen immer mehr einer bloßen Dämmerung; riesige Wolken, die langsam heranzogen, verhüllten schon mittags das Licht. Der Wind rauschte ohne Unterbrechung, klang wie große ferne Kirchenorgeln, spielte bedrohliche oder verzweifelte Weisen. Und zuweilen drang er bis dicht an ihre Tür, heulte auf wie ein Tier.

Sie war sehr bleich geworden, wirkte noch niedergeschlagener, als habe bereits das Alter sie mit seinem kahlen Flügel gestreift. Oftmals berührte sie die Sachen ihres Yann, seinen schönen Hochzeitsanzug, die sie wie besessen auseinanderfaltete und dann wieder zusammenlegte, ganz besonders einen dieser blauen Wollpullover, der noch die Form seines Körpers bewahrt hatte; wenn man ihn vorsichtig auf den Tisch legte, zeigte er wie aus Gewohnheit die Wölbung seiner Schultern und seiner Brust. Schließlich legte sie ihn allein in ein Fach ihres Schranks, wollte ihn nicht wieder anfassen, damit er möglichst lange diese Form bewahrte.

Abend für Abend zogen kalte Nebel über das Land; aus ihrem Fenster blickte sie auf die trostlose Heidelandschaft, von der kleine weiße Rauchfahnen aus den Hütten der anderen aufstiegen: dort überall waren die Männer heimgekehrt, von der Kälte zurückgeführte Zugvögel. Und vor vielen dieser Feuerstellen mußten die Abendstunden zärtlich sein, denn mit dem Winter erneuerte sich die Liebe im Land der Islandfischer...

Da sie sich an den Gedanken klammerte, daß er dort oben auf jenen Inseln einen Zwischenaufenthalt eingelegt hatte, gewann sie ein Stück Hoffnung zurück und fing wieder an zu warten...

XI

Er kehrte nie zurück.

In einer Augustnacht, im Tosen eines entsetzlichen Sturms wurde dort oben vor dem düsteren Island seine Hochzeit mit der See begangen.

Mit der See, die zuvor auch seine Ernährerin gewesen war, die ihn gewiegt hatte, die ihn groß und kräftig hatte werden lassen, und die ihn dann in seiner herrlichen Männlichkeit wieder zu sich genommen hatte, um ihn ganz alleine für sich zu haben. Ein tiefes Geheimnis hatte seine ungeheuerliche Hochzeitsfeier umhüllt. Die ganze Zeit hatten dunkle Schleier darüber geweht, waren wogende und windgepeitschte Vorhänge vorgezogen, um einen Blick auf das Fest zu verwehren; und die Braut ließ ihre Stimme vernehmen, ein fortwährender entsetzlicher Lärm, der jeden Schrei erstickte. In Gedanken bei Gaud, seiner Frau aus Fleisch und Blut, hatte er sich in einem Kampf der Giganten gewehrt gegen diese Höllenbraut. Bis zu dem Augenblick, wo er sich schließlich ergab; die Arme weit geöffnet empfing er sie mit einem lauten tiefen Schrei wie ein sterbender Stier, den Mund schon voll Wasser, die Arme weit geöffnet und starr für immer.

Und bei dieser Hochzeit waren alle dabei, die er einst dazu geladen hatte. Alle, bis auf Sylvestre, der schlafen gegangen war in den verzauberten Gärten, in weiter Ferne, auf der anderen Seite der Erde...

Das große blaue Nichts

Susanne und Michael Farin

»Hinter seinen Büchern ist eine Leere,
die Leere des Himmels,
aber gerade deshalb ist er einzig.
Er hat sich in die Elemente gemischt,
läßt die Luft, den Regen, die Erde
selbst sprechen.«
Julien Green

Liebe auf den ersten Blick war es nicht - Pierre Loti und die Bretagne. Als Seekadett auf Marineschiffen in Brest stationiert, ist er stets froh, diese kalte und feuchte Region Frankreichs wieder verlassen zu können. Seine Sehnsucht gilt fernen, exotischen Ländern. Erst durch seine Freundschaft zu dem Bretonen Pierre Le Cor (dem Vorbild für Yves in dem Roman *Mon frère Yves*) entdeckt er die wahre Bretagne, ihre Schönheit: »Es hat doch seinen Reiz, dieses traurige Land.« (*Mon frère Yves*).

Fasziniert ist Loti vor allem von der alten Bretagne, jener der Strohhütten und Dudelsäcke, der Dorffeste und Wallfahrten, der Kirchtürme aus Granit und der Fischerhäfen, der alten Trachten, der volkstümlichen Lieder und der vielen Heiligen. Er liebt das dortige Leben, ursprünglich, einfach, naturverbunden, unverfälscht von der modernen Zivilisation.

Von September 1878 bis Ende 1879 gemeinsam an Bord der *Moselle*, machen er und Pierre Le Cor Ausflüge nach Guingamp, Pluorivo, Ploubazlanec oder Paimpol. Loti besucht die Fischerkapelle von Pors-Even, folgt der jährlichen *Pardon*-Prozession und begegnet zum ersten Mal Seeleuten, die man »Islandais« nennt: Fischer, die zum Fischfang zu den polaren Gletscherküsten und Fjorden Islands fahren.

Seit 1852 fuhr die Fischereiflotte von Paimpol nach Island, nicht in die Terre Neuve, wie die Schiffe aus den anderen bretonischen Häfen. 1886, als Loti's Buch erschien, waren es 54, die diese Route wählten, aber ihre Zahl ging von da an stetig zurück. Heute gehören die »Islandais« der Geschichte an, einer opferreichen Geschichte: In den achtzig Jahren der Islandfischerei erlitten mehr als hundert von ihnen Schiffbruch, und mehr als 2000 Seeleute ließen ihr Leben im Meer. Die steinernen Tafeln in der Kapelle von Pors-Even sowie die »Mauer der in Island Verschollenen« in Ploubazlanec erinnern an sie.

Um das Leben dieser Islandfischer möglichst getreu darstellen zu können, hatte Loti ins Auge gefaßt, bei der Marine eine Eingabe zu machen, ihn nach Island zu schicken, damit er »ein noch schöneres Buch machen könne« (Brief an Madame Adam vom März 1885). Da sich dies nicht realisieren ließ, war er auf die Auskünfte eines ehemaligen Islandfischers, den er 1882 auf der *Surveillante* kennengelernt hatte, sowie auf Berichte eines Kapitäns aus Paimpol, Huchet du Guermeur, dessen Name auch im Roman auftaucht, angewiesen.

Die Schwärmerei für eine junge Bretonin, die im Jahre 1882 ihren Bruder auf der *Surveillante* besucht, dürfte ebenfalls die Entstehung des Romans beeinflußt haben. Bezaubert von »ihrer antiken statuenhaften Schönheit und ihren großen, stolzen Augen« (*Journal intime 2,* 21. Dezember 1882), ist er entschlossen, sie zu heiraten - vielleicht, um durch diese Heirat eine Form jenes ursprünglichen Lebens wiederzugewinnen, nach dem er sich so sehnt.

Doch seine Werbung wird abgelehnt, da sie schon einem Islandfischer versprochen sei. Zwei Jahre später sucht er sie, die er nicht zu vergessen vermag, wieder auf und muß erfahren, daß sie nun bereits verheiratet ist: »Alles ist aus. O nein, ich habe es mir nie so schrecklich vorgestellt, sie aufgeben zu müssen (...). Und ich liebe sie in der verzweifelten Art, die meine Art zu lieben ist, ich liebe sie mehr denn je.« (*Journal intime,* 11. Dezember 1886)

Mon frère Yves (1883) und *Pêcheur d'Islande* (1886) beginnen den Zyklus seiner bretonischen Werke. 1893 folgen *Matelot* und verschiedene Novellen, die ebenfalls in der Bretagne spielen, wobei die Darstellung der Bretagne und der Bretonen seiner ganz subjektiven, romantisierenden Sicht unterliegt, und ein Land entstehen läßt, das letztendlich genauso exotisch ist, wie die anderen von ihm beschriebenen.

Entstanden ist der *Islandfischer* zwischen 1884 und 1886, begonnen hat er ihn in Rochefort. Zunächst konzipiert als Kurzgeschichte mit dem Titel »Au Large«, führt er ihn an Bord der *Mytho* auf dem Weg in den Fernen Osten, in Nagasaki und Yokohama fort und beendet ihn, wieder zurückgekommen, schließlich in Rochefort. Von März bis Juni 1886 erscheint der Text in der *Nouvelle Revue* der Madame Adam, der sie auch gewidmet sind. Er wird ein Bestseller.

Die Kritik ist überschwenglich. »Das ist ein Meisterwerk«, urteilt Maxime Gaucher in der *Revue Bleue* (3.

Juli 1886). Auch Ernest Renan ist begeistert: »Die Islandfischer sind meine Vettern und Großvettern (...). Bréhat, Paimpol, Lézardrieux und Plourivo sind bevölkert von den alten Sippen, von denen ich abstamme. Sie haben sie fantastisch gezeichnet, werter und bewunderungswürdiger Künstler, der Sie sind.« Und der Kritiker Jules Lemaître schreibt: »Die größten Meisterwerke der Literatur haben mich nicht in der gleichen Weise berührt.« (*La Revue Bleue,* 18. September 1886)

Octave Mirbeau entdeckt einen »großen Hauch von Meerespoesie (...) verfaßt und geschrieben mit dem gleichen Kunstgefühl, der gleichen Wahrheitsliebe und der gleichen Naturverbundenheit wie schon bei *Mon frère Yves*« (*Gil-Blas,* 13. Juli 1886). Auch Guy de Maupassant gibt ein günstiges Urteil ab: »Das Talent von Monsieur Loti ist sehr groß, sein Charme sehr subtil«, allerdings findet er die Schilderungen der Bretagne nur wenig wahrheitsgetreu (*Gil-Blas,* 6. Juli 1886).

Der große Erfolg des Buches – es erschien bis 1900 in zahllosen Auflagen und wurde in viele Sprachen übersetzt – veranlaßte die Stadt Paimpol dazu, Pierre Loti auszuzeichnen. 1889 beschließt der Stadtrat, ein Quai nach ihm zu benennen, seinem *Islandfischer* zu Ehren, nicht zuletzt aber auch wegen der den Islandfischern geleisteten Dienste. So initiiert Loti etwa einen Spendenaufruf im *Figaro* vom 13. Juni 1887, als die *Petite Jeanne* Schiffbruch erleidet und 52 Kinder zu Halbwaisen werden läßt.

Die Geschichte des Romans – zwei Liebende finden zunächst nicht zueinander und werden, als sie dann doch zusammen kommen, durch das Meer, den Tod, getrennt – wäre rasch erzählt, doch es ist nicht die Handlung, die dieses Buches ausmacht. Es sind auch nicht die

Personen, die Fischer, die sich vor allem durch urwüchsige Kraft, Wildheit, Naturverbundenheit und primitiven Glauben auszeichnen. Dreh- und Angelpunkt dieses Romans ist das Meer, das in all seiner Grenzenlosigkeit ihr Leben bestimmt, ihre Werte, und das in jenen, die in Verbundenheit mit ihm leben und seine Launen verstehen, eine ursprüngliche Wildheit lebendig hält, eine Art heidnischer Devotion. Es ist die elementare Gewalt des Meeres, um die alles kreist, die diesen Roman zu einem Meisterstück gleichermaßen furioser wie kontemplativer Anschaulichkeit erhebt.

Nach Georges Rodenbach sind Lotis Figuren dabei lediglich »graziöse Fiktionen (...) eines romantischen Schriftstellers, der kolorierte Silhouetten auf eine Leinwand aus Papier wirft.« (*L'Elite,* S. 194) Wie in *Mon frère Yves,* zu dem Edmond de Goncourt anmerkt: »Was für ein schönes Buch wäre es, wenn es überhaupt keine Geschichte in dieser Monographie des Meeres gäbe!« (*Journal,* 27. Oktober 1883), ist das Meer auch im *Islandfischer* die eigentliche Hauptfigur. Und hier, in den Naturschilderungen, entfaltet Loti sein Genie.

Erstmals in der französischen Literatur ist das Meer nicht mehr nur Dekor, sondern nimmt eine aktive Rolle ein, das Meer beherrscht »einem antiken Verhängnis vergleichbar, unbarmherzig die gesamte Handlung« (Victor Giraud). Die »blinde, seelenlose Mutter, die Natur« bestimmt das Schicksal der Menschen. Die ewige See, »Ernährerin und Verschlingerin«, die Yanns Amme gewesen war, die ihn gewiegt hat, die seine Braut war, der er die Hochzeit versprochen hat, holt Yann aus Rache in ihren Schoß zurück.

Das Meer, Inkarnation größter Vitalität, ist lebensspendend und todbringend zugleich. Es entlädt sein gewaltiges Übermaß an Energie in fürchterlichen Stürmen und entfaltet dabei seine sowohl schöpferische wie apokalyptische Kraft. Es teilt die Finsternis und erschafft eine neue Welt, doch es übergibt sie »totgeboren«: die Sonne scheint auf sie hernieder »wie ein toter Stern«. Der Tod, das universelle Schicksal, lastet auf ihr.

Die Wüste, das »Meer ohne Wasser«, und das Meer, »diese fahle Wüste«, die sich in ihrer schicksalshaften Naturgewalt und ihrer Unbegrenztheit, ihrer ungeheuren Monotonie entsprechen, sind mehr als nur zentrale Landschaften in Loti's erzählerischem Werk: sie setzen sich in ihm fort. Denn während die meisten Schriftsteller durch den Akt der Beschreibung ihren Gegenstand aus Einzelheiten erstehen lassen, verfährt Loti genau umgekehrt. Er löscht das Meer durch seine Art zu beschreiben aus, macht aus ihm »das große, blaue Nichts«.

Lotis Beschreiben zielt auf einen Grad Null des Sichtbaren und auch des Hörbaren, auf einen sehr labilen Schwebezustand von »Nicht-Leben, wo die Welt zu Ende geht oder noch nicht geschaffen ist«, wo die Gesetze des Lebens außer Kraft gesetzt sind.

»Die Dinge waren reglos, wie für immer erstarrt unter dem Blick des großen, gespenstischen Auges, das die Sonne war«. Und das Meer ist nur noch ein Spiegel, der nichts mehr reflektiert, dessen Konturen sich im Dunst auflösen, im Nichts verlieren.

»Das Auge erfaßte kaum, was das Meer sein mußte; nahebei sah es aus wie ein zitternder Spiegel, der kein einziges Bild zurückzuwerfen hatte; und weiter draußen schien es zu einer dunstigen Ebene zu werden – und dahinter nichts mehr, kein Horizont, keine Umrisse. (...) Alles war still, es regnete nicht mehr. Hoch oben schienen Wolken ohne Form und Farbe das verborgene, unerklärliche Licht zu enthalten; so hell es auch war, man spürte gleichwohl, daß es noch Nacht war; und all die fahlen Töne rundum hatten nicht die geringste Schattierung.«

Solch unbestimmte Leere läßt sich letztendlich nicht in Worte fassen: »Die Worte, mögen sie auch noch so vage sein, sind zu klar umrissen, um derartige Dinge wiederzugeben«, heißt es im Roman. Es gelingen nur Annäherungen, durch das Verwischen der Konturen, das Auslöschen der Farben, die Auflösung der Kontraste und Dämpfung der Töne zum Beispiel.

Loti verwendet »eine ganze Garderobe klimatologischer Stoffe« (Alain Buisine): Sprühwasser, Nebelschwaden, Gischt, Pfeifenrauch, verdunstendes Wasser, Nebel. Sie hüllen seine Landschaften ein, verwischen sie, lassen sie verschwimmen.

Die Töne gehen ineinander über, differenzieren sich nur noch durch feinste Nuancen, wobei das Grau die dominante Farbe ist, in allen Schattierungen: grau-blau, aschgrau, stahlgrau, bleigrau ...

Wie die Verschleierung schafft auch die Auflösung der Kontraste Hell / Dunkel, Tag / Nacht eine fließende Einheit, hebt die Trennungen auf. Ein Verschmelzen setzt ein, die Sehnsucht, eins mit der Natur zu sein, bricht sich Bahn, die Sehnsucht nach einer Rückkehr in den Schoß der Mutter.

Auch Lotis Sätze verlieren sich bisweilen, absichtlich und kunstvoll, in der Leere. Das hat bereits Georges Rodenbach bemerkt: »Diese Unvollendetheit gewisser Sätze, die sich verflüchtigen und auf dem Weiß der Seiten weiterzugehen scheinen, haben einen geheimnisvollen Reiz.« (*L'Élite*)

Das Fließende, Ephemere, Schwebende seines Stils wird noch unterstrichen durch die in einigen seiner Werke häufig verwendete Auslassungsinterpunktion »...«

sowie der Konjunktion »und«, die selbst die Grenzen zwischen den Sätzen fließend macht.

Alain Buisine hat in seinem Buch *Tombeau de Loti* diese Beschreibungen, bei denen sich das beschriebene Objekt absentiert und die dargestellte Wirklichkeit ihrer Präsenz, ihrer Existenz beraubt wird, *descriptions blanches,* leere Beschreibungen genannt, in Anlehnung an die *blank dreams.* Im Roman entspricht diesem Begriff die »weiße Stille«: »Rund um Island herrschte das seltene Wetter, das die Seeleute die *weiße Stille* nennen; denn es rührte sich nichts in der Luft, als wären alle Winde erschöpft, erstorben.«

Wenn der Kontrast zwischen Tag und Nacht - wie in jenen Breitengraden - aufgehoben ist, wenn der Gegensatz zwischen Sichtbarem und Unsichtbarem nicht mehr existiert, wenn nur noch die Leere und das Grau in verschiedenen Abstufungen und Graden die Meeresleinwand bestimmen, wenn eigentlich nichts mehr zu sehen ist, dann ist Loti endlich an *seinem Punkt.* Er ist wieder am Ziel, einem Ziel, das er schon als Kind anstrebte, und wie damals erfüllt ihn große Freude: es ist ihm gelungen, das Nichts zu malen: »Ich erinnere mich noch an unsere tiefe Befriedigung, unsere Begeisterung, als wir einen großen Hintergrunddekor ohne Stützen entwarfen, der das *Nichts* darstellte. Kleine rosa Wolken, auf die von der Seite Tageslicht fiel, schwebten vor einer blauen Fläche, die mit Gazeschleiern verhangen war.« (*Le roman d'un enfant*)

Der Blick geht hinaus, die Augen ermüden, der Nebel fällt, die Umrisse verwischen, überall ein bleiernes Grau, Schleier - »wie Vorhänge vor der Unendlichkeit, wie gespannte Segel, die übermächtige Geheimnisse bergen«.

Lebenstafel

1850	14. Januar: Pierre Loti, eigentlich Louis-Marie-Julien Viaud, wird in Rochefort geboren
1861 - 1866	Besuch des Collège in Rochefort
1867 - 1873	Absolvierung der Marineschule Reisen nach Nord- und Südamerika sowie Tahiti
1876 - 1877	Stationierung auf der *Gadiateurs* in Istanbul
1879	*Aziyadé*, sein erster Roman erscheint bei *Calmann-Lévy*
1880 - 1883	Dienst auf der *Friedland* und *Surveillante* in Cherbourg, Rochefort und Toulon
1880	Vorabdruck von *Le Mariage de Loti* in Juliette Adams *Nouvelle Revue*
1881	*Le Roman d' un Spahi* (ebenfalls in der *Nouvelle Revue*)
1883	Teilnahme an einer Expedition nach Tonking sowie am Boxerkrieg *Mon Frère Yves* (in der *Revue des Deux Mondes*)
1885	Reise nach Japan (*Japoneries d'Automne*)
1886	*Pêcheur d'Islande* erscheint in der *Nouvelle Revue* und macht ihn berühmt 20. Oktober: Heirat mit Jeanne Blanche Franc de Ferrière
1887	*Madame Chrysanthème* (Vorabdruck im *Figaro*) 15. Juli: Verleihung des Kreuzes der Ehrenlegion Besuch bei Carmen Silva, der Königin von Rumänien

1888	Kommandant der *Ecureuil* in Rochefort
1889	18. März: Geburt seines Sohnes Samuel Loti-Viaud Teilnahme an der Expedition nach Marokko Vorabdruck seines Reiseberichts *Au Maroc* in *L'Illustration*
1890	*Le Roman d'un enfant*
1891 - 1898	Loti lebt in Hendaye (Baskenland)
1892	7. April: Ernennung zum Mitglied der Académie Française
1894	Pilgerfahrt nach Jerusalem (*Le Désert, Jérusalem, La Galilée*)
1897	Sein Baskenroman *Ramuntcho* erscheint
1899 - 1903	Reisen nach Ceylon, Indien, China und Japan Durchquerung der persischen Wüste
1903 - 1904	Kommandant des Kreuzers *Vautour* in Istanbul
1905 - 1906	Loti wird zum Marineoffizier ernannt Leiter des Marinestützpunktes in Rochefort
1906	*Les Désenchantées*
1907	Reise nach Ägypten (*La Mort de Philae*)
1909	Empfang bei Queen Alexandra und King Edward VII. in London
1914 - 1918	Freiwillige Kriegsteilnahme auf seinen Wunsch zeitweiser Einsatz als Soldat an der Front. Diplomatische Vermittlungsversuche. Großes Engagement für die Türkei (*La Grande Barbarie, La Hyène Enragée, L'Horreur Allemande*)
1923	10. Juni: Loti stirbt in Hendaye im Alter von 73 Jahren.

Klassiker der französischen Literatur im dtv

André Gide im dtv

Die Falschmünzer
Roman
Übersetzt von
Christine Stemmermann
dtv 12208

Die Verliese des Vatikans
Roman
Übersetzt von
Thomas Dobberkau
dtv 12285

Der Immoralist
Roman
Übersetzt von
Gisela Schlientz
dtv 12345

Die enge Pforte
Roman
Übersetzt von
Andrea Spingler
dtv 12427